JN268133

異色作家短篇集
5

蠅(はえ)

Nouvelles de L'Anti-Monde／George Langelaan

ジョルジュ・ランジュラン
稲葉明雄／訳

早川書房

蠅（はえ）

日本語版翻訳権独占
早　川　書　房

© 2006 Hayakawa Publishing, Inc.

NOUVELLES DE L'ANTI-MONDE

by

George Langelaan

Copyright © 1962 by

Editions Robert Laffont, S. A., Paris

Translated by

Akio Inaba

Published 2006 in Japan by

Hayakawa Publishing, Inc.

This book is published in Japan by

arrangement with

Editions Robert Laffont

through Tuttle-Mori Agency, Inc., Tokyo.

はしがき

サイエンス・フィクションは退潮の傾向にある、という言葉が、ソヴィエトをのぞく世界各国で耳にされる。事実、アメリカでは、三十五にものぼるサイエンス・フィクション専門誌が妍《けん》をきそっていた一時期があった。英国SF界の第一人者として自他ともにゆるすアーサー・C・クラークは、あるとき、その三十五誌を毎月購読しているような人がいるものだろうか、との質問を受けたことがある。クラークは答えてこう言った。
「かりにいたとしても、そうした嵩《かさ》ばる郵便物を、どうやって精神病院の監督者の目をごまかして入手しているかがまず疑問だ。そういった人たちは精神病院の住人にきまっているからね」

忌憚なくいうと、サイエンス・フィクションがとりわけ必要としているのは、わずかばかりの新鮮な血液である。サイエンス・フィクションが必要としている作家は、自身がサイエンス・フィクションの熱狂的なマニアでなく、また、ブラッドベリやクラークやポール・アンダースンの猿真似に全力を傾倒するようなことをしない人物だ。ジョルジュ・ランジュランはまさにその種の作家の典型といってよいであろう。彼の読書量は厖大だがサイエンス・フィクションはほとんど読まない。その主題は、彼のうちなるいささか異常性をおびた夢想、悪夢のたぐいや、また同様に彼の豊かな人生体験にみなもとを発しているのである。

ここに贈る短篇集のなかで、最も世評にたかいのは「蠅」であり、これにたいして批評家たちが、〝二十世紀に書かれた最も戦慄すべき物語〟と太鼓判をおしているのも宜なるかなだ。またこれを映画化した作品（「蠅男の恐怖」。一九五八年アメリカ映画）は、小説そのものには比肩しえないにしても、身の毛のよだつ効果は十二分に備えているといってよい。

本集におさめた他の短篇にしても、「蠅」に優るとも劣らぬ粒ぞろいである。そのどれもが一つの共通した主題、すなわち時とその神秘とを扱っている。以前H・P・ラヴクラフトは、時にたいする闘いこそは、小説家たるものにふさわしい唯一の主題であると述べていた。

時の天使にたいするこの闘いは、本集におさめた短篇の大部分のなかに、手を変え品を変え登場している。時にかんするいろいろな事柄について、われわれは何も知らないと言ってよいくらいだ。ひとしなみに時といっても、動いている時と動いていない時とは、同じ対象として考えられない。生理学でいう時と時計のあらわす時とはまったく別物である。先頃とりあげられたミルヌとホールデーンの関連性は、運動学上の時と力学上の時とのあいだの区別をうち出したものである。

時を主題とするサイエンス・フィクション作品は、まず失敗することはないと言われるが、ランジュランのものはまったく独創性に満ちていて、その理由はたぶん彼の内部体験から抽出されたものだからだと思われる。真のフィクションには学ぶところが多いとの説があるが、ランジュランの場合は、これがとりわけ妥当であると言えるのである。

ジャック・ベルジェ

目　次

装幀／石川絢士（the GARDEN）

蠅

La Mouche

ある日、ながながと私に突然変異の話をしてくれた、
ジャン・ロスタン氏に。

（ジャン・ロスタンは劇作家エドモン・
ロスタンの子で、生物学者。著書多数）

電話のベルはつねに私をいらだたせる。ずっと昔、まだ大抵の電話機が壁にとりつけられていた頃から、私はこれが嫌いだったのだが、当節のように、それがどこの隅、どこの凹所にも据えられているとなると、これはもう純然たる不法侵入というほかはない。欧州の古いことわざに『炭鉱労働者も自宅に帰れば一家のあるじ』というのがあるが、その家に電話があれば、もうその言葉は真実味を失ってしまうのだし、さしもの英国人でさえ、おのれの城館で王侯気分を味わうのは不可能だろうと考えられる。

事務所にあっても、ふいに電話のベルが鳴りだすと、私は落着きをなくしてしまう。つまり、こちらが何をしていようと、あいだに交換手や秘書が介在していようと、あるいはドアや壁が中間をへだてていようと、どこの馬の骨ともしれない人間が部屋の中はおろかデスクの上まで押し入ってきて、さもなれなれしく私の耳もとへ話しかけてくる——それも、こっちに用意ができていようといまいと、まるでおかまいなしという次第なのだ。これが帰宅してからのこととなると、不快感は倍加して我慢できなくなるわけであるが、とりわけ迷惑至極なのは深夜に鳴りたてるベルの音だ。まず明かりをつけ、眼をしばたたきながら起きあがり、受話器をとりあげる私のようすを見れば、熟睡中をたたき起こされた人間が、いかに惨めな気持ちになるものか、だれでもわかってくれることだろうと思う。しかし、そういった場合の私は、不安の念とたたかい、あかの他人に自分の家はおろか寝室まで襲われたための嫌悪感を、なんとか克服しようと努めている、というのが実情なのだ。

やがて私は受話器をとり、

「もしもし、こちらはアーサー・ブラウニングですが、どなたでしょう」と言う。

その頃になると、一見、平静をとりもどしたかに見えるが、その実、相手の声をつきとめ相手の用件を知るまでは、けっして安穏な気持ちにもどることはできないのである。

これは一種の動物的な反応といってよいものだが、私は永年の経験のおかげで、この反射作用をかなり巧みに処理できる努力を積んでいた。だから、弟の妻が真夜中の二時に電話をかけてよこし、すぐに来てほしい、がしかし、その前に警察に電話して、自分がいま良人《おっと》を——私の弟を——殺したむね報せておいていただきたい、と依頼してきたときも、私は義妹にむかって、どんな方法で、なぜロバートを殺すことになったのか、冷静に訊きかえすだけの余裕があったのである。

「だって、アーサー……ことのなりゆきを、逐一、電話で説明するわけにはいきませんわ。警察へ報せてから、一刻もはやく来ていただきたいんです」

「警察へ報せるまえに、アン、まずきみに会っておいたほうがいいのじゃないかな」

「いいえ、さきに警察へ報せていただいたほうが好都合ですわ。でないと、警察ではへんに誤解して、あなたにいろいろと面倒な質問を浴びせることになるでしょう。わたくしがひとりで殺したのだってことを、そのまま警察に信じてもらうのは、なみ大抵の説明じゃだめだと思うんです……あの、それから、ロバートが……ロバートの死体が下の工場にあるってことを、警察にひとことおっしゃってくださいな。とりあえず最初に現場を見たがるでしょうから」

「ロバートが、工場にいるって？」

「ええ……スチーム・ハンマーの下ですの」

「え、なんの下？」

「スチーム・ハンマーの下ですわ！　でも、そんなにつぎつぎとお尋ねにならないで。おねがいです、アーサー、早くいらして！　本当にわかっていただきたいんです……もうわたくし、これ以上、とても神経が耐えられそうもありません！」

諸君は、寝ぼけ声の警察官あいてに、弟の妻から良人をスチーム・ハンマーで殺したとの電話があった、というような事実を説明しようとした経験がおありだろうか。私はしきりと何度も説明をくりかえしたが、相手はいっこうに耳を貸してくれなかった。

「ええ、わかりますとも、ええ……しかし、あなたはだれなんです？　名前は？　住所は？　え、どちらにお住まいかと訊いているんですよ！」

そこで電話はトウィンカー警部にかわった。彼はすくなくとも事情を了解してくれたようである。自分が行くまでそのまま待っていてくれないか、あなたを車で拾ってから現場へ同道しようとの返事だった。五分か十分のうちにお寄りするから、と彼は言った。

どうにかこうにかズボンを穿き、セーターに腕を通して、帽子とコートを手にしたとき、黒塗りの自動車が煌々とヘッドライトを輝かせて門さきに停まった。

「ああ、ブラウニングさん、おたくの工場には夜警は置いているんでしょうね。そっちから電話はありましたか」

トウィンカー警部は、私がよこに乗りこんで車のドアを閉めるのを待ちかねたように質問した。

「いや、まだないのです。もっとも、弟の研究室からは、直接に工場へはいれるようになっていましてね。弟はそこでよく仕事をしていて――徹夜することだってあるものですから」

「ブラウニング卿の研究は、あなたの事業と関連のあるものですか」

「いや、弟はずっと空軍省の委嘱で研究をやっているのです――いや、やっていたと言うべきですかね。ロンドンを離れて仕事をしたくなるときもあったようで して、そんな場合でも、実験に応じて大小の器具が必要ですから、それを造らせるために、手もとに熟練工がいなくては困るのです。そうしたときのために、私は、うちの工場のなかでも古い建物をひとつ提供してやりました。それを使うときは、工場の裏手の丘に私どもの祖父が建てた家がありますので、弟はそこで寝泊まりすることにしていたのです」

「ははあ、なるほど。で、弟さんはご自分の研究の内容をお話しになりましたか。どういう種類のものだったんです」

「めったに仕事の話はしませんでした、が、それは空軍省へお問い合わせになればわかるでしょう。ただ私にわかっていることというと、最近なにか大がかりな実験をやる予定だったらしく、ここ何ヵ月か、その準備に没頭していました。なんでも物質を分解する試みとか聞いておりましたが」

　ほとんどスピードを落としもせずに、警部は車を道筋からそらせ、開け放った工場の門内へすべるように乗り入れた。待っていたらしい警官が停まるよう合図をした。

　その警官からの報告は聞くまでもなかった。弟が死んだことはもう疑う余地がなく、私はそれを十年もまえに聞いたような気がしていた。木の葉のようにふるえながら、私は警部につづいて工場へはいった。

　別の警官がおくから現われて、私たちを工作場のひとつへ案内した。そこではありったけの電燈がつけられていた。ハンマーのそばには、さらに幾人かの警官や刑事がたたずんで、カメラを据えつける二人の男の作業をながめていた。カメラが下向きになっているので、私も背のびして覗きこまねばならなかった。

　現場の情景は予想していたほど凄まじいものではなかった。弟の酔態はまだ一度も見たことがなかったけれど、いまの彼のすがたは、大酒盛でさわぎ疲れたあと、眠りによってその酔いを醒まそうとしているように見受けられた。白熱した鉄板がハンマーを受けるために置かれている二本のせまい溝の上に、腹を下にして横たわっている。ひとめ見ただけで、頭と腕がぺしゃんこに潰れているのがわかったが、どうしてこういうことになったのかは想像もつかない。まるで、ハンマーの巨大な槌頭の下に、むりやり頭と腕を押しこんだもののようであった。

部下の連中との打合わせをすませると、警部は私のほうへ向きなおった。

「ブラウニングさん、ハンマーを持ちあげるには、どうやればいいんです」

「私がやって見せましょう」

「なんなら、工員のかたを呼びにやらせますが」

「いや、私ひとりで大丈夫です。ほら、これがスイッチ盤です。元来はスチーム・ハンマーなんだが、うちでは今、ぜんぶ電力で作動するようにしてあるんです。いいですか、警部、ハンマーは荷重五十トン、落差ゼロに合わせてあるようですよ」

「ゼロというと……？」

「いいかえれば一番下まで落下しきったときという意味です。またストロークはシングル、つまり、一撃ごとにハンマーを引きあげる必要があるわけです。いずれ義妹《いもうと》のアンが質問に答えることになるでしょうが、その供述の内容いかんにかかわらず、ひとつだけ断言できることがあります。それは彼女がハンマーのあつかい方をぜんぜん知らなかったということなんです」

「たぶん、昨晩は、いまの操作目盛のままで終業を迎えたんでしょうな」

「そんなはずはありません。落差をゼロに合わせておくなんてことは絶対にないのです」

「なるほど。それで、ハンマーをゆっくり引きあげることは可能なんですか」

「いや、引きあげるスピードは加減できません。もっともシングル・ストロークに調整してありますから、そう速くはありませんがね」

「わかりました。では動かしてみてもらいますか。あなたにとって、そう快適な眺めではありますまいが」

「いや、かまいませんよ、警部。私なら平気です」

そこで警部は部下たちにむかって言った。

「用意はできたな、よろしい。では、ブラウニングさん、始めてください」

弟の背中を見つめながら、私はゆっくりと、だが確かな手つきで、上昇用のボタンを押した。

工場を支配していた異様なまでの静寂は、圧縮空気がシリンダーに流れこむ溜息に似た音によってやぶられた。私はかねがねこの音を聞くたびに、ひとりの巨人が相手の巨人を殴りつけるまえに、おもおもしく吐きだす太い溜息を思わずにはいられなかった。ハンマーの巨大な鉄塊がひと揺れしてから、するすると上昇していった。また、それが金属製の台座をはなれるとき、なにか吸いつくような音を聞いた。ロバートの死骸が前方へつきだすように浮きあがり、反吐《へど》の出そうな血糊が、ハンマーがどいたために露わになった、見るもむごたらしい肉塊の上いちめんに撒き散らされた
それを見ると、さすがに気持ちの動揺をおぼえた。

「あれがまた落下する危険はありませんかね、ブラウニングさん」

「ええ、なんの心配もありません」

私はつぶやくように答えて、安全スイッチを入れると、かれらのほうへ向きなおった。そして、土気色になった若い警官の顔色をみると、あらためて激烈な嘔吐感に誘われたのであった。

*

それにつづく数週間、トウィンカー警部はこの事件にかかりきりだった。聞き込み、尋問、工場内をあますところなく調べあげ、報告書を作成し、あっちやこっちに打電したり電話をかけた。そうするうちに私と彼とは打ち解けた気のおけない仲となった。その結果、彼は、ずっと以前から、私を容疑者第一号と目していたことを白状した。が、その想定は、いずれ破棄せねばならぬ次第になったらしい。私にかんしてなんの手がかりも摑めないばかりか、まずなによりも、動機となるものが思い浮かばないからだった。

こうした捜査が継続しているあいだ、弟の妻アンは、徹頭徹尾、平静心を失わなかった。あまりにも動じないその態度をみると、さすがの医師連も、私が最初かちこれこそ唯一の解答だとみなしていた考え、すなわ

ち彼女は気がふれているのだという説明に賛同せざるを得なかった。事情が事情なので、むろん公判は開かれなかった。

　アンはどんな方法にしろ自己弁護をする努力を投げうっていた。そして自分が狂人と思われていることを知ると、ひどくいらだち、腹さえ立てることもあったが、これがまた本当の狂人である証拠だと受けとられたことは言うまでもなかろう。彼女はすすんで良人を殺害した事実をみとめ、ハンマーの操作を知っていることも難なく立証してのけた。がしかし、なぜ殺す気になったか、実際にはどんな手段で、どんな情況のもとに弟を殺したかについては、いっさい口をつぐんで語らなかった。このドラマで演じたロバートの役割からすると、彼はおとなしくハンマーの下に頭をさしだしたとしか考えられないが、その唯一の解釈にしても、どんなぐあいにして、どんな理由から、ということになると、これはまったく大きな謎としか言いようがなかった。

　夜警はたしかにハンマーの音を聞いていた。それも、二度聞いたとのことだ。これはまことに奇妙な話である。ストローク度数計はその日の作業完了と同時にゼロにもどるのが普通で、そこに2という数字が表われているところからすると、夜警の言葉に嘘はなさそうだった。またハンマー操作担当の職長も、殺人のまえの日、作業がおわったあと、機械の掃除をすませてから、ふだんのように度数計の目盛をゼロにもどしておいたと断言した。こうした証言にもかかわらず、アンはやはりハンマーを一度動かしただけだと主張しつづけ、これもまた彼女の気がふれている証拠のひとつだと考えられた。

　事件の担当官であるトゥィンカー警部は、はじめのうち、被害者がほんとうに私の弟であるかどうかを疑問視していた。だが、死体の膝から太ももにかけて走っている大きな傷痕をみると、疑う余地はないようであった。それは、第二次大戦に従軍した彼が、一九四〇年の攻防戦にさいして、ほんの二、三フィートさきで砲弾が落下したときに受けた傷なのだった。さらにまた、彼の左手の指紋に適合するものが、研究室や住居にある彼の所持品に、いたるところ見出された。

その晩はさしあたり研究室に張り番が置かれ、翌日になると、空軍省から半ダースほどの役人がやってきた。連中はロバートの書類ぜんぶに目をとおし、装置の一部を運び去ったが、帰りぎわに警部にむかって、もっとも興味ある書類と装置はすでに破棄されていたと告げた。

世界的に有名なロンドン警視庁の鑑識課からは、ロバートの頭はハンマーに押し潰されたとき、ビロードの布で包まれていたと報告してきた。その後のある日、トウィンカー警部がぼろぼろになった布きれを見せてくれた。私はその茶色いビロードの布を見て、ただちにそれが弟の研究室のテーブルにおいてあったものだと認めた。仕事が忙しくて手がはなせないとき、その布の上に食事をおかせておく習慣だったのだ。

アンはわずか数日を刑務所で過ごしたのち、犯罪をおかした病人を収容する施設へ移された。甥のハリイはまだ六つで、父親に生きうつしの子だったが、その子は私がひきとって世話をすることになり、正式の後見人と保護者をかねた地位につくべく、いっさいの法的手続きをすませた。

アンは病院の患者のなかでもいちばん穏和な部類にぞくするので、面会がゆるされ、私は日曜日ごとに彼女を訪ねていった。一、二度、トウィンカー警部と同行したことがあったが、あとになって、警部も別個にひとりで彼女を訪れていたことがわかった。しかし、私も警部も、アンの口からなんの情報もひきだせなかった。事件後の彼女はあらゆることに関心を失ってしまったようすだった。私の質問にもめったに返事をしないし、警部の問いかけなぞ頭から無視していた。一日の大半を裁縫仕事をしてすごしていたが、とくにお気に入りのひまつぶしは蠅をつかまえることらしかった。もっとも、つかまえた蠅は、念入りに調べたあと、傷もつけずに放してやるのだったが。

そんなアンが一度だけ凶暴な発作をおこしたことがあった。彼女に鎮静剤のモルヒネをうった医者の言によると、それは発作というよりも一種の神経衰弱に類するものだったそうである。それは看護婦のひとりが蠅をたたき潰すのを彼女が見た日のできごとだった。

あとにも先にもたった一度の、その発作がおきた翌日、トゥィンカー警部が私を訪ねてきた。

「ブラウニングさん、妙な話ですが、この事件の鍵はどうも蠅にあるような感じがしてならないんです」と彼は言った。

私が尋ねるまでもなく、前日のアンの発作について、彼がなにもかも承知していることは明らかだった。

「どういう考えなんです、警部？　彼女のように不幸な精神状態にある人間は、蠅にかぎらず、なにか特別の事物にたいして異常なまでの執着をもつものだ。たまたま蠅が、その発作にいたる境界にあたったというだけじゃありませんかね」

「あなたは義妹《いもうと》さんがほんとうに気が狂っていると信じておいでですか」

「その点では疑いの余地はないでしょう。きみはそれを疑っているのですか」

「なんともお答えできませんね。医師たちの意見は一致しているようですが、にもかかわらず、わたし個人としては、夫人の頭脳はまったく正常そのものという印象をうけるんです……たとえ蠅をつかまえているときでもね」

「お説のとおりだとすると、子供にたいする彼女の態度はどう説明します。まるで自分の子供だとは思っていないようすですよ」

「いや、ブラウニングさん、その点はわたしも考えてみました。たぶん子供さんを事件に巻きこむまいと庇《かば》っておられるのかもしれません。それとも、あの子を恐れている、いやあるいは、憎んでいるのではないか、というふうにも考えられます」

「遺憾ながら、警部、きみのいう意味がわかりませんな」

「お気づきかもしれませんが、たとえば、あのひとは子供さんがそばにいるときは、けっして蠅に手をだそうとしませんよ」

「いや、気がつきませんでした。が、そう思ってみると、きみの言うことに間違いはありませんな。そう、たしかに不思議なことだが……やはり、私には五里霧中です」

「こちらだって同じことです。ただ、夫人が回復してくれないことには、結局、解らぬままにおわってしまうのじゃないかと、それが気がかりでしてね」

「医師たちは、どんなふうにしろ、まず回復の見込みはないと見ているようですよ」

「わかってます。ところで弟さんは蠅を実験につかったことがあるのですか」

「くわしくは知らないが、まさか、そんなものはつかわなかったでしょう。空軍省へは問い合わせてみましたか？　仕事の内容は連中がぜんぶ心得ているはずだ」

「訊いてはみたんですが、こっちが笑い者にされてしまいました」

「よくわかりますよ」

「なんでもご承知とはうらやましいかぎりですね、ブラウニングさん。わたしなぞさっぱりわけがわかりませんが……しかし、いずれ、すべてを解き明かす希望を捨ててはいませんよ」

＊

「ねえ、おじちゃま、蠅って、ながく生きるものなの？」

私とハリイは、昼食を終えようとしているところだった。二人のあいだにこしらえた慣習にしたがって、私はハリイのグラスに葡萄酒を注ぎ、それにビスケットを浸して食べられるようにしてやっていた。

さいわいハリイは、自分のグラスに葡萄酒がみたされ、それが徐々に縁まで達しようとするところに見入っていたので助かったが、でなければ、私の顔にうかんだ表情をみてびっくりしたはずである。

　ハリイが蠅のことを口にしたのはこれが初めてだったが、それを聞いた瞬間、トウィンカー警部がいつこの場にすがたを現わさないものでもないと気がついて、ぞっと身ぶるいした。彼が眼を輝かせながら、いまのハリイの質問に、べつの質問で答えているさまが想像できた。その声さえ聞こえるようだった。

「知らないね、ハリイ。どうして、そんなことを訊くんだい？」

「ママが探していた蠅を、ぼく、まえにいっぺん見たことがあるからだよ」

　私はその答を自身が無意識に口にだしたのではないかと錯覚した。ハリイのグラスをかわって飲みほしてしまったあと、彼の返事が耳にはいって、それが錯覚だったことに気づいたのだった。

「きみのママが蠅を探していたなんて、ちっとも知らなかったな」

「ああ、探してたんだよ。あのときからみると、ずっと大きくなってたけど、ぼくにはちゃんと、おんなじ蠅だってわかったんだ」

「その蠅をどこで見たんだ、ハリイ？　で……どうしてそれが、おなじやつだとわかったんだい？」

「けさね、アーサーおじちゃま、おじちゃまの机の上にいたんだ。ふつうは頭が黒いんだけど、それは白くって、あしの一本が、へんてこな恰好をしてるんだ」

　いよいよ私の気持ちはトウィンカー警部のそれに近くなったが、なるべく表面にださないようにして言った。

「で、その蠅を最初に見たのは、いつなんだね」

「パパがいなくなった日だよ。ぼくがつかまえたんだけど、ママに言われて逃がしちゃったんだよ。そのくせ、ママはあとになって、それをまた探しておいでって言うのさ。気が変わったんだ」

　そして弟のロバートがよくやったように、ひょいと肩をすくめてから、ハリイはこうつけ足した。

「女って、そんなものなんだね」

「おかしいな、ハリイ。蠅はそんなに長生きじゃない。前のはとっくに死んじまっているはずだ。きっと見まちがえたんだよ」

私はそう言いおくと、立ちあがって、戸口へ足をむけた。

しかし、食堂を出るがはやいか、私は階段を駆けのぼって書斎へとびこんだ。が、どこにも蠅は見あたらなかった。

私はとても考えられないほどの不安に襲われた。トウィンカー警部はアンの行動について、そこにこそ事件の鍵があるのだと私に告げた。その瞬間は、まさかと思ったものだったが、いまのハリイの言葉によって、警部が真相の近くにいることが納得されたのである。

はじめて私はトウィンカーの推論をただ額面だけのものと受けとってよいのだろうかと疑った。さらにまた、アン自身にたいしても疑惑をいだいた。ほんとうに彼女は精神錯乱なのだろうか？　一種異様な恐怖感が私の胸のうちにふくれあがってきて、考えれば考えるほど、なぜだか知らないが、トウィンカーは正しかったという感じが強まってきた。アンは気が狂ったふりをして罪を逃れようとしているのにちがいない！

こうも化物じみた巨大な犯罪をおこなったのは、いったい、どういう理由によるものだろう？　いずれ積もり積もった仔細のあることだろうが、真因はなんなのか？　いったい事件の真相とはどんなものだったのであろう？

私はトウィンカー警部がアンに注《そそ》ぎかけた何百という質問を思ってみた。あるときは看護婦が宥《なだ》めすかすときのような調子で、あるときは冷酷無比に、またあるときは嚙みつきそうな怒声で問いただした。アンはほとんど返事をせず、答えるときでも、静かな落ち着いた声をだし、警部の語調なぞまるで考慮に入れていないようすだった。呆然としてはいるが、まったくの正気らしく見受けられた。

上品で育ちがよく、教養もゆたかなトウィンカー警部は、ありきたりのインテリ警察官以上のものをもっていた。彼は鋭敏な心理学者でもあって、ちょっとした嘘でも、まちがった陳述でも、発言されぬまえから嗅ぎつけるという驚くべき手腕に恵まれていた。むろん、アンの数少ない返事を彼が真実のものとして受けとったことはたしかだった。が、大部分の質問には、彼女はぜんぜん答えようともしなかった。それこそ最も直接的であり、最も重要なものだったのだ。そうした問いにたいして、彼女は最初からじつに簡単な方法をとった。『そのご質問にはお答えできませんの』と、落ち着いた、低い声でそう言うのだ。そのあとはもう取りつく島がなかった！

この切り口上が乗り越えがたい障壁となって、トウィンカー警部といえども、そのさき、アンの頭の中にどんな考えがあるのか、窺い知るすべもなかった。ところが、私の弟との平穏でしあわせだったらしい夫婦生活については、弟の最期の日にいたるまで、どんな質問にもすすんで返事をするのだった。しかしながら、話題が弟の死にいたると、自分がスチーム・ハンマーを使って殺したのだと答えるのみで、どんな動機、どんな経緯があって凶行におよんだのか、どうやって弟の頭をそんなところに置かせたのか、いっさい語ろうとしなかった。といって、きっぱり返事を拒絶するわけでもなく、ただ、ふっとうつろな表情になって、感情らしいものは押し隠し、『そういうご質問にはお答えできませんわ』という台詞に切り換えてしまうのである。

まえにも触れたことだが、アンは警部にむかって、スチーム・ハンマーの操作方法を知っていると述べた。が、トウィンカー警部のつきとめ得た唯一の事実は、アンの陳述と符合しなかった。つまりハンマーは二度使われているのである。トウィンカーはもはや、これを彼女の狂気のせいだとは考えたがらなかった。これはアンの防御の石壁にはいったひびと見てよいだろう。これ警部の力をもってすれば、それを押しひろげることも不可能ではあるまい。だが、アンはみずから認めることによって瑕《きず》を塗り隠してしまった。

「ええ。わたくし、たしかに嘘をつきました。ハンマーは二度使ったのです。でも、そのわけはお尋ねにならないで。お返事できかねるのです」

「奥さん、あなたの言いまちがいは……それだけですか」

なけなしの手がかりにしがみつくように、警部はそう尋ねた。

「そうですわ……それは、警部さん、あなたもご承知のはずでしょう」

そして、口惜しいことだが、自分の内心のいらだちを、まるで開いた書物のようにアンに読みとられていることが、警部にはわかっていた。

私はまえから警部を訪問してみようかと思うことがあったが、よけいなことを口外すると、彼がただちにハリイを尋問にかけるだろうと考えて、つい足が向かなかったのだった。躊躇するにはもう一つの理由があって、彼がハリイの言った蝿の件を聞きとがめ、それを探しにかかるのではないかという漠然たる恐れの念である。また、その妙な恐怖について満足できる解釈が見つからないために、私の焦躁感はいちだんと募るばかりであった。

弟のロバートは学者とはいっても、土砂降りの雨のなかを傘を巻いて閉じたまま歩きまわるというような、世間ばなれのした変わり者とはちがっていた。人間的に温かく、するどいユーモアの感覚も備えていて、子供や動物をかわいがり、人の苦しみをだまって見過ごすことのできないような性分だった。区内の消防団のパレードがあるというので仕事を放りだして出て行ったり、英国一周のサイクリストが通ると聞いて、でもなくはしゃいだり、ときにはサーカスの巡業にくっついて村を一巡りしたことさえあったのだ。ビリヤードやテニス、ブリッジやチェスなどという論理と精緻とを要する競技をとくに好んでいた。

とすると、彼の死をどう説明したものか。どういう理由があって、彼はハンマーの下に頭を置いたりしたのだろう。まさか愚劣な賭けだか胆だめしだかに応じてのことでもあるまい。弟は賭けごとのたぐいが嫌いで、そうしたものに熱をあげる人種には我慢のならないたちだったのだ。そうした賭けをもちだす者がいたら、彼はきっと、その場に居合わせた人達ぜんぶにむかって、賭事などというものは、たとえ硬貨の裏表で勝負をきめるような素朴なものであっても、しょせんは、阿呆と詐欺師との約束ごとにすぎないのだ、とお説教を垂れたことだろう。

ロバートの死には二つの解釈しかありえないように思われる。一つは彼が発狂していた。でなければ、なにかの理由があって、彼自身、妻の手をわずらわせて、そのような奇怪きわまる方法で殺させるようにしむけた。この二つであった。どちらの場合にしても、妻のはたした役割はどういうものだったのだろう。夫婦そろって気が狂っていたなどということは、どう考えてもありえないではないか。

結局のところ、私は、無邪気な甥がふともらした言葉をトウィンカー警部には告げぬこととし、むしろそれをアン自身に問いただしてみようと決心した。

看護婦長に名前を言って、中へ通されるがはやいか、ほとんど時をおかずにアンが面会に現われた。そのようすからすると、彼女は私の来訪を待ちかねていたにちがいなかった。

「わたくしのお庭を見ていただきたいわ」

コートを肩に羽織ったかっこうで、彼女はそんなふうに口をきった。

〝頭のしっかりした〟患者のひとりに入れられている彼女は、毎日、かぎられた一定の時間ちゅう、庭園へ出てもよいことになっていた。彼女はとくべつに願いでて、草花を植えるために、小さな地所の一画をつかわせてもらう許可を得ていた。それを知った私は、自分の庭園からとった種子や薔薇《ばら》の苗木を送っておいたのだった。

彼女はまっすぐ私をその一画へ連れてゆき、木造のベンチに腰をかけさせた。その粗けずりな感じは男の患者の作業場でつくられたものだからで、つい最近、彼女の小さな庭のそばの木陰に据えつけられたばかりだった。

私はロバートの死について話題をきりだすのに、どんな方法が適切かと思案をめぐらしながら、しばらくすわったまま、傘のさきで地面に模様ともなんともつかぬものをなぞっていた。

やがて、アンのほうから口をきった。

「アーサー、わたくし、ちょっとお願いがありますの」

「ぼくにできることなら、なんだってやらせてもらうがね」

「そういう意味じゃなくって、ひとつ教えていただきたいことがあるんです。蠅って、ひどく長生きするものでしょうか」

愕然となった私は、彼女にじっと眼をすえながら、それとまったくおなじ質問を、ほんの数時間まえ、彼女の子供の口から聞かされたのだがと、思わず言ってしまいそうになった。が、とたんに私は気がついた。これこそ探しもとめてきた解決の突破口ではないか。そしてまた、彼女が正気であれ狂気であれ、その防御の石壁をうちこわすに足るような衝撃、一つの大打撃を加えることができるのではないだろうか。

彼女のようすを見まもりながら、私は答えた。

「くわしいことは知らないがね、アン、しかし、きみの探していた蠅なら、今朝、ぼくの書斎にいたよ」

私のもらした言葉が彼女にとって大きな打撃だったことは疑いもなかった。彼女は頭の骨のきしみが聞こえるくらいの激しさでぶるっと首をふった。口をひらいたがひと言も洩れでず、ただ両の眼だけが、悲鳴をあげんばかりの光を帯びていた。

たしかに、私の言葉がなにかを粉砕したことは明瞭だった。が、なんであろうか。こういう場合、トゥインカー警部なら、この手がかりを利用して前進していくやりかたを知っているはずだ。しかし、私にはわからなかった。警部だったら、考えなおし、立ち直るだけの暇を彼女にあたえはしなかっただろう。だが私としては、それすら努力を要することだった。けれども、できるかぎりのポーカー・フェイスを保持しながら、彼女の防御が崩れ落ちやしないかと、万一の希望を空頼みするのがせいぜいであった。

かなりの時間、彼女は息もつかずにいたのに相違ない。突然、大きくあえぐと、まだ開いたままの口もとへ両手をもっていった。

「で、アーサー……それを殺しておしまいになったの？」

ささやくような小声で言ったが、その眼は視点が定まらず、私の顔のすみからすみまで舐めるように点検していた。

「殺しはしなかったがね」

「ではつかまえたんでしょう……持ってらっしゃるのね！　それを、わたくしにくださいません！」

彼女は二本の手で私に掴みかかりながら、大声を出しかねない勢いだった。体力が充分なら、私の身体検査までも試みたのではあるまいか。

「ちがうよ、アン、つかまえてなんかいないんだ」

「でも、今ではもう、おわかりになったのね……察しはついているんでしょう？」

「いや、なにも知ってやしない。わかっているのはただ一つ、アン、きみの頭が狂ってなんかいないってことだけさ。しかし、ぼくはどうしても一部始終を知りたい。いつかはつきとめてみせるつもりでいるよ。きみはどの道を選ぼうと自由だ。なにもかも打ち明けて話してくれれば、ぼくの今後の行動もめどがつくんだが、そうでなければ——」

「そうでなければ、どうなりますの？　おっしゃって！」

「では、言おう……アン、もしきみが隠しだてをする気なら、きみの友人である例の警部が、あすの朝いちばんに、あの蠅を手に入れることになるだろう」

彼女はみじんも動こうとせず、膝にのせた両の手のひらをじっと見つめていた。少々うすら寒くなってきたが、彼女の額も手もねっとり汗ばんでいた。

微風に吹かれて、ながい茶色の髪のひと房が口もとにまつわりついた。彼女はそれを払いのけようともせず、つぶやくように言った。

「お話しさえしたら……なによりもまず、その蠅を殺すと約束してくださいます？」

「まず一切の話を聞かせてもらわぬうちは、そんな約束はできないね」

「でも、アーサー、ぜひとも解っていただきたいの。あの蠅は殺してしまうって、わたくし、ロバートに約束したんです。どんなことがあろうと、その約束は守らなくてはなりませんし、それまではなにも申しあげられないんです」

またしても暗礁にぶつかったのが感じられた。まだ地歩を失ったわけではないが、主導権がところを変えつつあることはたしかだった。私はあてずっぽうを言ってみた。

「アン、むろん解っているだろうが、あの蠅を調べさえすれば、警察ではきみが正気だということを看破するだろうし、そして――」

「だめよ、アーサー！　ぜったいに困るわ！　わかっていただけるかしら。わたくし、その蠅が出てくることを待ち望んでいたんです。むしろ蠅のほうで、わたくしをここへ訪ねてきてくれやしないかと心待ちにしていたんですけど、わたくしの身がどうなっているか、蠅に想像がつくわけはありませんものね。わたくしの行方がわからないとしたら、ほかの、やはり自分が愛している、ハリイとかあなたのところへ行くより方法はなかったのでしょう……あなただったら、どういう手を打てばいいか、ちゃんとお解りになるはずですもの」

ほんとうに彼女は狂っているのだろうか、それとも、狂気を装っているだけなのか？　しかし、狂っているにしろ、いないにしろ、のっぴきならない立場にあることは確実だ。ここで軽率な挙に出たら、こっちの手のとどかないところへ逃げられてしまうおそれがある。そうはさせずに、彼女にぴったりくっつき、致命的な一撃を見舞うにはどうしたらよいのか。あれやこれや思案のあげく、私はきわめて静かにきりだした。

「アン、なにもかくさずに話してくれないかね。そうすれば、きみの子供をちゃんと保護することもできるはずだ」

「ハリイをなにから護ろうとおっしゃるの？　わたくしがこんなところに入っているのも、あの子のためを思えばこそですよ。ここにいさえすれば、ハリイは、良人を殺して死刑台にのぼった女の子供だと、いやな烙印を押されずにすむからなんです。わかっていただけないかしら。わたくし一人なら、こんな精神病院で生きながらの死骸でいるよりは、ひと思いに死刑にしてもらったほうが、どれほど有難いことでしょう」

「わかるよ、アン。きみが真相を話してくれようがくれまいが、ぼくはハリイのために全力をつくそう。どんなことになろうと、ハリイを護るために、最善をつくすことを約束する。しかし、これだけは承知しておいてもらいたい。あの蝿がトウィンカー警部の手に入れば、もう勝負は、ぼくの一存ではどうにもならなくなるのだよ」

「でも、どうして全部をお知りにならないといけませんの？」

義妹の問いはむしろ独り言に近かった。たかぶる感情を鎮めようと懸命なようすにみえた。

「もちろん、ぼくは兄として、弟の死の原因とその情況とを、ぜがひでも知らなくてはならないし、知りたいからだ」

「わかりました。では、わたくしを屋内へ連れていってくださいません？　あの警部さんなら『告白』と呼ぶにちがいないものを、あなたにお見せしますわ」

「そんなものを書いてあるのかね」

「ええ。でも本当はあなたにというより、あなたのお友達である、あの警部さんにお見せするつもりで書いたといったほうが当たっているかもしれません。わたくし、うすうす感じていましたの。おそかれはやかれ、あのひとは、真相に迫ろうとするはずだって」

「では、彼に読ませても差支えはないというんだね」

「アーサー、あなたが適切とお思いになる方法をとっていただいて結構ですわ。ちょっとお待ちになって」

面会室の戸口に私を待たせたまま、彼女は二階の自室へ駆けあがっていった。そして、一分とたたぬうちに、茶色の大型封筒を手にしてもどってきた。

「失礼な言い方を許していただくと、アーサー、あなたがロバートに匹敵するほど明晰な頭脳のもちぬしだとは考えられませんが、それでも、衆にぬきんでた知性は備えておいでのはずです。とにかく、まず、これをおひとりで読んでいただきたいのです。そのあとのご処置はいっさいお任せいたしますわ」

「その点は約束するよ」と言うと、私はその貴重な封筒を彼女の手から受けとった。「今夜のうちに目をとおして、あしたは面会日ではないが、かならず訪ねてくることにしよう」

「どうぞご自由に」

義妹はそう言うと、さよならの挨拶もせずに、また階段を昇っていった。

自宅へ帰りつき、車庫から家へむかって歩きながら、はじめて私は封筒の表書きに目をやった。

担当官の方に——
（たぶん、トウィンカー警部と思いますが）

私は使用人たちにむかって、夕食はごく軽いものを書斎でとるから、すぐ運んでくれるように、そして、そのあとは、ぜったいに来る必要がないからと申しつけると、二階へ駆けのぼり、アンから渡された封筒を机の上に投げだして、念のために室内のようすを逐一あらためた。それから鎧扉をおろしカーテンをひいた。ただ一つ注意を惹いたものというと、ずっと以前から、天井まぎわの壁にへばりついたまま死んでいる蚊の死骸だけであった。

食事のあと始末にやってきたメイドにむかって、暖炉のそばのテーブルにのった盆をさげてくれと手まねで合図してから、私は葡萄酒をグラスにつぎ、メイドが出て行ったあとのドアに鍵をかけた。それから——これは近頃、夜分の習慣になっていることだが——電話の受話器をはずしておいた。そして最後に、机の上のスタンド一つをのこして、部屋の明かりをぜんぶ消してしまった。

ぶ厚いアンの封筒をあけると、その中から、細かい字でびっしり埋められた用箋の束をとりだした。いちばん上のページの中ほどに、きちんとした構成で、つぎのような文句がならんでいた。

これはいわゆる自供書ではありません。たしかにわたくしは主人を殺害しましたが、けっして殺人犯人ではないからなのです。わたくしとしては、良人の最後のねがい、自分の頭と右腕とを兄の工場のスチーム・ハンマーで潰してくれという頼みを、ただ忠実に遂行しただけのつもりなのです。

手もとにおいた葡萄酒のグラスなど触れもせず、私はページをめくって読みはじめた。

＊

良人は死に先立つちょうど一年ばかり前（とその手記は始まっていた）、自分が研究中のことがらについて話してくれたことがありました。そうした実験の一部分は、空軍省の同僚に話したらあまりにも危険だからと禁じられそうなのだが、とにかく実際上の成果があがるまで、こっそり研究をつづけたいものだ、と切望しておりました。

これまでのところ、空間を伝達できる方法としては、ラジオとテレビによる音響と映像とがあるにすぎませんでした。ところがロバートは、物質それ自体を送達できる手段を発見したというのです。どんなに硬質な材料であろうと、いったん彼の『送信機』の中へ入れれば即座に分解され、特殊な受信装置内に再合成されるというしくみなのでした。

　ロバートはそれを、人類が木の幹を鋸《ひ》ききって車輪をつくりだしたとき以来の、もっとも画期的な発明ではあるまいかと考えていました。分解と合成とを瞬時におこなうことによって物質を移動させるというこの方法は、これまでの人間生活を完全に一変させるだろうというのです。これはあらゆる輸送手段に終止符を打つ結果になるだろう。食糧をふくめた物品はおろか、人間そのものすら輸送できるからというわけです。ロバートは現実的な科学者ですから、机上の空論や白日夢などにとり憑かれることはないのですけれど、その彼にしてからが、もはや飛行機や船や列車や自動車のない時代、したがって、どんな道路も、鉄道の線路も、海港、飛行場、停車場といったもののいっさいが必要のない世界を、すでに予想していたのでした。そうした施設はすべて、全世界に設けられる物質送達の送信局と受信局にとって代わられるのです。旅客なり輸送物資は特別のキャビンに入れられ、一定の合図とともにあっさり消失し、それとほとんど同時に、所定の受信局に再現するのです。

　ロバートの受信装置は、送信装置からわずか数フィートしか離れていない、研究室の隣室に備えつけてありまして、はじめのうちは思いがけない障害にいろいろと出くわしたものです。最初の成功は灰皿をつかっての実験でもたらされました。わたくしたち夫婦がパリに遊んだときの土産品で、いつも彼の机の上に置いてあったものです。

　あのひとの研究について聞かされたのは、そのときが初めてでした。彼はいきなり実験室から住居へとびこんできて、わたくしの膝の上に灰皿を投げだしたのでしたが、当座、なんのことだかわたくしに見当がつかなかったのはもちろんです。

「見たまえ、アン！　一瞬のうちに、一秒の千万分の一にもみたない時間のうちに、その灰皿が完全に分解されてしまったんだ。あっというまに影も形もなくなったんだよ！　消えちまったのだ！　なんの痕跡、なんのあとも残ってはいない！　ただその原子が光速度で空間を移動するだけのことだ！　そしてつぎの瞬間には、原子がもう一度あつまって、もとの灰皿のかたちにもどったんだ！」

「ロバート、おねがい、もっと落ち着いて！　なぜそんなに取り乱してらっしゃるの？」

ちょうどそのとき、わたくしは手紙を書いていたところでしたが、良人はその上いっぱいに略図を描いてくれようとしました。そして、わたくしが理解できずに変な顔をしているのを見て、大声で笑いとばし、便箋をテーブルから払いおとすと、

「見当がつかないんだな、アン。よし、それでは、もう一度、はじめから復習《おさらい》してみよう。きみは憶えているかな、石が飛んでくる不思議な現象についての記事を読んできかせたことがあるだろう。インドのある家でときたま起こる現象だが、どこからともなく石が飛来して、その家へとびこんでくるという話さ。ドアも窓も閉めきってあるにもかかわらず、まるで屋外から投げこまれるようなぐあいなんだ」

「ええ、憶えているわ。それにまた、あなたのお友達のダウニング教授のお説だって忘れてやしませんわ。二、三日うちへお泊まりにみえたときでしたけど、もしあれになんのからくりもないとしたら、考えられる説明はただ一つきり。すなわち石は戸外で投げられたあとで分解を起こし、壁を通りぬけて、床なりつきあたりの壁にぶつかる前に、再合成されたにちがいないって」

「そのとおりだ。が、もちろん、ぼくはそこにもうひとつ別の可能性があることをつけ足しておいた。つまり、石が通過するあいだに壁そのものも、その一部を瞬間的に解体したかもしれないという仮説だがね」

「そうよ、ロバート。みんな忘れちゃいませんわ。そして、わたくしが即座に理解できないので、ひどくあなたを困らせたことだって。その点なら、いまだって変わりはないわ。かりに石が原子に分解したところで、どういうぐあいにそれが、壁だの閉めきったドアをく

ぐりぬけられるのかしら」

「それが可能なんだよ、アン。物質を構成しているそれぞれの原子は、煉瓦壁のように緊密な状態ではないんだ。原子と原子とのあいだは、かなりの広さの空間で隔てられているわけさ」

「では、あなた、この灰皿を分解させ、なにかの物質を通りぬけさせたあと、ふたたび再構成させたのだとおっしゃるの？」

「いかにも、そのとおりだよ、アン。ぼくはそれを送信機と受信機とを隔てている壁を通して移動させたんだよ」

「こんなことをお訊きするのは馬鹿げているかもしれませんけど、灰皿が壁をつきぬけるといって、それが人類のために、なにか利益をもたらすんですか？」

ロバートはたいそう気を悪くしたようでしたが、わたくしの言葉がただの冗談だとわかると、またわれを忘れて熱狂し、自分の発見がもたらす種々の可能性についてて語りだすのです。

「すばらしい発見じゃないか、どうだね、アン？」

息をきらして喘ぎながら、彼は最後をこんなふうに結びました。

「ええ、そう思うわ。だけど、ロバート、わたくしの輸送はなさらないでね。この灰皿とそっくりなぐあいに、反対側の場所にすがたを現わすなんて、それこそたまらないことですわ」

「どういう意味だね」

「その灰皿の底になんと書いてあったか憶えていらっしゃる？」

「もちろんさ。メイド・イン・ジャパンだろう。せっかくのフランス土産だというのに、ジャパンだなんて傑作きわまると、大笑いしたじゃないか」

「その文句はもとのままだけど、ロバート……ごらんになって！」

あのひとはわたくしの手から灰皿をとりあげて、難しい表情になり、それから窓ぎわへ歩みよりました。すっと顔色が青ざめたのを見ると、自分のおこなった実験が、実際上、いかに奇怪な結果を来すものであるか、わたくしが考えたと同様に気づいたことが察しられました。

三つの字句はいぜんそこに存在していましたが、それが裏返しになって、こう読めるのでした。

Made in Japan

ひと言も口をきかず、わたくしのことなど完全に忘れて、ロバートは研究室へとんで帰りました。つぎに顔を合わせたのは、翌朝のことでしたが、あのひとは徹夜の仕事に疲れきって、髭もあたっていない有様でした。

数日の後、ロバートはふたたび裏返しになった物体をこしらえまして、それがまた彼の不機嫌の種になり、数週間のあいだ、あれこれと口うるさく、気難しい日々がつづきました。わたくしも当座はできるだけ我慢に我慢をかさねていましたが、ある宵のこと、わたくし自身も虫のいどころが悪かったのか、ごく取るに足らぬことから、良人と馬鹿げた争いをはじめ、わたくしは彼の気鬱癖をひどく責めたてたのです。

「すまなかったね、アン。やっかいな問題ととり組んでいたもので、つい、きみに八つ当たりすることになってしまった。じつは、ここではじめて生きた動物をつかった実験を試みたんだが、それがまんまと大失敗におわったのさ」

「ロバート！　まさかダンディローを実験につかったのじゃないでしょうね？」

「それがつかったんだよ。どうしてわかった？」と、良人はおどおどしながら訊きかえしました。

「あいつは完全に分解したんだが、受信機のほうには現われてこないんだ」

「まあ、ロバート！　じゃ、あれはどうなったの？」

「なくなってしまったのだ……ダンディローという物体はもう存在しないのさ。ただ、一匹の猫の原子が分解したまま、どこか知らないが、この宇宙の中に漂っているだけなんだ」

　ダンディローというのは小さな白猫のことで、ある日の朝、コックが庭でみつけたのを、そのまま飼っているのでした。その話を聞かされて、猫がいなくなった事情を知ったわたくしは、すっかり腹を立ててしまいましたが、まるきりしょげかえっている良人のようすを見ると、とても責める気持ちにはなれませんでした。

　その後もまた、何週間かのあいだ、良人と顔を合わせることはほとんどありませんでした。ロバートは食事の大部分を研究室へ運ばせていました。朝、起きてみて、良人のベッドに使用した形跡のないことも、しばしばでした。またときには、夜中に帰ってきたくせに、朝はやく出かけていったとみえて、まるで嵐が吹きぬけたように寝室内がとり散らかっていることもありました。暗闇の中で身支度を整えたからのことなのでしょう。

　やがて、ある日のこと、顔じゅうに笑みをたたえたロバートが、夕食どきにもどってきたのです。長い研究の苦労もやっと終わったのだと知りました。わたくしが外出の支度をしているので、良人はがっかりしたような声で言いました。

「出かけるのかね、アン」

「ええ、ドリロンさんのお宅からブリッジに誘われているのです。でも、電話で、お断わりすることもできましてよ」

「それがいい。そうしてくれ」

「よくはないわ。お断わりするのなら、わけをおっしゃって！」

「成功したんだよ。とうとう、完全にやってのけたんだ。その奇跡を、だれよりも先に、きみに見てもらいたいと思ってね」

「すばらしいわ、ロバート！　もちろん、わたくしも嬉しいわ」

　わたくしはさっそく隣りのドリロン家へ電話して、今夜はうかがえなくなったと言いました。そして、その足で台所へ駆けこむと、コックにむかって、十分以内にお祝いの晩餐を用意するように命じたのです。

「アン、またひとつ、すばらしいアイディアを思いついたぜ」

良人のロバートは、蠟燭の火に照らされての晩餐が終わり、メイドがシャンペンを運んできたのを見ると、そう叫びました。

「祝賀のさかずきは、再合成のシャンペンであげるとしようじゃないか」

そして良人は、メイドの手からシャンペンの罎をのせた盆を受けとりますと、研究室へ通じるドアへむかいました。

「分解以前のものと、味に変わりはありませんかしら？」

わたくしは、盆を手にした良人が、研究室のドアをあけて、スイッチをひねるのを見ながら訊きました。

「そんな心配があるものか。すぐわかることだ。いま持ってくるからね」

良人は電話ボックスの扉をあけました。このボックスは先日買い求めたばかりのもので、良人はそれを改造して、例の『送信機』をつくりあげたのでした。

「これをここに置く。こんなぐあいにね」と良人はつけくわえて、ボックスのなかに、盆をのせた台を置きました。それから、念入りに扉をしめますと、良人はわたくしを部屋のすみに連れていって、色の濃い黒眼鏡を渡してくれました。そして、自分自身もおなじような眼鏡をかけて、もう一度、『送信機』のそばのスイッチ盤までもどっていくのでした。

「いいかい、アン」と良人は、室内の電燈をのこらず消して、「ぼくが声をかけるまで、その眼鏡をとるんじゃないよ」と申しました。

「わかったわ、ロバート」

わたくしの眼は、電話ボックスのガラス扉ごしに、緑色の光のなかの盆を見つめていました。

「いくぞ！」とロバートは、スイッチを入れました。

部屋じゅうがオレンジ色の光で真昼のように輝きわ

たりました。電話ボックスのなかで、花火が炸裂でもしたように、ぱっと閃いたものがあったのです。その強い熱が、わたくしの顔、頸、手とつたわってきました。でも、それもほんの一瞬のことで、つぎの瞬間、わたくしはただ唖然として、ちょうど太陽を直視したあとのように、緑色の輪にふちどられた真っ黒な円をまえに、まばたきをつづけるばかりでした。

「アン、終わったよ。もう眼鏡をはずしていい」

すこし芝居がかった身振りで、ロバートは電話ボックスの扉を開きました。予期はしていましたものの、これが驚かずにいられましょうか！　シャンペンの壜もグラスも、それをのせた盆から台にいたるまで、影も形もなくなってしまっているのでした。

ロバートは儀式めかしたしぐさで、わたくしの手をとると、隣室へ導いていきました。その部屋のすみにも、もうひとつ、電話ボックスが立っていました。

良人は勝利の歓声をあげながら、その扉をいっぱいに開きました。そして、なかの台の上に置かれたシャンペンの盆をとりあげるのでした。

ミュージック・ホールの舞台へ、奇術師によってひっぱり上げられる、お人好しの観客のように、わたくしには、それとはっきり口にだして言うことができませんでした。『みんな、鏡のトリックなんだ』という言葉が――なによりもそれが良人を悲しませることが、わかっていたのです。

「これ、飲んで危険じゃありませんの？」

シャンペンの栓をぬきながら、わたくしはそう尋ねました。

「ぜったいに大丈夫」と、良人はグラスを渡してよこしました。「こんなことは驚くにあたらない。これを飲みおえたら、もっと眼をみはるようなことを見せてやるよ」

わたくしたちはまた、もとの部屋へひきかえしました。

「まあ、ロバート！　また生き物なの？　かわいそうなダンディローのことをお忘れになったわけじゃないでしょうね」

「なあに、これはモルモットだよ。これも成功することは確信できるんだ」

良人はその小さな動物を、電話ボックスの、緑色にひかるエナメルの床に放つと、いそいで扉を閉めました。わたくしはまた黒眼鏡をかけて、炸裂する花火のような閃光と熱とを浴びることになりました。

ロバートにドアを開けてもらうまでもなく、わたくしは隣りの部屋にとびこみました。そこは先刻のままに電燈がともっていました。わたくしはさっそく受信ボックスをのぞきこみました。

「ねえ、ロバート！　成功よ。ちゃんと中にいますわ」

わたくしは興奮して叫びながら、ボックスの中をちょこちょこ駆けまわっている小動物をながめました。

「すてきだわ、ロバート、大成功よ！」

「もう、大丈夫らしいね。しかし、念には念を入れなくちゃいけない。確実を期するために、あと数週間の時間がほしい」

「それ、どういう意味ですの？　モルモットは、あちらの部屋のボックスへ入れたときのままで、元気よく走りまわっていますわ」

「うむ。元気なようにみえるがね。しかし、内臓器官に異常がないかどうかを調べるには、ある程度の期間が必要なんだ。ひと月たっても、やはりこのモルモットが達者でいれば、そこではじめて、ぼくの実験は成功といえるんだ」

わたくしはすすんで、そのモルモットの世話をしたいと申し出ました。

「いいだろう。だが、餌をやりすぎて、死なせないように気をつけてくれよ」

良人はわたくしの熱心さに苦笑をもらしながら、その申し出を承諾してくれました。

ホプラ――というのが、わたくしがモルモットにつけた名前なんですが――そのホプラを研究室から連れだすことは許されませんでした。それでもわたくしは、その頸にピンクのリボンをつけ、日に二回、餌をあたえました。

ピンクのリボンを巻いたホプラは、じきによく馴れて、可愛いペットになりましたが、ひと月待つということは、まるで一年もの長さに感じられるのでした。

その後、ある日のこと、ロバートはわたくし達が飼っていた愛犬、ミケットという名の小さなスパニエル犬を、例の『送信機』に入れました。しかし、それを実験材料に使うことは、わたくしがぜったいに承知すまいと知っていましたので、良人はそのことをわたくしの耳に入れませんでした。そのくせ、わたくしが気づいたときには、もう五、六回も試みて実験に成功したあとでした。事実、ミケットはその実験をよろこんでいるようすで、『合成機』から解放されますと、半狂乱で隣室へとんでいき、『送信機』の扉をひっかくのでした。それを良人は、もう一度やってもらいたがっているのだと説明していました。

で、わたくしのほうも、もうそろそろ、良人が友人たちや空軍省の専門家を招待する頃だと考えました。ロバートは研究をひとつ完成するたびに、自分自身でタイプして綿密な報告書をつくりあげるのですが、同時にまた、友人たちを招いて、そのまえで実験してみせる習慣があったのです。ところが、今度にかぎって、良人はただ作業をつづけるばかりでした。ある朝、わたくしはとうとう、いつものいわゆる〝びっくりパーティ〟をなさらないつもりですか、と訊いてしまいました。

「ああ、今のところ、やる気はない。しかし、その気になる日も、そう遠いこととは思わないがね。とにかく、こういう重要な研究となると、確かめておかねばならぬことがいっぱいあるんだ。ほんとうのところを言うと、この実験の一部分には、当のぼくでさえ理論的には解釈のつかないことがいくつかあるのさ。じっさいには実験は成功した。だが、専門の教授連をまえにして、このとおり大成功だと威張るわけにはいかないんだよ。そのためには、その方法について、理論的に完璧な説明が必要だからさ。そして、それ以上に考えなければならぬことは、こうした実験にはかならずつきものの反論を、ことごとく論破できるだけの準備が要るんだよ」

わたくしはときどき研究室にはいりこんで新しい実験を見せてもらいました。でもそれは、ロバートからはいってよいと許されたときだけでして、研究に話題をおよぼすのも、良人がさきに口をきった場合にかぎりました。

もちろん、この当時は、まだ人体についての実験まではおこなわれていませんでした。そしてわたくしは、もしそうした実験がおこなわれるならば、最初は、ロバート自身がその材料になると信じていました。その数日後、わたくしは偶然の機会から、解体ボックスの内部のスイッチが、ぜんぶ二倍にふやされているのを発見しまして、そして、いよいよ良人自身がその中にはいるのだなと察しました。

ロバートがあの恐ろしい実験をした当日は、昼のお食事にも姿を見せませんでした。わたくしはメイドに命じて、料理を盆にのせて届けさせました。しかし、もどってきたメイドは、こんなメモが研究室のドアにピンでとめてあったと申しました。

『実験中、立入禁止』

良人がこのようなメモをドアにピンでとめたことは、これまでにも幾度かありましたので、わたくしはそれを見ても、いつになく大きな字だなと思ったくらいで、べつに気にもとめませんでした。

ハリイがへんてこな蠅をつかまえたと言って部屋にはいってきたのは、そのあと、わたくしがコーヒーを飲んでいるときでした。ママ、見てごらん、とハリイは言うのでしたが、わたくしはその固く握った拳をのぞきこもうともしないで、すぐに逃がしてやりなさいと申しました。

「だって、ママ。この蠅はおかしいんだぜ。頭が白いんだよ」

わたくしはハリイを開け放した窓のそばへ連れてい

って、すぐ逃がしなさいと命じました。ハリイは素直にわたくしの言葉に従いました。むろんハリイとしては珍しい蠅だから捕らえたのにちがいありません。でも、ハリイの父が、どんなかたちであろうと、動物を虐待する行為を憎んでいるということも、考慮しないわけにはいかないのです。万一、ハリイがその蠅を壜とか箱とかに入れたことがわかれば、父と子のあいだに、ひと悶着起きることはわかりきっていたからです。

その日の夜、夕食の時刻になっても、まだロバートは現われませんでした。わたくしはすこし心配になり、自分で研究室まで行って、ドアをノックしてみました。

良人はノックに応えてくれませんでしたが、部屋の中を動きまわっている気配はしているのです。そのうちに、ドアの下から、小さな紙片がすべり出ました。それには次のようにタイプしてありました。

　アン、困ったことが起きた。ハリイを寝かせてから、もういちど来てくれ。一時間以内にだよ。

わたくしは不安になって激しくノックをつづけました。いくら叫んでも、ロバートは声をかけてもくれません。タイプライターの音が、聞きなれた良人のものであることを確かめて、わたくしは住居のほうへひき返しました。

そして、ハリイを寝かせつけてから、また研究室へ駆けもどりますと、こんどは次の紙片がドアの下から顔を出していました。わたくしはそれを拾いあげましたが、瞬間、思わず手がふるえました。よほど悲しいことが起きたにちがいありません。

　アン、ぼくはきみを頼りにしているのだ。とり乱して無分別なまねをしないでくれ。ぼくを救けられるのは、きみだけなのだから。恐ろしい事故が起きたのだ。当座は、生命の危険はないが、いずれ生死にかかわる問題であることに変わりはない。ぼくを呼んだり、話しかけたりしても無駄だ。ぼくには返事ができない。口がきけないんだ。今はただ、きみにぼくの頼みを、正確に、ひじょうに気をつけて、やってもらいたいだけだ。理解できたら、その合図に、三度、ノックをしてくれ。それから、ラム酒を加えた牛乳を、鉢に入れて持ってくること。ぼくはきょう一日、なんにも食べていないが、それで足りるだろう。

不安におののき、大声でロバートと名を呼びながら、ドアがあくまで叩きつづけたい衝動に駆られましたが、わたくしは、その気持ちをむりに抑えました。そして、メモにあったとおり、ドアを三度ノックしておいて、とりあえず住居へ、あのひとの欲しがっているものをとりに駆けもどりました。

　五分とたたぬうちに、わたくしはそれを持ってひき返してきました。すると、また次のメモが、ドアの下にのぞいているのです。

アン、ぼくの指示を、注意して読んでくれ。きみがノックしたら、ぼくがドアをあける。きみはぼくの机へ歩みよって、その上に牛乳の鉢を置く。それから、受信装置の置いてある部屋へ行って、蠅を探すのだ。念入りに探せば必ず見つかるはずだ。ただ、ぼくにはそれができない。不幸なことに、ぼくは小さなものが見えなくなってしまったのだ。

　部屋へはいってくる前に、ぼくの命令には、ぜったいに従うと約束してくれ。ぼくのほうに眼をむけないこと。話しかけても無駄なことを忘れないでほしい。ぼくには返事ができないからだ。約束してくれたしるしに、三度、ノックしてくれ。ぼくの生命は、すべてきみの助力ひとつにかかっているのだ。

わたくしは気を鎮めるために、しばらくそこに立っていました。それから、ゆっくりと三回、ドアをノックしました。

ドアの向こうに、ロバートの近づく気配がして、鍵をいじっているようすでしたが、ドアが開きました。

ドアのかげにロバートが立っているのを感じました。わたくしはわざと見ないようにして、牛乳の鉢を机まで運びました。良人がわたくしのようすを見ていることは疑いありません。わたくしは落着きを保つために必死の努力をはらわねばなりませんでした。

「あなた、かならずおっしゃるとおりにしますから、ご安心なさって」

わたくしは机の、たった一つともっている電気スタンドのそばに、牛乳の鉢を置きながら、できるだけ静かな声で言いまして、隣りの部屋へむかいました。そこは、電燈が一つのこらず、煌々と明るい光を放っていました。

でも、その部屋にはいって、まず最初にうけた印象は、受信装置のボックスから台風が起こって、部屋じゅうを吹き荒らしたという感じでした。いたるところに書類が散乱しています。片隅に、試験管がのこらず、粉々にくだけて落ちています。椅子や台がひっくりかえっていますし、窓のカーテンの一枚は、なかば裂けて、まがったロッドからぶらさがっております。床の上に置かれた大型のホウロウ皿の中では、書類をたくさん焼いたとみえて、いまだに煙がのぼっているのです。

わたくしはすぐに、ロバートから探せと言われた蠅が見つからないことを知りました。女というものは、男のひとが理性を駆使してはじめて察するところを、一目で見てとることができるのです。男性にとってはほとんど近づくこともできない知識の形式で悟ってしまうのです。男のひとたちはそれを口惜しがって、直感と称して蔑視します。わたくしはすでに、ロバートが欲しがっているものは、さきほどハリイがつかまえて、わたくしの命令で逃がしてやった蠅だと知ってしまいました。

隣室ではロバートの動きまわる物音がしています。つづいて、ごくごくと、液体を吸いこむ奇妙な音が聞こえてきました。ロバートが苦しそうに牛乳を飲んでいるのでしょう。

「あなた、この部屋に、蠅は一匹もいませんわ。ほかにご用がありましたら、おっしゃって。口がきけないんでしたら、なにか叩いてみて……一度はイエス、二度はノーときめましょう」

わたくしは声を抑えて平静にしゃべろうと努めました。が、二回、なにかを叩く音がして、ノーと言われたときは、絶望のあまり、涙声にならないではいられませんでした。

「ロバート、おそばへ行ってもかまいませんでしょう？　どんなことが起きたのか見当もつきませんけど、なにがあったにしても、取り乱したりはしませんから」

逡巡しているように、ちょっと沈黙がつづいたのち、机を一度叩く音がしました。

戸口まで行ったわたくしは、思わずあっと声をあげて、その場に立ちすくみました。そこにロバートが立っていて、その頭から肩にかけてを、茶色のビロードの布で包んでいるのでした。その布は、良人が研究から手が離せなくて、ここで食事をとるときのために置いてあるもので、机のそばの小テーブルにあったものにちがいありません。そのおかしなかっこうを見て、一度はほほ笑みかけたのですが、すぐにまた涙声にもどって、わたくしは言いました。

「ロバート、夜が明けたら、もういちど探してみますわ。昼間の光線のほうが確かですもの。さあ、おもどりになって、ベッドにおはいりになったら？　なんでしたら、お客様用の寝室に支度をします。あそこでしたら、だれにも見られずにすみますもの」

良人の左手が机上を二度叩きました。

「お医者さまを呼びましょうか、ロバート」

「ノー」と、机の音が答えました。

「あの方なら、お知恵を貸してくださるのじゃないかしら」

するとと鋭く、『ノー』と叩く音がしました。なんと言ってよいのか、なにをしてよいのかわからぬままに、わたくしはまた、こう申しました。

「今朝がた、ハリイが蠅を一匹つかまえて、わたくしに見せにきましたの。わたくしはそれを逃がさせました。あなたの探してらっしゃるのは、それではなかったんでしょうか？　わたくしは見ませんでしたけど、ハリイの話では、頭が白かったとか」

ロバートの口から金属性の妙な吐息がもれました。あまりにも異様なひびきなので、悲鳴をこらえるのに、わたくしはきつく指を嚙まずにはいられませんでした。すると良人は右手をだらりと下へ垂らしました。それは、いつも見馴れた、指の長い、男性的な腕とちがって、灰色の棒に小さな蕾《つぼみ》をくっつけたような、木の枝にそっくりのものが、袖から現われて、ほとんど膝のあたりまで達しているのです。

「まあ、ロバート、どうなさったの？　知っていたら、もっと早く、お手伝いにきましたのに。ロバート……怖いわ！」

わたくしはとうとう、自分を制御することができなくなって、大声に泣きわめいてしまいました。

一度叩いて、イエスと知らせておいてから、良人は左手でドアのほうを指さしました。

わたくしが外へ出て、そこに泣き伏していますと、良人はわたくしの背後でドアに鍵をかけました。つづいてタイプライターを叩きはじめましたので、その音を聞きながら、わたくしは待っておりました。しばらくして、また戸口まで、足をひきずるような音がしまして、紙片が一枚、ドアの下からすべり出ました。


アン、夜が明けたら、もどってきてくれ。よく考えて、きみにも納得できるように、説明をタイプしておく。ぼくの睡眠薬を一錠のんでベッドにはいりなさい。あすは元気で、ぼくを助けてほしい。かわいそうなアンへ。

R

「今夜はもう、ご用はありませんの？」わたくしはドア越しに叫びました。

　良人は机を二度叩いて、ないと答えました。そして、そのあと少したってから、またタイプライターの音が響いてきました。

　太陽の光で、顔いっぱいに照らされて、わたくしはあわててとび起きました。時計の眼覚ましを五時に合わせておいたのですが、おそらく聞こえなかったのでしょう。睡眠薬のせいでしょうか、夢も見ずに、丸太ん棒のように眠りこけていたのでした。起きた世界が、かえって生きた夢魔の跳梁しているところなので、まるで子供のように泣きわめきながら、ベッドからとび起きたようなしだいです。時計の針はちょうど七時を指していました！

　台所へとびこむと、びっくりしているメイドたちにはひと言も言わず、大急ぎで、コーヒーとバターをつけたパンを盆にのせ、研究室へ駆けつけました。

　ノックをすると同時に、ロバートがドアをあけました。そして、わたくしが机に盆を運ぶあいだに、彼はドアを閉めました。いぜんとして、その頭は布でおおわれていますが、服とキャンプ用ベッドが皺だらけになっているところを見ると、ロバートが眠ろうと努めたことが想像されました。

　机上には、わたくしに読ませようとして、タイプした紙片がのっていました。ロバートは隣室に通じるドアをあけました。その動作は、ひとりになりたいという意味だとわかりましたので、わたくしはその紙片をとりあげて、つぎの部屋にはいりました。そして、良人がコーヒーをついでいる音を聞きながら、紙片の文字に目を走らせました。


　灰皿の実験を憶えているかね？　ぼくはあれとそっくりの事故を起こしてしまったんだ。一昨夜、ぼくはぼく自身を伝送するのに成功した。きのう、その二度目の実験を試みた。ところが、そのとき、ぼくが気のつかぬうちに蠅が一匹、分解機の中にまぎれこんだにちがいない。ぼくに残された、たったひとつの望みは、その蠅を探しだして、もう一度、ぼくといっしょに送信機に入れることだ。頼むから探しだしてくれ。なんとしてでも、この失策をとりもどす方法を講じなければならないんだ。

ロバートが、もっと早く打ち明けてくれさえしたら！　もはや良人のからだは不気味なまでに変形しているにちがいないと考えて、わたくしはしくしくと泣きだしてしまいました。顔も裏返しになっているのでしょう。眼が耳の位置にあり、口が襟首のあたりについているのではないでしょうか？　いえ、いえ、もっと恐ろしい姿なのかもしれません。

なんとかしてロバートを助けなければならない！　そのためには、あの蠅を探しださなければ！

気をとり直して、わたくしは叫びました。

「ロバート、はいってもいいかしら！」

あのひとはドアを開けてくれました。

「ロバート、失望なさらないで。きっと蠅は探しだします。もう研究室にはいないようですが、そう遠くへは行っていないと思います。でも、さっきのメモにあったように、この失敗を挽回する方法は、なにか見つかるにちがいありません。このままでは、わたくしとしても耐えきれませんわ。もしお望みなら、マスクか頭巾《ずきん》をつくってさしあげます。それをかぶって、もとどおりの身体になるまで、お仕事をつづけていただきたいですわ。そのお仕事もおできになれないようでしたら、ダウニング教授をお呼びいたします。あの方やほかのお友達が、きっと助けてくださるにちがいありませんわ」

するとまた、わたくしは奇妙な金属性の溜息を聞くのでした。そして、それと同時に、良人は机をつよく叩きました。

「ロバート、心配なさらないで。おねがいですから、静かになさって。あなたに相談なしでは、わたくし、なにもしませんから、どうか信じてくださいな。できるだけのことをして、きっとあなたを助けてさしあげます。でも、どのくらい、形が変わってしまいましたの？　お顔を見せていただけません？　どんなになっていようが、けっしてわたくし、怯えたりはしませんわ……だってわたくし、あなたの妻ですもの」

　しかし良人のロバートは、きっぱりと二度、ノーと叩いて、ドアを指で示すのでした。

「いいわ、わたくし、蠅を探しにいきます。ですから、ばかなことはしないと約束してください。わたくしにないしょで、無分別な、危険なまねはなさらないと約束していただきたいの」

　良人は左手を伸ばしました。それでわたくしは、良人が約束してくれたことを知りました。

　いまだに忘れませんが、その日は一日、休みなしに蠅を追いまわしてすごしました。帰宅してからは、メイドたち総動員で、家じゅう、ひっくりかえさんばかりにして探索をつづけました。メイドたちには、教授の研究室から蠅が一匹逃げだしたので、生きているうちにつかまえねばならないのだと申し聞かせました。でもメイドたちは、わたくしの気が狂ってしまったものと思いこんでいるようでした。そして、それを警察へ告げたとみえて、その日、一日じゅう、蠅を追いかけまわしたおかげで、わたくしは死刑台にのぼらずにすむという結果を生んだわけなのです。

　ハリイには真っ先に尋ねてみましたが、あの子はもう、蠅のことなど忘れてしまって、わたくしの言葉の意味さえわからないのです。わたくしは癇癪を起こしてハリイをこづきまわし、力いっぱい頬をうって、驚いているメイドのまえで泣きださせてしまいました。でも、興奮しすぎているのに気づいたわたくしは、すぐハリイにキスをし、なだめすかして、わたくしがなにを欲しがっているのか、言って聞かせました。あの子の話では、その蠅を見つけたのは台所の窓のすぐそばで、それをまた、わたくしに叱られたもので、すぐに放してやったとのことです。

わたくし達の住居は丘のてっぺんにあり、たえず谷間から微風が吹きあげてくるので、夏場でも蠅のすがたなど見られないのです。にもかかわらず、わたくしはその日、一日だけで、何ダースもの蠅をつかまえました。窓という窓の敷居、庭のすみずみまで、皿にミルク、砂糖、ジャム、肉の類を入れて並べておきました——むろん、蠅を誘い寄せるための手段であることは申すまでもありません。

ですが、わたくし達がつかまえたどれも、さらにまた、つかまえ損ねたどの蠅も、ハリイがきのうつかまえたのと似通ってはいませんでした。すこしでもほかのと変わったところがあれば、一四一四、拡大鏡で調べてみたのですが、白い頭のものなど、見つかるわけもなかったのです。

昼のお食事の時間になると、牛乳とマッシュポテトを持って、わたくしはロバートのもとへ駆けつけました。そのとき、つかまえた蠅のいくつかも、いっしょに持っていって、良人に見てもらいましたが、どれひとつ役にたたないとの返事でした。

「今夜、もうひと晩、探してみますけど、それでも見つからないようでしたら、ほかの方法を考える必要があると思いますわ。これが、わたくしの提案ですけど、どうお考えか、ご返事がいただきたいのです。わたくし、隣りの部屋におりますから、机を叩いて、イエス・ノーの方法か、タイプライターでくわしく話していただくか、どちらかのご返事をいただきたいですわ。おわかりになりまして？」

イエスという返事がありました。

夜になっても、まだ目的のものは見つかりません。お食事の時間に、台所でロバートの盆を用意しながら、わたくしはその場にくずおれ、黙って見つめているメイドたちのまえで、声をあげて泣きだしました。メイドのなかには、わたくしが蠅のことで良人と喧嘩をしたのだと思っているものもあったようですが、コックはたしかに、わたくしの気が狂ったのだと思いこんでいたようです。

なにも言わずに、わたくしは盆をとりあげましたが、電話機のそばまで行くと、その盆を、またそこに置いてしまいました。たしかにこれは、ロバートにとって、生死の問題であるにちがいありません。わたくしの力で、なんとかロバートの気持ちを転換させないかぎり、あのひとは自殺とか、そのような思いきった手段に出るにちがいないのです。他人には知らせないと、良人と約束はいたしました。でも、この場合、約束がなんだというのです？　約束だとか信頼だとか、そんなものにロバートの生命がかえられましょうか？　どんな手段を講じても、良人の生命は助けねばなりません！　わたくしは決心を固めましてダウニング教授のダイヤルをまわしました。

「教授はご旅行中で、週末までお帰りになりません」

電話線の向こうで、ていねいではありますが、非情そのもののような声が、そんなふうに答えました。

これでおしまいだ！　わたくしはひとりで闘わねばならない。なにが起ころうが、ロバートの生命を、独力で、助けねばならないのです。

ロバートがドアを開けてくれると、わたくしはそれまでの引っ込み思案をすて、食事の盆を机に置くと、隣りの部屋に行って、つぎのように話しかけました。

「ロバート、今度こそ、はっきり言っていただきたいんです。どんなことが起きたのか、正確に教えていただきたいのです。話してくださいますわね」

そしてそのあと、辛抱づよく待っていました。しばらくして、ドアの下から、タイプで打った返事が押しだされました。


アン、知らせないほうがよいと思うのだ。ぼくがこの世を去るときは、むかしのままのぼくを、きみの記憶にのこしておきたい。ぼくの身の上に起こったことは、だれにも憶測できないようにして死んでゆきたいのだ。もちろんぼくは、ぼくのからだを、送信機で分解してしまうのが、いちばん簡単な方法だと知っている。しかし、そうした方法は採用しないのが賢明だということも知っている。それでは、遅かれ早かれ、もう一度ぼくが再合成される懸念がのこるからだ、いつか、どこかで、他の科学者が、ぼくとおなじ発見をするにちがいないのだ。そこでぼくは、単純でも容易でもない方法を考えついた。だが、それにも、きみの手を借りなくてはならない。

その瞬間、わたくしも良人が狂ってしまったのではないかと訝《いぶか》りました。そして、やっとの思いで、こう言いました。

「ロバート、どんな方法をお考えになったのか知りませんが、卑怯な解決方法には、ぜったいに賛成できません。あなたの実験と、それにともなって起きた不慮の事故が、どんなに恐ろしいものであったにしても、あなたが生きておいでのうちは、あなたは立派なひとなのです。すぐれた頭脳の持主なのです……あなたには勇気がおありのはずです。自分で自分をほろぼすような権利はないのです！」

返事はすぐにタイプライターで打たれ、ドアの下から出てきました。

たしかにぼくは生きている。しかし、ぼくは、もはや人間ではない。ぼくの頭脳、ぼくの知力は、一瞬ごとに消えていくらしい。以前のようではなくなってしまった。知力のない人間なんて、ありえない……きみにもそれが、わかるはずだ！

「だったら、他の科学者たちに、あなたの発明をお話しになるべきですわ。きっと、そのひとたちが、助けてくれるにちがいありません！」

わたくしが不安のあまり、ふらふらと良人の部屋にはいろうとしますと、良人は怒ったように、ドアをつよく二度叩くのでした。

「ロバート……なぜなんです？　なぜあなたは、他の科学者たちの手を借りようとなさらないんです？」

怒ったようなノックが、たてつづけに、ドアを叩きました。良人が、わたくしの提案した解決方法に同意をしめしていないことがわかりました。ほかの手段を考えださねばならないようです。

一時間はたっぷりしゃべったと思われました。わたくしは良人に、わたくしたちの子供のこと、わたくし自身のこと、家族のこと、わたくしたちと人類一般にたいしてのあのひとの義務のこと——と、休みなしにしゃべって、あのひとの気持ちを変えようと努めました。ですが、ロバートは返事ひとつしませんでした。最後には、たまりかねて、わたくしは叫んでしまいました。

「ロバート……聞いてらっしゃるの？」

イエスという返事が、ゆっくりと叩かれました。

「いいわ。では、もう一度、言います。わたくしに別の考えがありますの。最初、灰皿をつかった実験を憶えていらっしゃるでしょう？……もし、あの灰皿を、もう一度、送達なさったら、裏返しの文字が、もとにもどって現われるのではないでしょうか」

わたくしの言葉が終わらぬうちに、ロバートはせわしなくタイプを叩いて、すぐに返事を送りだしてよこしました。

ぼくもそれはとっくに考えてみた。だからこそ、蠅がほしかったのだ。それを、ぼくといっしょに送達する必要があるのさ。ほかにはまったく望みがないのだ。

「やってみたら、どうなんです。うまくいくかもしれませんわ！」

『すでに七回、試みてみた』——それが、わたくしの受けとった返事でした。

「ロバート！　おねがい！　もう一度、やってごらんになって！」

　きみの女性らしい、楽観的なロジックを褒めてやろう。最後の日まで実験をつづけろというのかね？　しかし、きみの気持ちを買って、もう一度だけ、くりかえしてみよう。これがおそらく、きみにぼくがあたえる、最後の贈り物となるだろう。とにかく、もう一度やってみる。黒眼鏡が見つからなかったら、機械に背をむけて、手で眼をおさえていたまえ。用意ができたら知らせるんだよ。

「いいわよ、ロバート！」と、わたくしは叫びました。眼鏡など探そうともしないで、すぐに良人の指示に従ったのでした。

　ロバートの動きまわっている気配がしています。『分解機』の扉が開いて、閉まったのが聞こえました。じっさいは一分か二分なんでしょうが、ずいぶん長い時間を待っていたように思われました。いきなり、はげしい破裂音がとどろいて、眼もくらむような光が、わたくしの指とまぶたを通して輝きました。

　ふり返ってみると、ボックスの扉は開いたままになっています。

　頭と肩はまだビロードの布におおわれていますが、ロバートがよろめきながら、ボックスから出ようとしているところでした。

「どんなお気持ち？」わたくしは、良人の腕に触れながら訊きました。「いくらかちがいます？」

　彼はわたくしを避けようとして、そばに転がっていた椅子のひとつに足をとられました。からだのバランスを崩すまいとした拍子に、いきなり、仰向けに倒れてしまいました。そして、そのはずみに、頭から肩にかけていた茶色のビロードの布がすべり落ちたのです。

　これほど凄まじい恐怖がありえましょうか。考えてもいなかった恐ろしさです。いえ、予期していなかったわけではないのですが、それでもなお、死んでしまうほどの衝撃でした。両手で悲鳴を食い止めようとして、口もとを押さえましたが――そして、その手の指から、血がしたたり落ちたくらいですが、抑えきれぬ叫びが、何度も何度も、わたくしの口からほとばしるのでした。わたくしの眼は彼のすがたから離れようともしません。閉じることさえできないのです。そのくせ、これ以上、眺めつづけていたら、わたくしは悲鳴をあげながら死んでしまったにちがいありません。

ゆっくりと、怪物は起きあがりました。かつては、わたくしの良人であったその生き物は、頭をかかえて起きあがると、手さぐりでドアのほうへ向かい、そこから出てゆきました。まだ悲鳴をあげながら、わたくしはやっと眼を閉じることができました。

敬虔なカトリック教徒であったわたくしは、神を信じ、死後のよき生命を信じていました。それが今、ただ一つの希望だけに変わりました。死ぬときは、ほんとうに死んでしまいたいという希望、来世の生命など、存在しませぬように！　もし死後の生命があるものなら、それを通じて、やはりこの恐怖を忘れることができないでしょうから！　夜も昼も、起きているときも眠っているときも、わたくしの眼のまえからは、その恐ろしい光景が消えないでしょう。永遠にそれを見ている悲しい運命があたえられたのです。忘却の淵に沈んだそのあとまでも！

わたくしが完全な無に帰するまで、なにものも、その恐ろしい姿を、わたくしの眼前からのぞき去ることはできません。真っ白な頭髪、つぶれたように扁平な頭蓋、二つ突き出ている尖った耳、桃色に濡れた鼻もまた、猫のそれでした。それも、驚くほど大きな猫の……それに、その眼！　眼と呼ぶよりは、眼があるはずの位置に、小皿ほどの大きさで、茶色に光るふたつのかたまりがあるのでした。動物か人間か、口のかわりに、毛の生えた長い割れめが、垂直にひび入っていて、そこからは黒い管が、ラッパのように先広がりの形で、顫《ふる》えながら垂れさがっているのです。たえず唾液をしたたらせながら……

わたくしは気絶してしまったにちがいありません。気がついてみますと、わたくしは研究室のコンクリート床にうつ伏せになって、閉ざされたドアを見つめているのでした。その向こうからは、ロバートの叩くタイプライターの音が聞こえていました。

痺《しび》れたように、うつろな頭で、わたくしはただ呆然としているばかりでした。恐ろしい事故の直後、なにが起こったのか知るまえに、人間はみな、こうした忘我状態に襲われるものです。わたくしは、ただぼんやりと、以前、ある列車の停車場で見たことのある男のすがたを思い出していました。列車の通りすぎたあと、線路のうえに片足だけが残っているのを、どんな事故が起こったのかは、はっきり意識しながら、馬鹿のように虚《うつ》けた気持ちで眺めた経験があるのでした。

喉がひどく痛みます。ひょっとしたら、あげつづけた悲鳴のために、声帯が切れてしまったのではないでしょうか、二度と口をきくことはできないかもしれません。タイプライターの音が、突然、やみました。なにかがドアに触れて、その下から紙片がすべり出るのを見ると、わたくしはまた悲鳴をあげるのではないかと恐れました。

恐怖と不快感にふるえながら、わたくしは腹ばいの姿勢のまま、紙片には触れずに、以下の文句を読みました。


いまこそ、一切が了解できたろう。最後の実験は、また新しい不幸を生んだ。かわいそうなアン。きみはおそらくダンディローの頭の一部を見たことだろう。分解機にはいったとき、ぼくの頭は、蠅のそれだった。それが今は、眼と口がのこっているだけで、あとは猫の頭の一部と入れ替わってしまった。あわれなダンディローの原子は完全に合成されきらなかったのだ。こうなっては解決策はただ一つしかない。それはきみにも解ったことと思う。ぼくは消え去るだけだ。用意ができたら、ドアをノックしたまえ。きみの行動を教えるから。

あのひとの言葉は正しかったのです。新しい実験を主張したわたくしは、残酷で、かつ、まちがっていたのでした。そしていま、なんの希望も残っていないことを悟りました。これ以上実験をくりかえすのは、よりわるい結果を招くだけのことです。

めくるめくような思いで立ちあがると、わたくしはドアに近づいて、話しかけようと試みました。が、喉から、声らしいものは洩れてきませんでした……そこでわたくしは、ドアをノックしました！

その後の経緯は、お察しねがえると思います。良人はその計画を、かんたんにタイプしたメモで説明しました。わたくしはそれに同意しました。すべての点で同意したのでした。

顔は火のように火照《ほて》っています。からだは寒気がして自動人形のようにふるえています。そのわたくしが、良人のうしろにしたがって、死んだように静まりかえっている工場へはいっていきました。わたくしの手には分厚い説明書が握られていました。それによってスチーム・ハンマーの操作方法を知る必要があったのです。

スチーム・ハンマーを操作するスイッチ盤のまえで、良人は足もとめず、ふり返りもせずに、それを指で示しました。わたくしはそこで立ちどまったまま、その先へは進みませんでした。良人は巨大な機械のまえまで行って、はじめて足をとめました。

それから、彼は腰をかがめ、頭から布を注意深くとると、それを広げたまま床の上に置くのでした。

困難な作業ではありません。良人を殺すわけではないのです。ロバートは、かわいそうなロバートは、とうの昔にいなくなってしまったのです。もうそれから数年もたっているような気さえします。わたくしはただ、彼の最後のねがいを実行にうつすだけのことです……彼の最後のねがいを、そして、わたくし自身のねがいを！

ためらいもせず静かに横たわるからだに目をやりながら、わたくしはしっかりと『作動』のボタンを押しました。

巨大な金属のかたまりが徐々に落下しはじめました。そして最後に、どすんという強いひびき。しかし、それに隠されてはいたが、はっきりとわたくしの耳は、するどく砕ける音を聞きとって、わたくしのからだを跳びあがらせたのです。わたくしの良人である、その怪物のからだは、一瞬、ふるえて、あとはそのまま動かなくなりました。

そのあとで、わたくしは彼が、蠅の肢になっている右腕を、ハンマーの下へ入れ忘れたことに気づきました。警察の方にはわからないでしょうが、科学者仲間であれば、それを見ただけで、いっさいの秘密に気がつくにちがいありません。それは危険です！　ぜったいに気づかせてはいけません！　それもまた、ロバートの最後のねがいの一つなのでした！　それもまた、わたくしが処置しなければならぬことなのです。いまのハンマーの落下音が夜警に聞きつけられたと考えねばなりますまい。急いで見回りにくるにちがいありません。わたくしは急遽もう一つのボタンを押しました。ハンマーはゆっくりと上がっていきます。見るような、見ないようなふうで、わたくしは死体のそばに駆けよると、かがみこんで、右腕を持ちあげました。驚くほど軽く感じられました。もう一度、スイッチ盤の前にもどって、赤いボタンを押すと、ハンマーは二度目の落下に移りました。そのあと、わたくしは走りつづけて家にもどりました。

その後のことは、すべてご承知と思います。よろしくご判断のうえ、適切なご処置をおねがいします。

＊

アンの手記はそこで終わっていた。

翌日、私はトウィンカー警部を晩餐に招待した。

「よろこんでお伺いしますよ、ブラウニングさん。しかし、その前にひとつ質問させていただきたいのですが、ご招待いただくのは、警部としてのわたしですか、それとも、トウィンカー個人でしょうか」

「どちらをお望みです？」

「いえ、さしあたっては、どちらでも」

「では、どちらでもご自由に。八時にお待ちしておりますが、よろしいでしょうか」

その夜は雨が降っていたが、警部は徒歩で到着した。

「例の黒の乗用車に乗っておられぬところを見ると、トウィンカー氏個人としておいでになったのですね。今夜は非番ですか」

「車は、むこうの露地においてきました」

メイドが彼のレインコートの重みによろめいたのを見て、にやっと笑いながら、警部はそう言った。

それからまもなく、私がペルノー酒のグラスを渡すと、彼はそれに数滴の水をしたたらせて、琥珀色の液体がうすい黄色に変わっていくのを眺めながら礼を述べた。

「私のあわれな義妹《いもうと》のことをお聞きになりましたか」

「今朝、お電話をいただいた直後に知りました。お気の毒とは思いますが、結局、あれが一番よかったのではありませんか。なんにしろ、教授の事件はわたしの担当になっておりますので、その調査も、自動的にわたしの受持ちとなりましょう」

「自殺のように思えますが」

「もちろん、そうでしょうな。警察医は青酸だと断言しています。ドレスの裾の、かがっていない折り返しから、予備のカプセルが発見されました」

「旦那さま、お食事の支度ができました」と、メイドが告げた。

「トウィンカー君、食事のあとで、非常に特異な書類をお見せしたいのですが――」

「ええ、存じています。ミセス・ブラウニングが長い供述書を書いておられたことは聞いておりました。死後に調べたところでは、自殺するという簡単な書置きしか見つからないので、どうしたことかと考えているところでした」

ふたりきりの晩餐のあいだ、私たちの話題は、政治、新刊書、最近の映画にかぎられて、あとはトウィンカー警部が熱心に後援しているこの地方のフットボール・クラブのことぐらいだった。

食後、私は彼を書斎に案内した。そこには暖炉の火があかあかと燃えていた。

相手の意向も訊かずに、私は彼にブランディーをすすめ、私自身は、彼のいわゆる〝ソーダ水にまぜた黄色い液体〟を調合した。それが彼のウィスキー賛歌であったのだが。

「トウィンカー君、これを読んでほしいのです。その理由の第一は、これが書かれたのは、きみに読んでもらいたかったから。第二には、かならずや、きみの興味を惹くにちがいないと思うからです。そして警部としてのトウィンカー氏が反対されなければ、そのあとで焼却してしまいたいのです」

無言のまま、彼は私の手から、アンのぶ厚い書類束を受けとって、読みはじめた。

「どう思います？」

二十分ののち、彼がていねいにアンの手記をたたみ、茶色の封筒にしまいこむのを見て、私はそう質問した。彼はそのまま封筒を暖炉の火に投げこんでしまった。

トウィンカー警部は封筒をなめる炎を見つめていた。灰色の煙の束が立ちはじめて、またひとしきり、明るい炎を燃えあがらせると、彼はしずかに眼をあげて、私を見た。

「これを読むと、ミセス・ブラウニングは完全に気がふれていましたね」

それからまた、私たち二人は、ながいあいだ、アンのいわゆる『告白』を焼きつくす火の色を見つめていた。

「ところで、トウィンカー君、今朝、ふしぎなことが起こったんです。私は弟が葬られている墓地へ行ってみました。人っ子ひとりいないで、私ひとりでした」

「ひとりきりではありませんよ、ブラウニング卿、わたしもそこにおりました。ただ、お邪魔しないほうがよいと思ったので、黙っていただけでした」

「では、私を見ていたのですね？」

「見ていました。マッチ箱を埋められるところを」

「なにがはいっていたか、おわかりですか」

「蠅でしょう」

「そうです。私はそれを、今朝はやく見つけました。庭の、蜘蛛の巣にひっかかっていたのです」

「死んでいましたか」

「いや、まだ死にきってはいませんでした。私が……それを潰しました……二つの石で。その頭は……真っ白でした」

奇　跡

Le Miracle

ベルナデットに、すでにご存じのこの話を。

（ベルナデット――聖女ベルナデットは一八四四年に生まれ、一八七九年に死んだ。彼女が神の姿を見たことから、ルルドの巡礼がはじまった）

どこか、はるか前方で汽笛が闇夜をつんざいた。つぎの瞬間、それまで弾むようなリズムで走っていた車輪が、ごと、ごとんとポイントを渡っていった。

車室の片すみにこびりついたジャダン氏は、窓に額をあてながら、列車から離れない暗闇を見すかそうとした。が、むなしかった。ふたたび汽笛が鳴った。カーブだ。と、遠心力のために、ジャダン氏の鼻はあかるく輝いた窓ガラスにたたきつけられ、いきなり眼の下で小さな駅がひっくり返った。角燈《ランタン》をもった男や、かん高いざわめきがすばやく過ぎ去り、また、もとの暗闇になった。ふたたびポイントのところで激しく揺れ、まどろんでいる乗客は腰と腿を同時にここちよく……それから列車は静かにスピードを増していった。そうだ、まちがいなく、この列車はぐんぐん速くなっていく、速くなっていくんだ！

「よしきた」とジャダン氏は大声で言いながら、顎の下に膝をもっていくと、すかさず額をそこにもたせかけた……そう、そのときには砲弾のように前方へ飛びだすように。

向かいの座席のすみに一人の若い娘が乗っていたが、ジャダン氏がスリッパをだし靴を網棚におくと、こらえきれずにぷっと吹きだした。なにも気がついていないんだな、ぜんぜん注意もしやしない。ジャダン氏はぶよっとした小柄な自分のからだに膝がめりこんでいくのを感じた。と同時に、禿げた頭が痛ましくもがっくり前に落ち、首の骨が乾いた音を立てた。それは、さきほど食べたビスケットを割る音にそっくりだった。

衝撃のたびに歯をくいしばって、ジャダン氏は、その毬《まり》のような姿勢をくずさなかった。そして老練なボクサーのように息をつきながら、なにやら口のなかでぶつぶついっていた。だが衝撃はいつ果てるともなく次々とつづいた。この外交員の仕事をはじめてもう二十六年になるし、これまでの人生の大半はすべて列車のなかですごしていたので、この瞬間のことは考えていたのだ。で、数年前からジャダン氏はけっして列車の前部や後部に席をとるようなことはしなかった。事故のときは、そこがいちばん危険なのだ。数年前から、氏はあらゆる事態について考え、予測し、まえもって備えていた。だから、みごとに訓練された兵士のように、あぶないと思ったらすぐに、列車がつぶれる前に両脚をもちあげて、毬のようなかっこうになるのである。命拾いをするには、この姿勢がいちばんチャンスが多いのだ。しかしジャダン氏の計算外のこともあった。それは時間の長さだ。脱線するのにこれほど長い時間がかかるとは、ジャダン氏は夢にも思わなかった！　また、こんなに物音がすくないとは思ってもみなかったのである。たしかにめりめりと音がして、ガラスや張板がとび散ったが、それでも、たとえば映画の脱線場面の、あのすさまじい音にはかなわなかった。金属が裂ける、きしるような、しゃがれた音につづいて、ふたたびばりばりと音がすると、ぱっと火花が散った。ジャダン氏はいきなり左の肘をもちあげた。と、火のついた蛇が着ているものを破って、横腹にくっついているような気がした。もう一度、列車は衝撃のあおりでゆっくり揺れうごいたが、それから奇妙に静まり、ぴたっと動かなくなった。

列車が暗い平野のまんなかで停まったときのように、すぐ近くの車室からぼそぼそとささやく声が聞こえた。それから、線路に沿った砂利道をいそぐ足音がした。赤ん坊が泣きだしたかと思うと、女が悲鳴をあげた。それは、自分の脚がないことに気づいたばかりの女にしか出せないような、ものすごい悲鳴だった。

ジャダン氏は四方八方から押しつぶされていたので、残骸のなかで、いったい自分がどういうかっこうをしているのか想像できなかった。もはや毬《まり》のようではなかった。右腕がからだの下でねじれている。が、やっとのことで、その手をなにもないところまで動かすことができた。うまいぐあいだ、とジャダン氏は考えた。頭のところに左の肘をもっていくと、宙にゆれているような素足に指がふれた。ジャダン氏の首はなにかひどく硬いものによってねじ曲げられていたので、右肩に頭が押しつけられていた。

たいした面倒もなく、ジャダン氏は左手を頭のところにもっていった。さわってみると、自分が大きなトランクの下にいるのがわかった。トランクを右のほうにずらせば、頭を自由にすることができるだろう。一センチ、また一センチとすこしずつ障害物と闘いながら、ジャダン氏は首尾よくトランクを押しやることに成功した。ところが、やっと頭をひきはなしたと思ったら、こんどはぬらぬらした生温かいものが落ちてきた。

「なんてことだ！」と、この新手の罠から逃れようとしながら、ジャダン氏はつぶやいた。「なんてことだ！」

ジャダン氏はくり返したが、そのとき、彼の指は割れた頭蓋の、軟らかいかたまりのなかにはまりこんでいた。

まわりではいまや、何人かの乗客が罰当たりなことを言ったり嘆いたりしながら、からだを動かしたりもがいたりする物音が聞こえていた。最初に悲鳴をあげた女は、その後だまってしまったが、もっと先のほうで、男が一人わめき散らしていた。

「脚が！……わしの脚がない！」と、突然、狂ったようにジャダン氏は口ごもりながら言った。

しかし彼の脚はほとんどまっすぐに伸びたままちゃんとそこにあったのだ。ジャダン氏は用心しながら、そっと脚を曲げてみた。それから支えになるものを探した。それを頼りにすれば、たぶん、もうすこし伸びあがれて、からだも自由になるにちがいない。

「この脚！　どけてよ！」と、どこか下のほうで女がさけんだ。

「わしにもなんともできん。まったくなんてことだ！」

　ジャダン氏は答えながら、両足を力いっぱい女に押しつけた。女はわめきたてた。が、ジャダン氏が期待したようにからだが持ちあがるどころか、ただ女をさらに奥のほうにちょっと押しこんだにすぎなかった。

　しかしながら、すぐ近くの砂利道に人の声や足音が聞こえると、ジャダン氏は助けをもとめた。が、彼のまわりのいたるところで、同じような声が起こっているのに気づかなかった。

　ジャダン氏の上で残骸を動かす物音が聞こえたのは、それからずっと時間がたってからだった。彼はうとうとするか、すくなくとも眼を閉じていたはずだ。というのは、それまで暗闇だったのに、腕の下のほうに蒼白い光が見えたからだ。もっとも、その光がどこからくるのか、ジャダン氏にはわからなかったが。

「助けてくれ！」と、ジャダン氏はさけんだが、自分の声のような気がしなかった。

「ここにだれか生きている」と、すぐそばで声がした。

「このへんだ、きっと。ジャッキをかしてくれ」

「女の子だ……でも死んでいる」

「その下、すぐ下だ……男だ……腕がみえる。静かに！」

　そして突然、目をくらますような陽の光がやってきた。つめたい空気に吹かれて、ジャダン氏はすっかり目がさめた。

「元気をだして。もうすぐだ」と、一人の男がジャダン氏の上にかがみこみながら言った。そのあいだ、べつの男がトランクを一つ一つかたづけていた。すると、中身のはみでた座席が出てきたが、そのかげに人間がいた。男がその人間の素足にさわると、なんとその人間は絞首台のようなぐあいに網棚に頭をのせ、首が折れたままぶらさがっていたのだ。

　ジャダン氏のところへうまく入りこんできた、シャツに血をつけた男は、氏のからだに軽くさわった。

「ここになにか刺さっている……痛みますか」

「いや……わからない」

「注射器をとってくれ」男はうしろからのぞきこんでいる者にいった。そして、ジャダン氏の腕をまくって注射をした。

「さあ、もうすぐ楽になりますよ」

「すぐに、すぐに頼む！　こんなことをして。わしをなんとかしてくれるつもりだろうな！」と、ジャダン氏はつぶやいた。いまや彼はこのお返しをしたいと思っていた。

　それからかなり長いあいだ、数人の男たちが彼のまわりで忙しそうに動いていた。が、ジャダン氏は眼を閉じたまま待っていた。なぜなら、彼が眼をあけて眺めようとするたびに、ものすごい吐き気がして、胃袋がねじれるほどだったからだ。それでもすぐ下のほうで、鉄片を切断している長い火花が見えた。

「そっと、もっと静かにやってくれ」

　やっと、頑丈な手が腋の下にすべりこむと、ジャダン氏はうめき声をあげた。

「あ、ひっぱるな。ほら、腕の下のほう、レールに服がはさまっているんだ。鋏《はさみ》をとってくれ。切ってしまおう」

　ついにジャダン氏は光りかがやく場所にひきだされるのを感じた。そして何人もの手によって防水布の担架におろされると、白衣を着た男がもう一度注射をして、大きな毛布で包んでくれた。

　四人の男が慎重に担架をもちあげると、顔をジャダン氏のほうに向けたまま、二列になって進みはじめた。近くにいる連中はむずかしそうな顔をしていた。

「これじゃないわ」ジャダン氏が通りすぎるのを見ながら、一人の女が言った。そして、とってつけたように、「かわいそうに」と、つけくわえた。

（わしはおかしな顔をしているんだろうな）と、血まみれのジャダン氏は考えた。その血は彼が踏台にした若い娘のものだったが、そんなことは知るよしもなかった。

　やっと担架が救急車のなかに運びこまれた。上段には重そうな担架がのせてあったが、そこから血がぽたり、ぽたりと落ちてきた。扉がぴしゃんと閉まり、エンジンが唸りだした。車に乗りこんだ看護婦が、ジャダン氏のほうを見ながら声をかけた。

ジャダン氏はぶつぶつつぶやいていた。

（補償金が出るはずだ！　ただじゃすまさんぞ！）

＊

「泣いてはいけません。奥さま。とくにご主人の前ではね」と修道女が言った。

「どうなんですの、主人は。かわいそうに」

ジャダン夫人はたずねると涙をすすりながら、いたずらに黒いスーツのしわを——長い夜行列車のおかげでついたものにちがいないしわを——伸ばしていた。

夫人の列車が着いたときは、夜が明けたばかりだった。手には小さなスーツケースをもち、暖房のきいた車室から出たので歯をかたかた鳴らしながら、彼女は田舎のさびれた細い道を歩いてきた。病院への道を訊くために、とちゅう一度カフェで立ちどまっただけである。静まりかえった病院の閉まった玄関の前で、彼女はためらった。そして首のところに垂れている長い灰色の髪を小さな帽子でかくすため、ちょっとスーツケースを下におくと、真鍮の大きな呼鈴の取っ手をひっぱった。

「大丈夫ですよ。ご主人はとても元気です。すぐにセシルさまがご主人のところへ案内されると思います。でも、いまは面会の時間ではないのですから、あまり長くならないようお願いします」

「ええ、よくわかりました。で、先生には、今日お会いできるでしょうか？」

「ええ、もちろん、ここでお会いになれると思います。九時の診察の前にこちらにおいでになりますから、そのとき、お会いになれるようにいたしましょう」

病室のずっと奥のほうに良人《おっと》がいるのをジャダン夫人はみとめた。二人の修道女が寝台のあいだにゆっくりとカートをおしていきながら、コーヒーを配っていた。

「まあ、あなた。かわいそうに」

良人のそばにやってくるなり、夫人は言った。ジャダン氏はふとった指を慎みぶかく白いシーツの上で組んでいたが、指のあいだに数珠《じゅず》があるのを見て、夫人は目をまるくした。

「神様のおかげなんだよ。おまえ」

夫人がジャダン氏を抱きしめようと身をかがめたとき、氏は言った。が、シスター・セシルがまったく女房のかげになったので、ジャダン氏はそちらのほうをいまいましげにちらっと見やった。

「あなた、とっても痛かったでしょう」と夫人はまごまごしながら言った。

「いや、いまのほうがずっと辛い。脚にまったくなんの感覚もないんだ」

「え！　まあ……どうしたんでしょう？」

「わしにもわからん。何時間も背中にひどく重いものがのしかかっていた……つまり、わしはできるだけ、わめいている一人の婦人が破片に押しつぶされようとしているのを助けようと、突っかい棒の役目をしたわけだ。そのため、たぶんわしの脊柱になにかが……まあ、そんなところだろう」

「ご主人はとっても勇気がおありだし、いつもお祈りをしておいでです。聖人のようなかたですわ」

ほどなく、シスター・セシルはジャダン夫人を送っていきながら、そう言った。

「ええ……そうお考えになりますか？」と、夫人は心配そうなようすで言った。彼女は良人《おっと》が脚の麻痺より頭をひどくやられたのではないかと考えていた。ジャダン夫人が思いきってつぎのようにたずねたのは、翌々日の、退院前の最後の面会のときだった。

「で、あなたの脚がそうやって麻痺したままだったら、いったい、わたしたちはどうなるんでしょう？」

「神さまが助けてくださるよ」と、良人はシスター・セシルがそばを通ったので、そう答えた。それから彼は声を低くしてつづけた。「いいかい、まず保険金がはいる。それに鉄道省から補償金が出るはずだ」

彼はさらに声を低くして、女房のほうをちらっと見てから言った。

「脚が麻痺したとなりゃ、それもかなりの金額になるんだ」

シスター・セシルが近くの寝台にやってきたので、ジャダン氏は声を高くしてつぎのように結んだ。

「神さまの助けによって、なにか別の仕事を覚えよう。この十本の指があれば、なにかやれるにちがいない。大丈夫だ」

「ほんとに大丈夫かしら?」と言いながら、夫人はただ一枚の絵のことだけを考えていた。良人は金槌でその絵の額縁のガラスを割り、その後二度と掛けようとはしなかったのである。

＊

鉄道省はいろいろなことをしてくれた。特別の救急車でジャダン氏を家まで運んでくれたばかりか、その一週間前には、何人かの紳士が彼の家に現われて、廊下の幅や台所の階段の高さなどを測ってくれた。すると、つぎには大工がやってきて、庭に通じる二つの階段に長い傾斜した廊下をとりつけた。さらに彼の帰還の前日には、黄色い革を張り、金糸で縫いとりをし、黒いエナメルで仕上げたぴかぴかの、みごとな車椅子がれいれいしく届いた。その車椅子にはいろいろと変わった付属品もついていたので、近所の連中がやってきて、しきりに感心していた。つまり、傾斜した書見台だとか、食事や仕事のときに使う回転板など、麻痺患者が楽にすごせるように必要なものはなんでもそろっていた。

だが、最後に救急車が門の前に停まり、ジャダン夫人が良人を迎えにでたとき、近所の人びとは驚きのあまり開いた口がふさがらなかった。人びとの予想だと、ジャダン氏は看護師に静かにつきそわれて、血の気のない疲れたようすをしているはずなのに、氏は目を輝かせ、微笑さえ浮かべて救急車から軽々ととびおりたのだ。そして、メッキで仕上げたりっぱな松葉杖を使いながら、ぴょんぴょんとうまく跳び、ただ玄関の階段をのぼるときに手助けしてもらっただけである。そのときのジャダン氏は、二人の看護師にまかせて松葉杖をはずし、家のなかにかつぎこんでもらったのだった。

ついにジャダン氏はそのみごとな車椅子に腰をかけ、一階の小さな客間の中央にでんと構えた。そこが新たにジャダン氏の部屋にあてられるわけで、夫人はすでにこまごましたテーブルなどをかたづけて、そのあとにベッドや金地張りの椅子を三つすえ、窓の近くには大きな植木鉢をおいた。金糸で縁どりされた杏色《あんず》のビロードのテーブル・クロスの下には、丸テーブルがおいてあったが、それには貝殻細工をつけた大きな引出しがついていて、おまけにその上に《カブールの記念に》などとよけいな文字まで見えたので、その部屋づくりも完璧とまではいかなかったようだ。

さて、救急車が出て行くと、近所の連中が一人ずつ、あるいはグループをなして彼の家に到着し、つぎつぎに客間に招かれて気の毒なジャダン氏に手をさしだした。みんなは、事故のありさま、恐怖の夜のありさまを、彼の口からくわしく聞きたがっていた。もっとも、かれらはていねいに保存しておいた新聞によって事故を――事故の犠牲者の一人を個人的に知っているなんてそうざらにあることではない――あらゆる細部にわたって知っていたのである。

ところがジャダン氏は、みんなに向かって神さまの御心や慈悲について話しだした。ある訪問客はとまどい、何を言っていいかわからず、ただジャダン夫人をこっそりと眺めた。ほかの訪問客は溜息をついたりうなずいたりしながら同意した。

「とってもいい話だ。おれはこんなに感動したことはない」カウンターのうしろにやってくると、指のさきで額をかるくたたきながら、居酒屋の主人が女房に話した。

「あの男も墓場に片足をつっこんでいるのさ」とカウ

ンターによりかかりながら肉屋は言った。主人が白ワインをついでくれると、肉屋はあとをつづけた。「きっと死にかかっているんだ。あの話しぶりは、どうみても坊主そっくりだな」

最後の訪問客が出て行くと、ジャダン氏は夫人に言った。

「それじゃ、庭の戸口と鎧戸を閉めてくれ。おまえに見せるものがあるから」

「でも、あなた、昼食の準備もまだですし、若鶏でも用意して……」

「そんなことはどうでもいい。わしの言ったとおりにしてくれ」と、ジャダン氏はきかなかった。

「なんということでしょう」と夫人は肩をすくめながら言うと、戸を閉めにいった。

夫人は鎧戸を閉め、緑のビロードの二重カーテンをひいてから、ふり向いた。すると、車椅子のそばで、ジャダン氏はIの字のようにすくっと立っているではないか。

「あら、それじゃ」と夫人は口ごもった。

すると、ジャダン氏は腰に両手をあて、腹をひいて胸を張り、ふっと笑うと爪先で立った。そして夫人のほうにゆっくりと歩いてきた。上半身をまっすぐに、膝もちゃんと動いている。

「このとおりさ！」とちょっぴり赤くなりながら、彼は言った。しかし得意そうに二度、三度と膝を折り曲げた。

「じゃ、あそこでよくなったのね？」

「だからおまえは馬鹿なんだ。もちろん、わしは治ったりなんかしない。治るわけがないんだ。いいかね。わしは普通のより倍もひどい……なんだか知らないが背骨が砕けているらしい。わしのところにきた教授の手紙にもそう書いてある。その教授というのが、鉄道省に頼まれてボルドーからわざわざやってきた偉い先生なんだよ。これでわかるだろう」

「ええ、でも……それじゃ、あなたはひとりでに治ったんですか」

「わしが、ひとりでに治ったんだと。そんなことじゃないいんだ。言いたくはないんだが、わしは治るわけにはいかん。鉄道省から補償があるまでは、わしの病気は治るわけにはいかんだろう。そのあとでわしは治るが、それは神さまの助けというわけだ。もっとおまえも利口になったほうがいい。神さまも一度は助けてくださるもんだよ」

「これはどういうことですか、あなた。わたしにはわかりませんが。何かよくないことになりそうですわ」

と、夫人は涙を浮かべながら言った。

「ああ、女はいつもこうなんだから。わしが麻痺しているのを見たときは、おまえは泣いたりしなかった。ところが、わしがそうじゃないとわかると、泣きだすんだから。おまえにはわかっていないようだが、みんながわしの証人なんだ。医者や大学の先生、その他いろんな専門家が何日間もわしをよく診察し、患部にさわり、注射をしていった。うまい話じゃないか。あとは現金《げんなま》が落ちてくるのを待っていればいいんだ……それもまもなくだと思うよ」

実際、まもなく、そういうことになった。鉄道省は、ジャダン氏にかなり条件のいい補償を申し出てきたが、氏は何度も断わっていた。脚が麻痺して働けなくなった人間が、たとえ少額でも年金を希望するのは当たり前の話であり、そのおかげで飢え死にしなくてもすむというわけだ。すると、また役所の連中が交渉にやってきたが、ついに五百万フランの金額がジャダン氏にさしだされた日に、彼は「いいでしょう」と言ったのである。翌日、すべての契約書にサインがかわされた。

「あなた、これは行きすぎよ」役人がテーブルの上に置いていった小切手をじっとみつめて、夫人はそう言った。「このお金で、あなたはどうなさるつもりなの。このお金には手をつけないほうがいいと思うわ。あなたが歩くのを見たら、役所のほうでは、返してくれと言ってくるはずだわ」

「なんだって！　そんなことが……いまにわかるさ。この五百万で、とにかくわしは手はじめに自動車を買うつもりだ」

「どうして車なんか買うんですか？」

「もちろん、代理店をやるためだ。列車の生活はもうおしまいさ。りっぱな車があれば、商売も前よりずっとうまくいくはずだ。わしは顔も売れているし、それで……」

「あなたはどうかしているわ。あの人たちは車をとりあげるでしょうし、よほどのことがないかぎり、あなた、刑務所入りよ」

「そんなことがあるもんか。ほら、呼鈴が鳴っている。だれだか見てきてくれ」と、彼は車椅子にとび乗りながら言った。

「あ……司祭さまですわ」

「けっこう、こちらに通しなさい。いや、ちょっと待って、わしの数珠を取ってきてくれ。そこの上着のポケットにはいっている。さ、はやく取ってくれ。すぐに入口をあけるんだ！」

＊

司祭はたびたびジャダン氏の家にやってきては、彼を心から誉めたたえていた。男盛りに不幸に襲われながら、この男は神を見いだし、脚をなくしたことをほとんど神に感謝さえしていると。司祭はこれまでありとあらゆる種類の病人を見てきたが、どれも怒りっぽいか、落ち着いているか、でなければ諦めきっていた。こんなに陽気で、とにかく、これほど素直によろこびを感じている男には会ったことがなかった。二人は会うとほとんど笑いつづけながら、ジャダン氏のような人間にもできそうな仕事をあれこれと相談しあった。

一人の小児麻痺の少女がいた。少女は編物機を買ってカーディガンやセーター、肩掛けなどをつくっていた。そして近くの親切な商人たちにすこしずつ売ってもらっていた。ジャダンさん、いつか少女を訪ねてみませんか、と司祭が話をもちかけた。ジャダンのすてきな笑いがきっとレイモンドちゃんに役立つだろう、と司祭は考えたのだ。少女も同じように心をつよく保っていたが、それは諦めきったあとの心強さだった。少女には心に熱情が、ジャダン氏の瞳のなかに輝いているあの信心の炎がなかった。

ジャダン氏のはじめての外出は、たいへんな騒ぎだった。司祭が彼のところにやってきて、自分がその美しい車椅子を押していくのだと言い張った。ジャダン夫人は黒いスーツを着て二人の横にならんで歩いた。人びとはかれらを見てふりかえった。区役所のカフェの前を通りすぎたときには、トランプをしていた連中が勝負をやめて眺めた。

「わしにはわかっているんだ、ジャダンのやつは、かわいそうに、利用されているんだ」と指で額をたたきながら、カフェの主人が言った。

「さあ、着きました。あそこの角の家がそうです」と司祭が言った。「あの窓のうしろでレイモンドちゃんが待っているんです」

「どの窓です？」

「最初の窓、雑貨屋さんの二階のいちばん左の窓です」

ジャダン氏は蒼白い、悲しそうな顔の少女に会った。氏は満面に微笑を浮かべながら、やせた少女の肩を大げさに撫でてみせた。

そこの家の階段はせまくて、車椅子を通すにはひどくきゅうくつだった。が、雑貨屋の主人はすぐに椅子を持ってやってくると、店員や司祭といっしょに、やっとジャダン氏を少女のそばに運んでいった。司祭は、はあはあ息をきらしていた。小児麻痺の少女は茫然としながら、ジャダン氏が自分の部屋にやってくるのをみつめていた。ジャダン氏のほうは自分を運ぶ連中の苦労にひどく感謝しながら、冗談をまじえてしゃべり散らした。

「あのひとは、いったい、わかっているのかしら。あのひとは何がなんだかわからないんだわ、きっと」

訪問客がまたも騒ぎたてながら帰っていくと、少女はそっとつぶやいた。

＊

「あなた、気でも狂ったの！　三十万フランも出して、なんの役にも立たない編物機を買うなんて？」

鎧戸を閉めると、ジャダン夫人が言った。

ジャダン氏は返事もせずに夫人がカーテンをひくのを待っていた。それから新品のスリッパをとりあげると——スリッパはとにかく底が新しく、ぴかぴか光っていなければならない——爪先で立ちあがった。以前に練習中のボクサーを見たことがあったので、彼も腰に手をあて六回ほど屈伸運動をやってから、あたりをぴょんぴょん跳びまわった。とにかく、関節強直になってはいけない。

「ほんとにそれを買うんですの、編物機を」と、夫人はあとに引かなかった。

「もちろん。そしたら、すこし使いかたを習って、肩掛けをつくることもやるつもりだ。おまえはそれを、あの女の子が教えてくれた店に持っていくことになるだろう。ぜったいに怪しまれないようにするんだ。ほんのちょっとした隙もあたえちゃいかん。そうすれば連中もこの金をとりあげたりはできやしないんだ」

「でも、ルイ、どういうふうにするつもりなの？　最後には教えてくれるでしょうね」

「もちろんだ。いいかい、おまえはあちこちの店へ行って、これからの計画をしゃべりまくる。もちろん、この計画を思いついたのはおまえだと、みんなが信じてくれたほうがいいだろう」

「思いつくって、なにを、ルイ？」

「わしとおまえとでちょっとした旅行をすることになる。いや、巡礼に出るといったほうがいいかな。暖かくなったら出かけるつもりだ」

「でもどこへ行くのです？　あなたはどこへ行っても、いつでもわかってしまうわ！」

「そうじゃないんだよ、おまえ。わしらは身をかくしに行くんじゃない。それどころか、だれでも知っているところに行くんだ。ルルドだよ（聖女ベルナデットの天啓で名高いフランス南西部ピレネー山脈のふもとにある町。奇跡が起こったという泉があり、巡礼地となる）。ルルドでわしの病気は一度に治ってしまうんだ。つまり、奇跡が起きるのさ！」

「まあ！」

夫人が言ったのはそれだけだった。

＊

前の日に着いた豪華なホテルの庭のかたすみで、ジャダン氏は車椅子に心地よさそうに腰をかけ、あたたかい陽光を浴びながら、満ちたりた気持ちになっていた。腕のあたりがすこし痛いと思ったが、それは前夜とさらに今朝、洞穴（聖女ベルナデットを祀ってあるところ）の前に行き、腕を十字に組んで祈っている信者たちを見て、そのまねをしたからである。もちろん、氏は車椅子にすわったまま祈りをあげたのであるが、十字に組んだ腕をふっていると、ちょっとばかりききめがあった。というのは、一人の司祭が彼のところにやってきて、そばにひざまずいて祈ってくれたのである。

ジャダン氏は二十回も三十回も、ここ数カ月間のできごとを点検してみた。これっぽっちの手抜かりもない。彼の言葉や行ないには、彼の脚がほんとうは麻痺していないと思わせるようなところは、まったくなかった。ジャダン氏はルルド巡礼の思いつきを上手に話したので、しまいには、かわいそうに、例の司祭のほうが彼にその旅行を頼むというはめになったのである――たとえそれが奥さんを楽しませるだけにすぎないとしてもやるべきです。

「でも、司祭さま、わたしは嘆きません」と彼は編物機に眼をくぎづけにしたまま答えた。「これも神さまのおぼしめしです。いまではこの機械のおかげで、いささか暮らしも立つようになってきました。先週、わたしのつくった肩掛けがはじめて売れたのです。かわいそうな妻にとって、この旅行はたんに失望に終わるかもしれません。なぜなら、いくら好意的にみても、奇跡の理由も、その可能性もあるとは思えないからです。そう、理由はまったくありません」と、彼は微笑しながらつけくわえた。

その微笑の真の理由を疑ってもみないで、司祭は抗議した。

「いやいや、あなたにはそんなふうに言う権利はないはずです」

出発の前々日になって、にわかにジャダン氏は、例の少女をもう一度訪ねてみようと決心した。

「わたしは、あんたのこともいっしょに祈り、洞穴の水をすこしばかり持ってきてあげよう、レイモンドのお嬢ちゃん」とジャダン氏は、階下のほうに降ろしてもらいながら言った。

「ありがとうございます、ジャダンさん。わたしもあなたのためにお祈りを捧げます。わたしも今から貯金して、二、三年のうちにルルド巡礼にゆきたいと思いますわ」

その夜、ジャダン氏は夫人に説明した。

「いいかね、帰ってきたら、わしはあの子に車椅子を贈ることにするよ――これはただなんだから、ちっともかまわんさ――ついでにこの機械を売りつけよう。かなりの値段になるが、すこしずつ払ってくれるだろう」

旅行は順調にすすんでいった。出発のとき、ジャダン氏を列車に乗せるのが、なかなか骨の折れる仕事であった。その夜、彼はよく眠れなかった。それというのも、両脚の運動ができなかったからだ。だが列車が着いてからは、万事が驚くほど順調に運んだ。経験ゆたかな奉仕団の人たちが担架をもってきて、楽々と彼を車室から出してくれた。車椅子のほうは、手荷物車からひきだされた。

何人かの巡礼者がいっしょだった。ジャダン氏は奇跡が巡礼者の大勢いるところで起こるよりも、規模も小さく、そっとおこなわれるほうが賢明だろう、さもないと、弥次馬や新聞記者、さらにはカメラマンもいるので、危ない橋を渡ることになる、と考えた。また朝のミサのあいだに奇跡を起こさせるという考えもとりやめることにした。これはあまりにもみんなの注意を惹きすぎる。彼は以前にどこかで読んだのだが、奇跡を受けた者がいると、信者はその人をひとめ見て、さわりたいと思い、逆上したように群れをなして近寄ってくるので、司祭たちがありったけの力でそれを押しもどさなければならなかった、ということがときどきあったそうだ。だから、二、三の証人と、すくなくとも一人の司祭の前で起こるとしても、すべてはできるだけ静かに運ばなければならない。とすれば、ここ一両日の、お昼ちかくに、洞穴の前でやるのがよさそうだった。なにも急ぐことはなかった。

夫人のほうはますます心配になってきた。彼が歩きだすときめたその日、夫人は思いとどまらせようとした。

「ねえ、もっとあとで治るほうがいいのじゃないかしら？　病院にはいりなおして、そのあとでよくなった人はたくさんいるんですから」

「いや、とんでもない！　これは明白に、一点のしみもないようにやらなければならないんだ。だから、奇跡が——納得はいかないが、議論の余地のない奇跡が必要なんだ。さあ、天気もいいし、ゆっくりと出かけよう。あまり人出がなくても、ささやかな奇跡の証人にはじゅうぶんだ」

「あなた、わたし、心配だわ……」

「ああ！　いまそんなことを言っているときじゃないんだ！　おまえは何もしなくていいのだよ。おまえがすこしばかり泣いたとしても、それはまったく自然だし、かえって都合もいい。さあ、よくおぼえておいてくれ。わしはいきなり中腰でこんなぐあいに歩きだす。そして、わしがまっすぐに立ったとき、だれもわしのほうを見ていないようだったら、おまえが叫び声をあげて、みんなの注意をちょっと惹くのだ。それからわしをひとりで歩かせてくれ。たとえわしが倒れても、驚くことはない。これは当たり前のことなんだから。わかるだろうね。奇跡を授かった者は、いきなりさっとこういうぐあいに歩くもんじゃないんだから。さあ、出かけよう」

木の葉のように震えながらも、ジャダン夫人は洞穴の入口にある柵のところへ良人を連れていった。

「さ、わしを放してくれ」と彼はつぶやいた。

夫妻のまわりを人びとが行ったり来たりしていた。祈りをあげている者もいた。そのなかの何人かは大声を張りあげてさえいた。みんなのほうを気にしないようなふりをして、ジャダン氏は何度も祈りの言葉をくり返し、腕を十字に組むと、長いあいだ願をかけていた。

すべてはジャダン氏の思惑どおりにいった。夫人は蒼くなって震えてはいたが、氏が腕を組んだままゆっくりと立ちあがったときには、あまり心配してはいなかった。そして、叫び声をあげようとしたとき、一人の兵士がふり向き、口をぽかんとあけているのが目にはいった。

「あっ、歩いている。あの方が歩いてますよ」

ひざまずいていた一人の婦人が叫んだ。ジャダン氏はそのとき柵に向かって、ためらいながらも、ゆっくりと三歩すすみ出たのである。

「奇跡だ、奇跡だ」と、一人の男が大声で言った。司祭が彼のところに駆けつけた。ちょうどそのとき、ジャダン氏は柵の前ですわりこんでしまったところだった。

「わしは歩けるんだ……わしは……歩けるんだ」と、氏はつかえながら言った。司祭と兵士が氏を抱えあげていた。

「放してくれ。わしは歩けると言っているじゃないか」

二人が手を放すと、彼はふたたび倒れてしまった。ジャダン夫人はずっとあとになってはじめて真実を知り、ぞっとした。病院で聞いたところによると、医師が診察しているあいだも、ジャダン氏は罰当たりなことばで神をののしっていたという。

「祈るんですよ。神さまに祈るんです。きっとまた奇跡が起きるかもしれないのですから」と、司祭は叫んでいた。

医師は手がつけられないので、肩をすくめていた。いっぽう、ジャダン氏は怒りのあまり泡を吹き、涙をぽろぽろこぼしながらくり返していた。

「畜生。なんとかしたらどうだ。わしはちゃんと歩いていたんだ」

＊

ジャダン氏はふたたび救急車に乗り、看護師に助けられながら自分の家に帰ってきた。しかし、このたびは完全にやつれはてていた。みんなはジャダン夫人を助けながら、彼をまた車椅子に乗せ、すばらしい編機のそばに連れていった。ちょうどそのころ、司祭は少女の部屋をノックしていた。少女から呼びだされたのだ。

「司祭さま、あなたに申し上げなければならないことがあるのです」と、澄んだ大きな瞳で見つめながら、少女は言った。

「聞いてあげよう。どんなことかな」

少女の乗った古い車椅子のそばに椅子をひきよせながら、司祭は言った。

「きっと司祭さまはほんとうだと思われないでしょうけど、どうかおしまいまで聞いてくださいね」

「聞いてあげるとも」

少女は脚をくるんだ古い毛布の上の、神経質ににぎった小さな白い手をじっと見つめながら、その不思議な話をはじめたのである。

「おとといの朝のことでした。わたしはここにひとりでいました。ママは買物に行っていました。ちょうどカーディガンを仕上げたところでしたから、通りの人たちを見ながらぼんやりしていました。すると、わたしのうしろが急に暗くなったような気がしたのです。わたしは肩越しにうしろを見て、こわくなりました。ほんとうにそうだったんです。ずっと奥のほう、あの寝台の戸棚のあるあたりは真っ暗になっていました。すると、そのときのことです。あのすみの、天井よりもうすこし高いところに、光を受けて聖母マリア様がおいでになったのです。なんにも言わないでくださいね。それはほんとうにマリア様だったんですから。マリア様はわたしに不思議なことをおっしゃったのです。変だと思われるかもしれませんが、こう言われたのです。「レイモンドよ、わたしはもう要らなくなった脚を拾ってきたばかりだから、そなたにその脚を持ってきてあげたのです」わたしがじっとマリア様を見つめていたら、さらにこう言われたのです。「さあ、立ちあがって歩きなさい」わたしがマリア様のほうに歩いていくと、笑いながら姿を消してしまわれました」

「それでは夢だったのかな？」

「いいえ、司祭さま。これをごらんください。あなたさまが最初にごらんになるのです」

　少女は古びた毛布をとると、ゆっくりと立ちあがった。一瞬、動かないでいたが、つづいて司祭のさしだした手をそっと放すと、ゆっくりと、とてもゆっくりと、一足ずつ部屋のなかを歩きはじめたのである。

忘却への墜落

Chute dans l'Oubli

他の男と結託することで、
ぼくをあの墜落から救ってくれた、
魅惑あふれるエドナに。

　それは墜落である。悪夢のなかでの、めくるめく、はてしのない墜落なのだ！　夢でしかないとは承知しているのだが、ただ頭のなかでそう納得しているだけで、奈落の底へ墜ちていく恐怖と苦悩に変わりのあるわけはない。夢だとはわかっているが、その夢が醒めるのは、吐き気をもよおすような感じで落下速度がしだいに弱まり、つづいて急激な停止が訪れてのちのことである。ぼくは息をきらして毛布のなかにもぐりこむ、するとまた新たな得体のしれぬ恐怖がおそってきて、ぼくは逃げ口をもとめる狂人のようにもがき暴れる。その数瞬の恐怖感は、おそらく、夢のなかでの墜落の恐怖に倍して身の毛のよだつ物凄いものといってよいだろう。なぜかというと、その瞬間にはなにもかも忘れてしまうばかりか、にわかにいっさいの意識が空白になって、あとにはただ恐怖感、遠くぼくの出生時にまでさかのぼる、底の知れない暗黒の恐怖しか残らないからである。そうなると激しい保身本能がはたらいて、自分のくるまっている分厚い毛布さえずたずたに裂いてしまう結果になるのだ。

　それは精神科医が反復夢と呼んでいる状態であることはぼくも知っている。幼いころにはもっとひんぱんに起こったものだった。自分自身のあげる苦しい叫びでよく目を覚まし、そのために哀れな母親はわざわざ起きだして、寝乱れたベッドからぼくを抱きあげ、自分の腕のなかで寝かしつけなければならなかった。かかりつけの医者に訊けば何というかはわかっていたし、フロイトやアードラーやユングその他の精神医学者の著書を読んでいたこともあって、ぼくは精神分析医などの診察を受ける気にはとてもなれなかった。たとえ受けたとしても、最初から適当にあしらうことになっただろう。ぼくの夢は、ある種の人たちが断定するように、ぼくの出生時の記憶なのかもしれないが、また同時に別のものであることも確かなのだ。それはいわば事物に関するすべての認識が瞬間的に終止する状態で、ベッドの外に出たとたんに回復するのだが、いつその意識が回復しなくなるか予断はできないのである。そうなって以後も心臓が動きつづけるとしたら、ぼくはもはや、ほとんど意識の欠落した、一種のうごく幼虫でしかなくなってしまうだろう。

十五歳をむかえると同時に、ぼくの悪夢はたいそう鈍くなり、おそってくる回数もうんと間遠になった。そしてエドナと結婚するころには完全に消滅していた。ところが戦争になって、生まれてはじめて落下傘降下を行なったさい、あの往時の悪夢が現実となってよみがえったことをぼくは知った。旋回する気流のなかを墜ちてゆくときの、目のくらくらする不快感は、幼少時のベッドの掛布とまったく同様に、ぼくの口にさるぐつわをはめ、頭をくるみ、呼吸をつまらせた。ぼくは索具の動揺で息がとまるところまで大声でわめきたてた。が、そのあと着地してから、ぼくはまた新たな恐怖に見舞われた。なにも覚えておらず自分が空無であるということ以外はなんの意識もないのである！

しかしながら、ぼくの示した反応は人並みのものらしく、教官たちはとくに注意もしなかったので、ぼくはそのまま訓練をつづけた。けれど、一回一回の降下が悪夢の回帰であることに変わりはなかった。

しかし、悪夢がふたたび訪れるようになったのは、戦後、ぼくたちの二度目の蜜月旅行《ハネムーン》――ああ、二度目の蜜月旅行とは、なんとおぞましいものだろう――が終わってのちのことだった。現在では、もうそれはぼくを離れることなく、毎晩のように見舞ってくるのである。だが、この頃になると、それに一種べつの苦しみが加わってきた。いまだに思い出せないのだが、悪夢とはまったく無関係なもので、それでいながら、悪夢に終止符を打つことのできるような、そんな苦しさなのだ。それがエドナの死に関わるものであることはわかっている。

　裁判のあいだじゅう、ぼくはそれを思い出そうと無益な努力をこころみた。そう、ぼくがエドナを殺したのはあらそう余地がないが、その方法に思い至らないのだ。そして、ぼくは無実なのだから、こんな恐ろしいことはない。もっとも、陪審員のすくなくとも一人からは、そのことを考慮してくれたらしい印象をうけた――たぶんエドナのような妻を持った人なのであろう。ほかの連中はといえば……エドナのテープ・レコーダーに聴き入っているときの表情を見れば、なにをかいわんやであった。

　当局側、すなわち警察官や、裁判官や、弁護人や、陪審員たちは、ただ能もなく聴いているばかりだった。ぼくのほうは眼を閉じているだけであらゆる情況が再構成できた。室内の装飾、あたりの雰囲気、照明、暖炉の熱気、ぼくたちの動作の一つ一つ、エドナの蒼白く謎めいた顔から放たれるきびしい光。そしていっぽうでは、なんとかしてぼくに、いつもの脅し文句や、フローレンスの問題についての、代わりばえしない与太話をくりかえさせようと努める彼女の態度……ぼくの眼にはすべてがありありと浮かんできた。濃いみどり色をした彼女の瞳が放射する金属的なきらめき。夏空にながく尾をひいて動かない雲のように、青みがかった層をなして淀んだ彼女のたばこの煙、ぼくは返事をするたびに、悪意をこめて、その煙を追い散らしたものだった。しかし、陪審も知らなければ、警察当局も、だれもが知らないでいて、ぼくがぜがひでも思い出さなくてはならないもの、それはいったいなんなのだろう？　ああ、ぼくはなんとおびただしい質問の雨を浴びせられたことか！　エドナのこと、ぼくの過去、彼女の過去、ぼくたちの過去について、幾十幾百という尋問がとんできた！　ところが誰一人として、あの小さな秘密、それさえ手にはいれば数分をいでずして裁判に決着をつけられるはずの明確な小事実について、一語の質問すら発する者はいなかったのだ。ぼくの弁護人たちは無駄だと信じているらしかったが、ぼくはそんなわかりきった意見を度外視して、自分の無罪を主張した。ぼく自身の言葉にいたるまで、ありとあらゆるものがぼくにとって圧倒的に不利なのはほんとうだ。たしかに、ぼくは自分のおかした罪を証明する、あのいまいましいテープ・レコーダーの助けをかりて事件の詳細を説明もした。ただし、その説明はエドナのためのもので、法廷と一ダースほどの低能どものためのものではないのだ。それは大きな相違であり、また、ぼくの記憶が欠落しているのも、まさにその点なのだ。ぼくはいっさいの事情を説明し、いずれ思い出せるはずだと確約して、陪審をひきとめておいた。弁護人たちは、ぼくの陳述をいい材料につかって、ぼくが狂人であるというふうに塗り固めようとかかった。が、さいわいにも、その主張は通らなかった。ぼくの精神状態は健康そのものだからである。何人もの医師が法廷に現われて、ぼくと同意見であることをしめした。もっとも、ただ一人、けなげにも、ぼくの記憶にちょっとした故障があるという信念を述べた医師がいた。彼はその点をひじょうに重要視しているように思われたし、ぼくに心から同情をよせているらしいのが見て取れた。だが、裁判という恐ろしい秤《はかり》のなかで、たんなる疑念を表明することが、はたしてどれくらいの重みをなすものだろうか。しかも反面には、被告自身による、詳細をきわめた、簡明率直な説明がひかえているのである。ぼくはエドナを殺しはしたが、ぜったいに無実なのだ。犯罪の事実はなかったのだし、ぼくは潔白なのだから、じっさいこれは完全犯罪以上のものといってもよいだろう。およそ殺人の形態でこれに勝るものはあるまい。

とはいえ、裁判長が黒い法冠を頭にのせて死刑の宣告をくだしたときには、ぼくとしてもまったくの無感動ではいられなかった。けれども、いずれ記憶がよみがえって誤審をくつがえせるというはっきりした信念があったから、不安の念はまったく感じなかった。ぼくはもう一度あのテープ・レコーダーを聴かせてほしいと裁判所に要請したが、裁判長に拒絶された。が、そんなことは大した問題ではない。公判中、すでに二度も聴かされていたので、ぼくはもうそらで暗記しているくらいなのである。弁護人たちはテープ・レコーダーの使用に抗議しろとぼくを促したが、ぼくにはぼくなりの目算があった。ぼくとしては、どんな方法であろうと、なにもこわいものはないことを証明するための下準備をしておきたかった。無実の者が裁きを恐れるわけがないのである。そうすれば、最後に無実の決め手をもちだしたとき、情況はぼくの有利に働こうというものだ。

死刑囚はたいてい強度の神経衰弱にかかって、食事をする気力もなく、催眠薬の助けを借りねば眠れないそうだが、ぼくは食欲も盛んだし、睡眠のほうも、ことにあの悪夢が見られるのだと思うと、ぐっすり眠れた。むろん、一回目の発作が起きたとき、日夜ぼくを見張っている看守たちは胆をつぶし、容赦なくぼくをたたき起こした。いまでは、これがぼくの記憶をとりもどす絶好のチャンスだと知って、そっとしておいてくれている。もしぼくが、ある小さな事実、微細な一点を思い出せば、看守たちは、ぼくが自分の無実を証明できるというニュースをもって所長のもとへ駆けつけることになるのである。

最初のころ、ぼくはエドナを猫の生まれ変わりだと信じこんでいたが、これはたんなる遊戯か、あるいは彼女の擬態とでもいうべきものだった。日暮れになって、さらに輝きを増そうと大きく見ひらかれた彼女の眼、彼女の微笑みかた、巧まれたしなやかさ、猫のもつ軽快さ——こういう資質から、両親は彼女をバレエ・ダンサーにしたかったのであるが——さらにまた、ほとんど開いていない戸口から、すべるようにらくらくとはいってきて、暖炉のまえの絨毯にうずくまるために、ソファの背へ音もなくとび乗る動作、それらはすべて偽りの作為的なものだった。ところが、ぼくを惑わせ、陶酔させ、まるで夢中にさせたのは、まさにそうした表情だったのである！　戦争というものがなかったら、ぼくはおそらく魅せられたままでいただろう。だが、ぼくたちの二度目の蜜月旅行は失敗に終わった。彼女がすべてを再開するにあたって、まるでぼくが彼女の正体を知っていないとでもいうように、この上なしの不手際をしめしたからだ。彼女はいわば擬似インテリで、良識というものがあたえる一般的な限界をともすると逸脱しがちな怠惰な態度を塗り隠すために、無頓着でわがまま放題であることを意識的につちかってきた女なのである。

当然のことだが、エドナは自分の魅力を承知していて、もしできることなら、ごろごろ喉を鳴らしてみせもしただろう。のちになって、それがぼくをいらだたせることだと知ると、彼女はずっと猫の真似をつづけたが、ほんとうに彼女があの唾棄すべき動物に酷似していたのはまさにその瞬間だけだったといえるだろう。ハツカネズミをあいてにじゃれる猫そのままに、彼女はますます落ちつきはらい、ぼくが肉体的にまいってしまうほど、嘲弄的《ちょうろうてき》であり、高慢ちきであった。じつをいうと、彼女は猫が好きではなかったし、ほかの動物にもぜんぜん愛着をもっていなかった。ぼくたちが最初の蜜月旅行から帰って一ヵ月もたたぬうちに、彼女はぼくに、ぼくの愛犬と彼女との二者択一をせまった。ぼくはなんという臆病者だったろう！　なんという機会をみすみす逃してしまったことか！　理由はただひとつ、ぼくがずっと狂おしい恋情を抱いていたからである。それも彼女にたいしてではなく（彼女の本性はとっくに見抜いていたから）、むしろ彼女の演じる役柄にたいしてだった。

戦後はじめて、ぼくの悪夢がよみがえってきたとき、エドナは起きあがると、掛布をもって客間の長椅子でその夜を明かした。翌日の夕方、仕事から帰ったぼくは、ツインベッドがおかれているのを発見した。たぶんこれを理由にして離婚をとりつけることはできただろうが、そのためには、大勢のひとに事情を話し、ぼくの夢のこと、いやそればかりでなく、エドナがどうしてぼくの悪夢をやめさせようとしたかを説明しなければならぬはめになったろう。ぼくが毛布にもぐりこんで、叫びをあげ、脱出しようと苦闘するたびに、彼女は枕の下からながい鞭《むち》をひっぱりだし、起きあがることすらせずに、力いっぱい、ぼくが叫びをやめるまで殴りつづけるのだった。

破局は彼女が奥の部屋に新しいカーテンをとりつけた日からはじまった。彼女は階段の上から、猫のようにひとっ跳びに、ほとんど手足を階段に触れぬかにみせて、椅子の上に跳びおりるのがお気に入りだった。もっとも彼女はほんものの猫ではないし、猫の化身でさえないのだから、この場合は足をすべらせて簞笥《たんす》の上にどたっと落ちた。彼女は憤慨したようすでただちに起きあがったが、呼吸が困難らしいし、それに、彼女が敏捷でもなければ猫らしいしなやかさも持っていないことを証明してやれる機会とみて、よろこび勇んだぼくは、もよりの医者に電話をかけた。こうしてぼくたちはバーンリイと知り合いになった。まだインターンをすませたばかりの若い医師で、活力と熱意にあふれていたが、この医師がたちまちにして、ぼくの妻の〝猫きどり〟に魅せられてしまった。すばらしい輝きを放つ彼女の瞳、客間の敷物の上に坐るときのしぐさ、また健康をとりもどすにつれてしめす柔軟で忍びやかな動き。彼女の演技の対象がべつの相手に移った今、ぼくは舞台袖にいて、この職業のすべてのからくりやすべての操作を見まもっている道具方のような気持ちになっていた。両手をよこに開いて膝小僧にのせるときの可愛い身ぶり、あるいは後頭部をかるく叩くようにして癖のついた巻き毛をおさえ、つぎにその手を耳の上へもどして、かろやかに髪を撫でつける、まったく猫そっくりの動作、などをである。ビスケットを食べるにしても、むしゃむしゃ頰張ることはけっしてなく、とがった小さな口でかじっては唇をめくって見せたし、紅茶を味わうときも、薔薇色をしたとがった舌の先でちびちびなめるような感じをあたえた。

テープ・レコーダーの記録は、けっして、ぼくたちの日頃の口争いや悶着の場面を象徴したものではなかった。そうしたさなかの彼女のせりふは、つっけんどんで意地悪で、それとない暗示やら陰にこもった威嚇やらに満ち、論理の筋道もでたらめで公正を欠いているのがつねだった。ところがその日にかぎって、彼女にはある目的、すなわち演じなければならない役柄があったのだ。彼女はもはやぼくを騙《だま》すことができなかった。バーンリィ医師はひろい芝生にかこまれたまことに美しい住居をもっており、そこに老齢でからだの自由がきかなくなった母親と二人きりで暮らしていた。彼の家には優秀な犬が二匹いたが、いざとなれば、エドナの幸福のためによろこんで手放すにちがいないとぼくは思う。エドナは自分の心臓や肝臓に障害があることをバーンリィに知られぬよう気づかっていた！

彼女としては、自分のなかに完全な健康の典型を、生の歓喜を、猫族の抗しがたい美しさを、あまい微笑を──せめて彼の面前でだけでも──認めてほしかったのだ。だから、彼を家へ呼ぶためには、ぼくの病気を診察してもらうという口実しかなかったのである！

彼女はずうずうしくもぼくの悪夢のことまで彼に話した。しかしバーンリィというのは公正な男だったにちがいない。なぜなら、エドナがぼくを精神病院へ入れようと口を酸っぱくして説きつけたにもかかわらず、彼のほうは、それほど深刻な症状ではないと言い張っていたからだ。それにぼく自身、からだの調子もよく、比較的幸福、つまりやっと自分がエドナを憎んでいることがわかったので、ここ何年かぶりに幸福をおぼえていた。ぼくには彼女のすべてが、腹のそこまで憎らしく、それだからロンドン市内にある事務所へ向から地下鉄の中、あるいは帰りの車中で、車輪がレールの継ぎ目ごとにかちっかちっと鳴る音に合わせて、一節のメロディーが耳にきこえ、ぼくは低声でこう歌っていた。

『猫ーなんかーくそくらえ！　猫ーなんかーくそくらえ！　猫ーなんかーくそくらえ！』

ああ、あの墜落！　虚無の底への恐ろしい落下！　あの胸のむかつく終点まで、どうして目が覚めないのだろう？　また、いったん目覚めたのちも、毛布の下から顔をだす瞬間まで、どうして獣のように叫びつづけねばならないのだろう？

おや、どこまで話しただろう？　裁判のところだったかな。

もちろん、いままでバーンリイ医師のことは話さなかったが、ぼくたち夫婦がそれぞれ別れる決心を固めたのは、ひとえに彼のせい、いや彼のおかげだといわねばならぬことは承知している。テープ・レコーダーによる記録を考えついたのはエドナだったろうか、それともバーンリイだったか。ぼくとしてはまったく別様に考えていたのだが、それもなかば、ぼくがバーンリイ医師にたいし漠然とした共感と一種の憐憫《れんびん》をおぼえていたからだったろうか。偶然というものが、ぼくたちの二つの考えがいずれ邂逅《かいこう》することを望んだのである。

彼女は午後のうちにすっかり用意を整えておき、ぼくたちのとめどない口喧嘩の真っ最中にテープ・レコーダーのスイッチを入れたのだと思われる。たぶんそれは、彼女が室内を一巡しながら、暖炉のそばのスタンドをのぞいてほかの明かりをぜんぶ消してまわったときのことだろう。その暖炉の前で、彼女は突然、しかも奇妙にしなやかな動作ですっと立ちあがって、こういった。

「ジェームズ・ファラー、あなた、なんでも好きなことをおっしゃいな。あたし、あなたのことなら、いつだって我慢するから」

エドナは結婚した当初からぼくのことを姓名《フルネーム》でよぶ癖があった。ことに他人の前でぼくのことを自慢するときなどはそうであった。それが次第になんだか侮蔑の響きをもつようになったのだが、この場合にかぎって、話の相手をはっきりと指示する意味をふくめていた。『好きなことをおっしゃいな』というのが録音された最初の文句であって、陪審員たちには、ぼくの言いたがっていたことや、ぼくがすでに言ったことは、まったく聞かれないわけだった。いや、もちろん、かれらの前でそれをくり返すこともできないではなかったが、そんな事実は、ぼくがいまだに思い出そうと努めていることにくらべれば、まことに些細なものでしかなかったのだ。

「まったくだ、猫みたいに辛抱づよいからな！」

ぼくはとげとげしい口調で答えたが、陪審員の頭にとって、これでエドナが一点稼いだとみるのは容易なことだった。

「ジェームズ、あなたはあたしが嫌いなのね、そうでしょう？」

「へどが出るくらいだよ、エドナ」

「だったら、あたしを始末するためには、どんなことだってする気なのね」

「もちろんだとも」

「いや！　出て行かないで。こんどこそ、はっきり決着をつけましょうよ」

「ぼくはお茶をいれにいくだけだよ」

ここで説明しておかなくてはならないが、ぼくは毎晩就寝前に、お茶を飲む習慣があったのである。ついでにいうと、『こんどこそはっきり決着をつけましょう』というやりとりにしても、毎度のことになっていたが、それだって、まあどうでもよいことだ。エドナはテープ・レコーダーを止めなかったとみえて、三、四分間、炭火のはぜるような音だけがしていたが、やがてぼくがお茶の盆を持ってもどってきたときのドアの開く音がきこえた。

「それで、あの女のひと……フローレンスのことは？　ずっと決心は変わらないのかしら、ジェームズ？」

「どういう意味だ」

「よくわかっているくせに。いつもあなたは、口癖のように、あたしと別れてそのひとと暮らすんだといってるじゃないの。あたしはもうたくさん。あらかじめ言っとくけど、これ以上、こんな状態をつづけるのはごめんだわ」

むろん、陪審員たちは、フローレンスとは何者であるかを知りたがった。それ以前にやはり警察も探りだそうとした。結局フローレンスをつきとめることはできなかったし、法廷でも、ぼくは語ることを拒んだ。かりにぼくが真相を話し、フローレンスなんて女は実在しないし、かつて一度も存在したことのない仮想上の人物で、エドナとバーンリイ医師の親密らしい仲に〝対抗〟するために案出されたものだと述べたとしても、まともに信じてはもらえなかったろう。

「そのとおり、彼女と結婚すれば、猫でなくって、ほんものの女といっしょにいられるわけさ」

「じゃ、その……その女のひとと結婚するために、あたしと離婚しようっていうの？　そうなのね？」

「ちがうんだ、エドナ」

「それだったら、どうして彼女を奥さんにできるのよ」

「なあ、お茶でも飲まないか」

ずっとあとになって、ぼくは、暖炉の前で彼女が猫みたいにうずくまっていたクッションの下に、マイクロフォンが隠されているのを発見した。それがあったからこそ、カップが皿にぶつかる音が、ああも明瞭に聞こえたのである。

「ぷっ！　あなた、お砂糖、いれてくれた？」

「ごめん、忘れてたよ。さ、自分でいれてくれ」

「ジェームズ、なぜ、あたしの質問に答えてくれないの？」

「すこし黙って、お茶を飲まないか、エドナ。きみにはうんざりだよ」

「あら、こんな変な味のお茶、生まれてはじめてだわ。いったい何で沸《わ》かしたの？」

「かわいい猫さん。きみのカップをよこしたまえ。ありがとう。ぼくのやつは、こうして暖炉のなかへ！」

ぼくのお茶が火のなかに投げこまれる音がテープ・レコーダーにはっきり聞こえた。

「ジェームズ！……あなたがこわくなってきたわ」

「ほんとかい。うむ、そいつは結構だ。ではそろそろ、きみの質問に答えるとしようか」

「あなたの……あなたの情婦のこと？」

「言葉を慎みたまえ。きみだって普段は彼女のことをもっとちがうふうに考えているじゃないか。そこで、そう、問題はフローレンスのことだ。いっておくが、いまから一、二カ月後に、ぼくと彼女は結婚しているよ」

「そんなに早く離婚をとりつけることができると信じてるの？」

「死んだ猫と離婚する馬鹿はいないんじゃないか、エドナ」

「おかしいんじゃないの！　どうしてあなたは、つべこべいわずに、あっさりとあなたの……フローレンスと暮らさないのよ」

「不可能なのさ、小猫ちゃん。きみを埋葬した直後ではひどく外聞が悪いだろう」

「あたしを埋葬するって？」

「ああ。そういうぐあいにいけば、つごうよく結婚できる。フローレンスとぼくは、ここで生活するんだ。それに、きみも承知だろうが、フローレンスは犬が大好きだ。きみとはまるで正反対な女だよ。ほら、猫は九生をもつって言われるじゃないか。ところで、ぼくは五十人の人間を殺してきた、つまり十四以上の猫をだね」

「ジェームズ・ファラー、おねがいだから、まじめに話をして。いったいどういうことなの？」

「毒さ、エドナ。よく効くすぐれた毒物だよ。そうさ、きみだってもう感じてるはずだ、そいつがきみの胃の底を、猫のはらわたを焼き焦がしているのが。そうさ、エドナ、だからこそ、ぼくはこの苦いお茶を飲まなかったのさ。これで、いまにきみの短い苦しみが終わったら、ぼくはカップとポットを丹念に洗っておくつもりだよ」

「ジェームズ……いやよ！」

エドナの悲鳴は完璧だった。二度とも、陪審員たちはおなじ反応をした。みんな石のように顔をかたくし、石のような顔色になった。

「そうさ、エドナ……すばらしい毒茶で、なんの痕跡ものこさず、しかも敏速に人を殺すのだ。すこし強烈かもしれないが、猫ってやつはほかの動物より、はるかに辛抱づよいというじゃないか。だからきみは、人間ほど苦しまなくっていいわけだよ」

彼女の喉からもれた悲鳴、ぼくの書物机や電話のほうに向かいかけた彼女を長椅子の上へ投げもどしてやったときの短い格闘、そうしたすべては、まるでラジオ放送ででもあるかのように完全に聞こえ、はっきりと録音されていた。その最後の言葉にいたるまで――おそらくマイクロフォンに近づくためだったろうが、彼女が長椅子の上をすべって行きながらであるにもかかわらず――いっさいは、このうえない簡明さでテープ・レコーダーに復元されていたのである。

「ジェームズ・ファラーが……あたしの良人《おっと》が……あたしに……あたしに毒を盛ったのね！」と、彼女は苦しげに呻いた。

つづいて長くかぼそい絶叫がもれ、喉もとを掻きむしる音でそれが消されて、その場面に最後の仕上げがおこなわれた。二度目の録音放送が法廷においてなされたのち、ぼくは自分の唯一の望み、生存の唯一のチャンスが、ぼくの無実の証拠を思い出すことにあると知った……なぜなら、ぼくは無実なのだから。

バーンリィ医師にその気があれば、ぼくを徹底的に叩きのめすこともできたのだ。彼はぼくの話を避け、エドナがぼくに関して診察を乞うた件についてはひとことも言及せず、証言台に立つと、ぼくから夜遅く通報があって、数分間で駆けつけてみると、暖炉の前にエドナが倒れて死んでいるのが発見されたと述べた。彼は死体にあらわれていた恐怖の表情をこまかに語り、またその直後、暖炉のそばの小戸棚にテープ・レコーダーが隠してあるのを見つけたときの情況を説明した。実際、その発見があまりにも迅速だったので、ぼくは、彼とエドナが共謀でこの罠を考えだしたのだろうと確信しているくらいである。二人はそういう方法で離婚を正当化する証拠をつかめると考えたのだろうが、まさか雌猫の死の情況を一部始終、録音する結果になろうとは夢にも思わなかったにちがいない。ぼくだって黙って手をこまねいているはずがないことぐらい考慮にいれてもよかったのだが。

いうまでもなく、陪審はぼくを有罪と決定したが、これは無理からぬことだ。かれらはぼくがエドナを毒殺したのでないことを知るよしがないのだ。そう、たしかに、ぼくは彼女を殺しはしたが、それは合法的な手段によってである。さて、そろそろ目が覚めかけてきた、掛布にくるまれて！　恐ろしいことだ、いったん目覚めればなにもかも思い出せなくなってしまうのだから……

うんときつく眼を閉じて、ベッドのなかで身動きしないよう極力気をつければ、絶叫とともに目覚める前に、まだすこしは落下がつづくかもしれない。もう、ほんのすこしでもいいから……こまったことに、心臓が激しく、とても激しく搏ちはじめたのが感じられる。これはまもなく夢から醒める徴候なのだ。

ぼくの心臓……エドナの心臓！　エドナの心臓を停めたのは、たしかにぼくだが、それは彼女をだまして……そう、一杯くわせたのだ……それに彼女はまんまとひっかかってしまった。謎の毒物の話を彼女はすっかり信じこんだのだ。紅茶のなかにスプーン一杯の芥《から》子《し》をまぜたために、いやな味がしたことは本当だろう。ところが彼女はじっさいに毒を盛られたと信じ、その恐怖のために死んだのだ。ほかの女なら死ぬこともなかったろうが、なにしろエドナは非凡な想像力のもちぬしだ。また彼女の心臓の状態が大いに助けとなったことも真実だろう、彼女は心臓病だったのだから。だが、それをどうやって証明できよう！　ハーリイ街の専門家を召喚してもらうのはどうか（ハーリイ街はロンドンで一流医師が多く住んでいた区画）。いずれにしろ、やったのだ！　思い出したのだ！

すぐにでも刑務所長を呼んでもらおう。死刑囚のためなら、いつだって飛んでくるはずだ。あらたに解剖をおこなえば、たちまち、それがぼくの作り話でなく、エドナがたしかに心臓病の発作で死んだことが証明されるだろう。すでに彼女が解剖され、こま切れにされたことはわかっているが、心臓にまでは思い至らなかったはずである。内臓を、その腐りきった猫のはらわたを切りひらき、毒物の痕跡がどこにも発見されないことに満足したわけだが――それもそのはずさ！　考えてみれば、ぼくがどんな毒物を使ったか、連中はけんめいになって白状させようとしたものだった！　なかにはいろんな毒物の名称を列挙してみせた者さえいたくらいだ。かりにぼくが、その話題の毒物が一さじの芥子《からし》にすぎないと力説したところで、てんで信じてはもらえなかったろうと思う。ここでエドナの死体を発掘することになれば――当然そうする義務はあるのだから！――連中も、たんなる恐怖、思いもかけぬ死の恐怖が、心臓の停止だか破裂だか、よくは知らないが……ともかく、恐怖から死ぬさいに心臓にあらわれる状態……をひき起こしたのだということを難なく見つけだすにちがいない。そうなれば、ぼくは釈放されるだろう！　女房が恐怖のために急死したからといって、それで亭主が死刑にされていいわけはないのである！

ついに、ぼくは発見した。もう夢は醒めたってかまわない。ぼくはよく気をつけて、たえず〝芥子《からし》〟という言葉をくりかえすよう心がけよう。もし目が覚めて、いっさいがっさい忘れてしまい、自分の無実を証明できなくなったら、それこそ恐ろしいことである。断言したってよいが、きっと彼女の心臓はごく小さな猫の心臓で、真っ黒く、硬くなっているにちがいない。

ああ、胸のむかつくような、あの落下の終わりがきた！……この感覚には、けっして慣れるということがないだろう……

街路の向こうがわでは何百人という人びとが無言で待ちうけていた。そのなかの数十人が雨にうたれた舗道にひざまずいて『われらが父』を唱えるいっぽう、横手の小門があいて、無情の看守がひとり姿を現わし、タイプでうった慣例の告示を貼りだした。そこには、ジェームズ・ファラーがたったいま絞首刑に処せられ、監察医のバーンリィ医師が、死亡時刻を九時十二分と確認したむねが記してあった。

彼方《かなた》のどこにもいない女

La Dame d'Outre-Nulle Part

このエウリュディケーを私に吹き込んでくれた
詩人のジャン・コクトーに。

（エウリュディケーはギリシャ神話の詩人オルフェウスの妻。オルフェウスは死んだ妻を冥府から、地上に着くまで彼女を振り向かない、という条件で連れ帰る途中、振り返って眺めてしまったために永久に失ってしまう）

　わたしはバーナードの個人的な事件に手をだすのを引き受けたのであるが、あとになれば、誰もがあたり前のことだと思うはずだ。それについては、わたしには二重の権利があった。つまり、わたしは彼のたった一人の肉親であり、その地区の保安管理の責任者でもあったからだ。わたしは湖畔にあるバーナードの別荘にやってくると、そこに住むことにした。こんどの事件は偶然の出来事だと、わたしは思っていたのであるが、バーニィ（バーナード）の居間に一歩足をいれるや、事件の責任の一端は彼にもあったのだと、わたしは確信した。これを予感とも、直感とも、または三十年の経験がもたらした勘だとも——こっちのほうが真相に近いかもしれない——好きなように呼んでもらってさしつかえない。犬が骨をかくそうとする場合は、穴を掘ってそれを埋め、ふたたび土をかぶせる。秘め事を書いた紙きれを他人に見つけられたくない人間は、その紙きれを燃やして、灰を四方八方にまき散らしてしまう。ところで、その灰が、暖炉のなかにあったのである。それもたくさんあった。が、それを集めてみたところで、なんの役にも立たないだろう。というのは、弟はあきらかに足でその灰を踏みつぶしていたからだ。しかしながら、山積した灰の底——つまり、最初の紙きれを燃やしたと思われるあたり——に断片が残っていた。わたしはタイプで打たれた、次のような言葉をどうにか読みとることができた。

　『明日……一時十五分。きみを愛……』

　いつもの癖で、わたしはそれらの言葉をタイプライターで打って、両方の活字をくらべてみた。この言葉を打ったのはバーニイにちがいなかった。あれが起こったのはぴったり午後一時十六分である。とすれば、一時十五分ならかなり近いではないか！　そして、同時にわかったことは、バーニイが恋愛事件を起こしていたということ……

「さあ、仕事にかかるんだ。女を探すんだ！」

わたしは自分自身に呼びかけると、パイプに火をつけて、堅くなった灰をふり落とした。

女を見つけることはできなかった。が、わたしは写真のきれはしのようなものを見つけた。テレビセットの上の空《から》の額縁がわたしを惹きつけた――〝彼女〟の額縁だったのである。

と同時に、わたしは空の額縁のそばにマイクロフォンがあるのに気がついた。そして、それはテレビに線がつないである。わたしはスイッチをいれて電気を通し、マイクロフォンにむかって声をだした。わたしの声は増幅されて受像機のスピーカーから聞こえてきた。

このマイクロフォンは他の装置にはなんら関連がないのだ。

バーニイの机の上には仕事の資料がうずたかく積んであったが、わたしはその下に埋もれていた四枚の紙きれを見つけた。どの紙きれの中央にも、言葉がいくつか大文字でタイプされていた。このメッセージはバーナードが受けとったものであろうか、それとも彼のほうが用意したのだろうか。わたしはそれに順序を、つまり前後の時期を見つけようと努めた。三枚は同じ時期のものと思われたが、四枚目になってはたと困ってしまった。なかでもそれが一番短く、ただ、つぎの言葉があるだけだった。

『きみはしあわせ？』

他の三枚にはつぎのように書かれていた。

『では、ぼくのことはよくわかっているんですか』

『ぼくはそちらに行ってきみといっしょになりたい』

『きみを信じるとしても、わたしに何をしろというのです？』

部分的ではあるが、わたしは少しずつこれらの問題に答えを見つけた。わたしは弟の別荘でまるまる二年間すごしたが、じつのところ、妻がいなかったら、もっと滞在していたにちがいない。妻が発見したことについて、わたしは最初断じて信じる気になれなかった。が、まもなく妻は否定のしようもない証拠をさしだした。最後にこの物語のあらゆる要素を手に入れたとき、わたしは、だれもわたしの話を信じはしないだろうというこ とにいささかの疑いも持たなかった。さらに、わたしが公式の報告書を作ろうなどと思いたてば、片田舎の精神病院に送りこまれるチャンスは充分にあったろう。しかし、一つの物語を作りあげた今では、もはや何の危険もないわけだ。つまり、いつかこの物語が出版されることがあっても、これはあくまでも物語であり、それ以上のものではない、と主張していればよいからだ。わたしの妻と、たぶん少数の学者だけが、この物語が真実であることを知っているだけだろう。

だれもが認めていたことであるが、弟のバーナードは知能的な意味で、わが家の中心人物であった。永年にわたって、彼が卒業証書や学位免状をいろいろ獲得していると聞いても、わたしはべつに驚きはしなかった。まあいわば、ほかの連中が蝶や切手を集めるようなものだった。そして、学位をとって彼がレイ・フォールズに帰ってきたとき、わたしは大層よろこんだ。いまや、バーナード・E・マースディン博士なのだ！　その上、バーニイが汽車から降りてきて、原子力研究所の枢要な地位に任命されたと聞いたとき、わたしはもっとうれしかった。

バーナードは湖畔の小さな別荘に住んでいたが、そこは滝の上にあって、とても居心地がよかった。毎朝、近くに住んでいる老婦人がやってきて、朝食の仕度をし、部屋を掃除してくれていた。夕食は自分で準備した。そして一年じゅう朝は湖に出て水浴をやっていた。彼はスポーツマンというほどではなかったが、マースディン家のがっしりした体格を受けついでいたし、眼もおなじブルーであった。たまたまわたしは警察署で彼と口論したことがあったが、もし手を出せば、バーニイはわたしを苦もなく打ち倒したことだろうと思う。

ところで、つぎのようなことが起こったのはまちがいないと言ってよい。

ある夜のこと、電子頭脳に使う計算式のことで、バーニイは遅くまで仕事をしていた。彼はあくびをし、伸びをして、もうそろそろ寝る時間だなと思った。だが、まず仕事のことを忘れてしまわないかぎりは、眠ることなどできないのはよくわかっていた。いつもだと湖畔に出かけて一服するのであるが、その夜はたいへんな雨だったので、彼はテレビを見ることにした。ブラウン管が明るくなると、二人の男が現われた。二人は話しあっているようすだが、バーニイは聴き取ることができなかったし、映像もはっきりしていなかった。彼は音声を調整して映像を合わせようとしたが、結局は無駄だった。受像機か、中継局のぐあいでも悪いんだな、と彼は考えてスイッチをきった。

数日後、バーニイはある報告書をタイプしてしまうとまたテレビをつけてみた。一分ほどすると発音のはっきりしない混乱したような男の声が聞こえてきた。そしてブラウン管が明るくなったときは、ただ四方八方に横切っていくぼんやりした影しか見えなかった。

「故障したのかな」とバーニイは考えながら、受像機の調整ボタンをいろいろ操作してみた。

一本の手が非常に鮮明にはっきりと画面に現われたのは、バーニイがまさにスイッチをきろうとした瞬間だった。その手は、なにかを探しているかのように手探りしていた。とすぐに、手はかなり年とった男の顔にとってかわった。男はバーニイのほうをちらっと見ると、顔をめぐらして何かしゃべった。が、バーニイには理解できなかった。それからその顔はすべるように消えていった。

「なんだか、水族館の魚のようだ」と、バーニイは考えた。なおも何かはっきりしない音や、逃げ去るような影がつづいた。これが起こったことのすべてであった。

バーニイは時計を見て、夕刊をとりあげた。最終のテレビ放送は二十三時三十五分に放送されるニュースのようだ。が、それが午前一時まで延長されるなんてことはありえない！　とすれば、なにか別のことなんだ。受像機を修理する必要があるのかもしれない……待てよ、もしかすると地方の放送局で、カラー放送か、なにか新しい送信方法を試験しているのかもしれない。そうだ、その場合だったら、映像が明瞭さを欠いていたり、音質がよくなかったりしても納得がいく。翌朝、バーニイはディック・ローランズに電話をかけた。ディックは地方放送局の技師である。

「いや、目下のところ試験放送はなにもやっていない。いったい何時ごろのことなんだ」

「一時か、一時をちょっと過ぎたころだ。二日前にもそんなことがあったんだが、時間はもっと遅かった」

「一昨日《おととい》だって……いや、何もないよ。チャンネルはどこだった」

「第二」

「それじゃ、うちの局だ。たぶん技術的に異常な状態がつづいて、どこか遠くの放送を受信したのだと思うよ。で、アンテナはどんな種類かね？」

「室内アンテナだ」

「そいつは変だな、もし今度そういうことになったら、ぼくのほうに知らせてくれよ。すぐそっちへ行くから」

それから二日後、ふたたび例のものがはじまった。バーニイはまたぼーっとかすんだ何人かの男のすがたを見、やっと聴き取れる、ぜいぜいいう言葉を聞いた。

「きみの受像機はとても調子がいい」と翌朝、ディック・ローランズは言った。「きみが見たのは、ひじょうに遠い放送局の番組にちがいない。成層圏の反射によるものだと思う。どういうわけかしらないが、たまたま普通の受像機でも受信されることがあるんだ」
「で、この場合どこからきたのかな？　ロシア、それともオーストラリア？」
「ぼくの考えでは、そんなに遠くはないと思うがね。連中のしゃべっている言葉がわからなかったかい？」
「わからないよ」

わたしのポータブル・テレビを借りだした日、バーニイは自分が非常に不思議な現象にかかわっているという確信をいだいた。彼は例の影がべつの受像機にも出るものかどうかを知りたかった。この地方局の最終の『おやすみ番組』のあとで、バーニイは二つの受像機をつけてみた。二分たつと、例の影が二つの画面にすがたを見せてきた。

突然、バーニイはとびあがった。それはすでに彼にはおなじみの姿と顔ではあったが、二つの画面はそれぞれ異なっているのだ！　すると、遠方の放送を受信しているという可能性は除外される。では、べつべつの二つの放送を受信しているということだろうか。その影が消え、いつものごろごろひびく音がしだいに遠ざかると、バーニイは電源をきって、パイプに火をつけた。これには二つの答えしかないのだ。ディックが聞いたこともない、どこか遠方の、地方局の試験放送。または……またはまったく別のことなのだ。バーニイはその最初の可能性を慎重に検討しようとしていた。もし試験放送ならば、それほど秘密の性格を帯びるものでもないだろう。なぜなら、それは誰にでも受信できるからだ。

ところが、バーニイはまったく間違っていたのだ。彼がそのことに気がついたのはそれから数日してからだが、その日は例の音がいつもより強くひびいてきた。音量を下げようとしたとき、彼はぺちゃくちゃとしゃべるような不思議な声をはっきりと聴き分けたのだ。と、ただちに別の声がもっと鋭い調子でなにか答えた。それから画面が明るくなり、バーニイはしゃべってているる二人の男をきわめてはっきりと見ることができた。二人が日本人であることは明らかだった。片方の男がふりむいて画面のほうを指さすと、二人してバーニイに向かって進んできた。（それじゃ、ディックの言うとおりだったんだな）と、バーニイはつぶやいた……たんに技術的に異常な状態が起こって、日本のテレビ番組を受信することができたのだ。画面のなかの二人の男はしゃべるのをやめて、カメラのほうを見つめていた。一人の男が何事か言って、人さし指をバーニイに向けた。

するとと男は架空のコップをとりあげ、飲むふりをしてみせた。たんなる偶然の一致だな、とバーニイは考えて、自分のそばに置いたミルクのコップをちらっと見た。そしてポケットのマッチを探していると、画面の小男も自分のポケットをさぐっているのだ。バーニイは眉をひそめながらもマッチを見つけ、パイプに火をつけようとした。するとその男は架空のパイプを持ちだして、もの真似のように火をつけるふりをした。もうひとりの日本人はこのちょっとしたお芝居の観客であったが、笑いだすと、なにごとかしゃべった。すぐに三、四人の人間が——それもなかの二人はひどく簡素な服装だったが、仲間に加わって画面がいっぱいになった。かれらはバーニイのほうをじっと見つめていた。

ミルクのコップ、パイプ、バーニイについて、しゃべったり見つめたりするかれらの態度、これらのすべてを考えると、ただひとつの意味しかありえない。つまり、彼はあるファンタスティックな実験の場に置かれているのだ。おそらく画面に現われているのは日本人の技師たちだろうが、かれらはただの受信機にすぎないテレビを、送信と受信の両用ができる装置に変える、ある方法を発見したのだろう。でも、この仮定だけではバーニイは満足できなかった。それで画面から目をはなさず、ゆっくりとネクタイをはずしにかかった。ただちに、画面の中央にいたその男は嘲笑しながら軽く一礼すると、バーニイを真似るふりをした。もはや疑いの余地はなかった。

「わたしの声が聞こえますか」と、バーニイはたずねたが、自分の声の調子にびっくりした。

みんなはバーニイのほうをじっと見つめた。すると、なかの一人が早口でなにか言った。眼鏡をかけた老人が画面の中央に進みでると、非常にはっきりと言った。

「英語が話せますか」

「ええ」と、バーニイはひどく興奮して答えた。「それで、わたしの声がわかりますか」

かれらはまたいっせいに早口でしゃべりはじめた。そして、バーニイの所作《しぐさ》をまねていた男が老人にひとこと話すと、老人はうなずいた。みんなの討議は、なおもしばらくつづいたが、老人はバーニイを見つめると、こう言った。

「ちょっと待っていただけますか、え、いいですか？」

「待てとおっしゃるんですか」と、バーニイは指で自分をさしながらたずねた。

かれらはみんな軽くうなずいた。

そう長くは待たされなかった。が、目の前の画面にきれいな若い女が現われたときには、バーニイはびっくりしてしまった。ひどく簡素な白い服をきた女は、長い髪を横になびかせながら前方に進みでてきた。女は自分をとりまいている男たちをちらっと見やってから、両手が画面にふれるばかりのところまで進んできた。彼女はバーニイたちの会話をたしかに聞いていたのだ。なぜなら女はバーニイをじっと見たからである。男たちは彼女のまわりに集まってきて、なおもしゃべりつづけた。彼女はおしゃべりが終わるのをじっと待った。それから眼をバーニイに釘づけにしたまま英語で話しかけたが、それは完全な英語だった。

「英語で話していただけません？」

「ええ、わたしの声が聞こえますか？　きみは誰なんです？　どこにいるんですか？」

　女は悲しそうにバーニィを見つめた。と、みんながいっせいに何かしゃべりだした。

「見たところ、あなたはあたしたちの声を聞くことができるんですね。でも、あたしたちはあなたの声が聞こえないのです。おわかりでしょうか？」

「ええ」とバーニィは言って、うなずいてみせた。それから急いで机のところに行き、赤インクの万年筆をとって、大きな紙きれに大文字でつぎのように書いた。


『これが読めますか？　きみは誰ですか？』


　これを画面のまえに置くと、「ええ、とてもよく読めます」と、女は答えた。「あたしたちは……」

　しかし、女の声は周囲のひどく興奮した五、六人のがやがやしゃべる声に妨げられた。女はバーニィのほうへ眼をあげると、ただつぎのように言っただけだ。

「いずれその時になったら、あたしたちはあなたの質問に答えることになるでしょう。まずあたしたちは、あなたが誰であり、またそこはどこなのかを知りたいのです」

『わかりました』とうなずいて、バーニィはまた机のところにもどり、小さなテーブルとタイプライターを持ってきて、それを受像機の前に据えた。彼は用紙をさしこんで、大文字でつぎのように打った。


『わたしはバーナード・マースディン。レイ・フォールズの自分の家にいます。きみは誰ですか？　どこにいるんですか？』


　バーニィはその紙きれを画面の前においた。身をかがめながら、若い女はそれを読むと通訳した。女はちょっと間をおいてから、「レイ・フォールズというのは何ですか？」と、たずねた。

　自分のメッセージの最後の質問のところを指でさし示しながら、バーニィはレイ・フォールズの文字のところでうなずいてみせた。

「ちょっと待ってください、みなさんに訊かないといけませんので」と女は言って、仲間のほうをふり向いた。


『きみは囚われているのですか』


女が相談している間に、バーニイは急いでタイプを打った。

若い女はそれを読むと、笑いだした。

「いいえ、この方たちは賢く、また非常に聡明な人たちです。この方たちのおかげで、あなたとも交信ができるようになったのです。あたしたちがどこにいるかを説明するのは、とてもむずかしいことです。なぜって、実のところ、あたしたちはどこにもいないからです」

バーニイはタイプライターにとびつくと、男たちやその女の好奇の視線を感じながら、急いで次の文を作った。


『これは不思議な実験だと、わたしは信じるつもりです。でも、馬鹿にされたくはありません。もし、わたしの協力を望むなら、みなさんに隠しだてはしないように言ってください。もう一度くりかえします。きみはだれですか？　どこにいるのですか？』


バーニイがその紙を画面の前にさしだすと、若い女がそれを翻訳した。みんなは彼女の肩口からのぞいていたが、何事かしゃべった。と、すぐに女はバーニイのほうに眼をあげて、言った。

「みんなはあなたにお答えする一番いい方法について、意見が一致しました。もうしばらく待っていただけますか」

バーニイはうなずき、それに従うことにした。女はつづけた。

「その間にあたしの名前を申しあげましょう」彼女は肩ごしにうしろをちらっと見やった。「あたしの名はメアリイ・シームア、ヨークシャーのハルの生まれです」

男たちが戻ってきたので、彼女の話はさえぎられた。みんなは女のまわりに集まった。眼鏡をかけた一番年長の男がしばらく話していた。やっと女はバーニイのほうを向いたが、その顔は微笑んでいた。

「まずはっきりと断わっておきたいことは、これからお話しすることがすべて冗談などではないということです。あの方たちは、あなたに理解できる方法をみつけようと努力されました。でも、これはたやすいことではないので、辛抱づよく聴いていただかねばなりません。あたしたちはもはやあなたがたの世界には属していないのです……そうなのです、マースディンさん、誓って申しますが、これは本当なのです。どうかあたしの言うことを聴いてください……あなたがたの見地からすれば、あたしたちは死んでいるのです。いいえ、何もまぼろしではありません。どうか辛抱して聴いてください！」

バーニイは信じられないといったふうに肩をすくめた。すぐに男たちが集まって、また協議しはじめた。すごい早口であった。

「みなさんは、もしあなたがおしまいまで聴きたくないなら、あなたの受像機とお別れして、どこか別の家に行こうと言っています」

『わかった。最後まで聴きましょう』

バーニイはできるだけ急いでタイプを打った。

「すみません。どこまで話しましたかしら、あ、そうだわ、あたしのまわりにいる人たちは日本の方たちです。このひとたちの何人かは、長崎で原子爆弾が爆発したとき、ちょうどその中心にいて殺されたのです。あたしもそこにいましたので、あなたの言葉をかりれば、同状況のもとに殺されたのです」

『それは嘘だ』

バーニィはすでに使った用紙にぞんざいに書きなぐった。

「神かけて、これは本当なんです」と、女は哀願するようにいった。「ここに、あなたに説明できるただ一人の方がおいでです。キザキ教授です。あたし自身は科学上の問題については何もわかりませんが、教授の言葉を最善をつくして通訳することにしましょう。まず最初に知っていただきたいことは、あたしたちは殺されたのではないということです。そうです。あたしたちは殺されなかったのです。なぜなら、あたしたちは分子、および原子の崩壊のまさに中心部にいたからです。そしてこの崩壊がつくりだした連鎖反応は時間の速度を増しました、〝時間の速度を増す〟――そう、これは教授の言葉です。しかし、要点はあなたにもおわかりだと思います。なにか近似概念をあたえるとしたら、その速度は……たぶんご存じだと思いますが、人類が知っているもののなかでは光が一番速いのですが、この光の速さよりもはるかに速いのです」

『どれくらいの速度ですか』

とバーニィは、かるく笑いながら、タイプを打った。

女はその質問を伝え、教授の答えを待ってから、ふたたびバーニィのほうに向きなおった。

「あなたには理解できないと思います。でも一つの考えとして、教授はつぎのように示唆されています。それが相対性理論によってのみ存在するような速度でおこなわれる、と考えてみてください。すると、時の一致によってその崩壊は以前に、もしくはほとんどはじまる前に完成してしまうのです。どうか、あたしのいうことを聴いてください。教授の意見では、あなたにその速度についての観念、または理解する可能な考えをあたえるにしても、これ以外の方法はないとのことです」

　バーニイは何度もうなずいた。彼女は先をつづけた。

「これらのすべての結果を説明することは、同じように困難ではありますが、教授はつぎの二つのイメージを提案されています。つまり、四次元の宇宙における三次元の状態から、あたしたちは五次元の宇宙における四次元の状態に移動、もしくは変形されているのです。またさらに、あたしたちは反物質の形になっているのです。これら二つは同じことだと教授は言っておられます。これではっきりおわかりになりましたか」

　バーニイはすばやくタイプを打った。

　　『理論的には、それは可能です。でも、わたしには信じられません。証拠を見せてくださいますか』

「あの方たちがそれをしてくださると思います」と、彼女は通訳するまえに微笑みながら言った。

　　『きみは、かれらの言うことを信じているのですか』

　バーニイはタイプを打った。その間、女は教授の言葉に耳を傾けていた。「ええ、ほかには説明のしようがありませんから」

　　『あなたがたがどこかのスタジオにいるのでもないし、またいちばん上等な悪ふざけをやっているのでもないと、どうしてわたしに信じることができますか』

「そうではないのです、マースディンさん。はっきり申しますが、あたしが自分の姿を見せるのは初めてです……そう、あたしが長崎で姿を消してから初めてのことなのです。でも、あたしの言うことをよくお聴きください、教授の言葉によりますと、間接的な方法であなたに証拠をさしだすことができます。たとえば、ここにいる人たちのなかで少なくとも二人は、長崎では非常によく知られていた人たちで、二人が実際に生きておられたのをあなたはすぐに確かめることができるでしょう。教授はまた、東京にある多くの著書のなかに、自分の写真が見つかるだろうし、長崎の原爆被害者名簿にも出ていると言っておられます。教授は眼球についての研究により、学界ではとても有名だったとも言っておられます。そして、あなたがこれらのすべてを確かめたとき——すぐにわかるはずですが——このテレビであなたがあたしたちと話し合えるという事実がさらにもう一つの証拠、いっそうあなたを納得させる証拠となるでしょう、と教授はつけくわえておられます」

『それでは、シームアさん、きみの写真や、きみが生きていた証拠は、どこで見つけることができますか』

「そうだわ！　ハルにはまだあたしの伯母が一人生きています。伯母はあたしの看護婦すがたの写真を持っていると思います。その写真はハルの病院で、あたしが見習い看護婦としてスタートしたときのものです。すぐにあなたはあたしの特徴を認めるでしょうし、その上、つぎのような事実を見つけるでしょう。あたしはシンガポールに派遣され、日本軍がやってきたとき、連れ去られて行方不明になったのです。あたしは二人の看護婦といっしょに日本に連れてゆかれました。そのなかの一人はまだ生きていますから、彼女の名前や住所をあなたに教えることができます。彼女はあたしが言ったことを証拠立ててくれるでしょう。あたしたちは横浜で別れたのです」

『どうして彼女がまだ生きているとわかるのですか』

「いつも彼女に会っているからです。このことを言っておかねばなりませんが、あたしたちは非常にたやすく、またとても速やかに移動するのです」

『すると、きみは彼女のテレビにも現われるのですか？』

「あたしがテレビの画面に現われたのは、これが最初です。教授は多くの装置を試作されたのですが、成功しなかったのです。でも、まれには、好条件が重なることがあります。あたしたちは、電流が通っているフリーの、つまり放送時間外の受像機にだけ、あたしたちの映像を電子の流れに加えることができるのです。もしあたしたちが実際の放送の映像と争うようなことになると、非常に危険な状態になるのです。あなたもよくご存じだと思いますが、放送が終わったのに、受像機をつけっぱなしにしておくようなひとはいません。ですから、あなたが首尾よく注意を惹いたひとの最初なのです」

『もし、きみのことを信じるとして（いいですか、わたしはひとことも信じたとは言っていませんが）、わたしに何をしろというのですか』

「教授や、彼が望んでいる何人かの学者たちと、あなたが交際していただけたらと」

『あなたたちは大勢なのですか？　そこにいる以外の人たちと出会うことがあるのですか』

「ええ、大勢の人がいますが、別の世界の人たちなのでよくわかりません」

『その人たちはどんなふうなのですか』

「それがまったくわからないのです……外形やしぐさ、

声、――すべてがあたしたちの……次元とはぜんぜん意味がちがうのです。説明するのは無理ですわ」

画面の映像がいきなり震えた。トランペットが鳴り、シンバルが短くはじけると、それにつれて、画面にはレイ・フォールズの役所の大時計が映しだされた。バーニイは驚いて時計を見、窓のところに駆けよった。下方の鏡のような湖水に反射した帯状にひろがった薔薇色の空が、もう六時であり、新しい一日がはじまったところであるのを知らせていた。

バーニイはすくなくとも当分のあいだは、彼の〝まぼろし〟をひとりで見張ることにした。研究所に着くと、バーニイはまっすぐに図書館にゆき、数年前から開いたこともなかった文献を参照しながら午前中をすごした。理論の上では、ある物質、とくに生物を構成している原子が、まったく本質をそのまま残しながら完全に別のものに転換されることなど、ほとんど不可能のように思われた。

バーニイは一晩じゅう起きていたが、画面の光が揺れるだけで、どんな形もでなかった。スピーカーはいつもの伴奏音楽にのって大時計が現われる朝の六時まで、ごうごう、がさがさ、音を立てつづけていた。

一週間のあいだ、バーニイは毎晩テレビの前で過ごしながら、メアリイがもどってくるのを待ったが、無駄だった。彼は、なぜかわからないが、これがまじめな話だとは本気で信じる気にはなれなかった。しかも、もし、まじめな話だとしたら、すでに誰かがこれについて驚くべき科学上の発見をやっているはずだ。しかしながらメアリイ・シームアの役を、あのくらい見事に演じられるものがいるだろうか？　彼女の顔は優しさとドラマの単純さとを、胸を突き刺すような真実味をもって表現していたのだ。自分は顔に――テレビの画面でたった一度かいま見た影に恋をしたのだろうか？　メアリイは存在していたのか、それともいないのか？　彼女は、自分はまぼろしではないと言った。が、つぎのようにも言った。自分はもはや人間ではないと。

朝食のテーブルの前にすわったとき、バーニイはメアリイ・シームアの身上話を確かめてみる決心をした。そして、ハルへ行くため、休暇を申しでた。

三週間後、バーニイはある確信を抱いてレイ・フォールズに帰ってきた――メアリイ・シームアは実際に生きていたのだ。ハルの国立病院の婦長が、メアリイ・シームアはたしかにここの看護婦だった、と証言してくれた。昔の記録を調べたりしなくても、婦長は、ミス・シームアが戦争の勃発と同時に医師や看護婦の一団といっしょにシンガポールにむけて出発したことを憶えていた。婦長はバーニイに大理石の銘板を見せてくれたが、それにはミス・シームアの名前が刻みこまれていた。

ハルのYWCAの秘書もメアリイのことをはっきり憶えていた。彼女はそこに数カ月のあいだ住んでいたことがあるのだ。また、運よく、A・シームアという婦人が電話帳でみつかった。たしかにアン・シームアなる婦人は、戦争中に行方不明になった姪の写真を持っていた。その写真を見せていただけるでしょうか？ ええ、どうぞ。その老婦人は彼がこれまで知ったことをすべて確認した。バーニイは、戦争のはじめにシンガポールにいたイギリス人の名簿を調査するという口実で、自分が夢を見たのではないという証拠を持ち帰ったのである。

その証拠というのは、メアリイ・シームアの写真であり、まさにテレビの画面を通して話しかけてきた、あの若い娘であった。

スーツケースを解くまえに、バーニイは机にすわってノートを整理した。いまや、躊躇などしてはいられなかった。彼は、できるだけ正確な、記録にもとづいた、完全な報告書を作成することにした。できたら、この報告書を研究所長のホームズ教授に提出しよう。ホームズ教授なら、きっと信じてくれるにちがいない。しかし、あまりにも不可思議な話だとして、教授がこの報告書を公にするのをやめさせようとしたとしても、バーニイの決心は変わらない。彼は報告書をすぐに公にするつもりだった、たとえ地方新聞にのせなければならないとしても。バーニイはペンをとめて、メアリイ・シームアの写真をみつめた。そして立ちあがると、飾り棚から額縁をもってきて、古い写真をはずしてメアリイの写真をいれた。バーニイはそれを飾り棚にはおかないで、テレビの上においた。彼は時計に目をやると、受像機のスイッチをいれた。一分ほどして画面が明るくなる前に、聞きなれた音が聞こえてきた。ブレーキの軋る音、パトロール・カーのサイレン、ピストルの撃ちあい——犯罪映画にちがいない。バーニイはボリュームをさげると、また机に向かった。

しばらく仕事をしていたにちがいない。なぜなら彼が疲れてあくびをし、伸びをしながらふり向いたとき、画面ではメアリイが彼に話しかけている最中だったから。

「メアリイ！」と、バーニイは思わずつぶやいた。

彼はとんで行くと、ボリュームをいっぱいに上げた。

「……もらいたくありません」

『どうか、もう一度くり返してください』

バーニイは急いでタイプを打った。

「あなたは、あたしたちについての報告書を準備なさっておられますね、でも、その計画をおやめになっていただきたいのです」

『メアリイ、わたしはいまではすべてが真実なのを知っている。ほかの人たちは、どこにいるのですか』

「あの方たちは、もはやあなたの画面には現われようとはしないでしょう。悲しむべきことですけれど……そして……最近、友達が二人破壊されました」

『きみは大丈夫だったのですか』

「ええ。でも、あなたはその報告書をやめるわけにはいかないんですか」

『なぜ？』

バーニイはこの言葉をすぐに鉛筆で走り書きした。

「決定をくだすのは他の人たちです。あたしたちは、たとえ地上にもどれるとしても、それを望まないでしょう。大多数の人たちがこの……地上の人たちとのまったく新しい交渉に反対しています」

バーニイはさきほどの〝なぜ？〟と乱雑に書いた紙きれを、ふたたび彼女の目の前にさしだした。

「人間は……地球の人たちは善い人たちではありませんわ」

バーニイはメアリイの写真を手にとると、彼女に見せた。

「ええ、わかります。それはかつてのあたしですわ」と、メアリイは笑いながら言った。

「メアリイ！　きみはずっとわたしのあとについてきたのですか？」

「聞こえないのです……バーニイ」

彼はその質問をタイプで打って、メアリイに見せた。

「そうですわ、あたしたちは行きたいところへたやすく行けるのです。あなたがハルに着いたときには、あたしはもうちゃんとそこにいたんです」

『メアリイ、きみはしあわせ？』

「その意味はこちらではちがって……とてもちがってくるんです。そうよ、しあわせだわ、バーニイ。でも、このしあわせも、あなたにはわかっていただけないと思います」

『どんな生活をしているのです？　何をしているのですか？』

「説明するのは不可能ですわ。そう、あなたがたにとっては意味があるすべての物事が、ここではまったく存在しないのです。たとえば、あたしたちには形がありません。ただ、あたしたちが存在するというだけなんです」

『では、きみたちは、どうやっておたがいを見ることができるのですか』

「あたしたちにはあなたがたの姿が見えません。あたしたちは、おたがいがそこにいるということがわかるのです。そしてこのほうがずっといいのです。どうやって説明したらいいかしら？　あなたがあたしを見るとき、ただあたしの顔が見えるだけですわね、ここで、あたしたちが出会うとき——しかし、実際にはあたしたちは出会うことはない——あたしたちは相手の外形や心を見ません、ただ相手を知るだけなのです。つまり、あたしたちが、相手について知ったことをすべて視覚化したら、同時にあらゆる角度からその人を見ることができるようになる——まあ、こんなことですわ」

『他人の考えを読むことができるのですか』

「あたしはそんなことを言いません、もっとも相手の考えを読む必要なんかはありませんが……あたしたちは、ただ相手を知るだけです」

『それでは、どうして自分の考えを伝えるんですか』

「あたしたちは、自分の考えを伝えたいとは決して思いません。あたしたちはただ……無駄ですわね。あなたにはわかっていただけないでしょう」

『努めてそうしよう』

「わかってるわ、バーニイ。でも……あたし、あなたにうまく説明できないと思います」

『同じやり方でわれわれに会ったり、われわれの考えを読んだりすることができるのですか』

「いいえ。なぜなら、あなたがたは三次元の世界にしか住んでいないのですから。でも、あたしたちはあなたがたの間を散歩して、顔を見たり声を聞いたりすることはできます」

『どうしていまぼくの声が聞こえないの』

「あなたに会って話をするには、あたし、というより、むしろあたしの原子が、あなたの受像機の陰極線管にはいりこむことが必要だからなんです。これは人から聞いたことなんですけど」

『ぼくのことについて何か知っている、メアリイ？』

「あなたのことはなんでも知っていると思うわ、バーニイ。ずっと以前から、とくにあなたがハルにあたしの伯母を訪ねてからは、あたしはいつもあなたのそばから離れずにいるのです」

バーニイは顔を赤らめ、一瞬ためらったが、思いきってタイプを打った。

『ぼくが愛しているのを、きみは知っていると思うけど』

「わかるわ、バーニイ。あなたより先にわかっていたと思うの」

『未来のこともわかっているの？』

「でも、あなたとは方法がちがいます」

『ぼくに何かあなたのお役に立てることがありますか、メアリイ？』

「ええ、でも、あなたがたのやり方とは非常にちがった方法で」

『ただ一つの方法しかないはずです』

「いいえ、そんなことはありません。あなたにはおわかりにならないんですわ」と、メアリイは笑いながら言った。

『それでもきみにとって、ぼくは何かの意味があるんですか』

「そうなんです。はっきり申しますと、あなたの……あなたたちの基準によりますと、あたし……あたしもまた、あなたを愛しているんだと思います」

『できることなら、そちらできみといっしょになりたい』

「それはあなたにとってなんの意味もないでしょう、バーニイ。まったくの話、あなたにとって、実質のないものを抱くことはできませんわ。遅くなったようですからお別れしなければなりません。もう遅いんでしょう？　こちらでは、もはや時間を意識しないのです」

バーニイはうなずいて、彼女に時計を見せた。

「まあ、もうそんなに。おやすみなさい。じゃ、またね」

メアリイは彼に投げキッスを送り、ちらちら光る画面の外へ滑るように出て行った。もはや画面は白くなり、いかなる雑音も聞こえなかった。

夜が明けるまでの時間を、バーニイは寝ずに仕事をした。彼はいろいろと熟慮し、いろいろと書いた。とりわけ、メアリイ・シームア宛の三ページにわたる手紙をタイプで打ち終わったときは、朝になっていた。

翌日、バーニイは報告書をつづけるかわりに電気屋に出かけ、マイクロフォンを買った。家に帰ると、バーニイは自分の声がテレビのスピーカーで増幅されるように、マイクロフォンをとりつけた。そして、一枚の紙に、つぎのような説明文をタイプでしたためた――こうすれば、メアリイもこっちの声を聞けると思うし、自分の気持ちをのべるのにいちいちタイプライターを使うという面倒もなくなるだろう、と。バーニイは慎重にその説明文と三ページの手紙を、画面の前にならべた。夜、おそくなって地方局の放送が終わると、彼は受像機のスイッチを入れた。

バーニイを呼んでいるメアリイの声が聞こえたとき、彼は台所で夢中になって、ミルクとビスケットの夜食を用意していた。

「バーニイ、どうかこのマイクロフォンをすぐにやめてください。テレビの映像がうつるときと同じ現象になるかもしれません。危険じゃないでしょうか、そうお思いになりません？」

バーニイは冷蔵庫の扉をぱたんとしめると、マイクロフォンをはずそうと走りよった。

「バーニイ、大丈夫です、とても調子がいいわ」

メアリイは興奮した声で言った。

「あの、ぱたんという音が、とってもよく聞こえたわ。気分の悪いことなど、ちっともないわ。さあ、なにか話してくださらない……はじめは低い声でね」

木の葉のように震えながら、バーニイはささやいた。

「メアリイ、きみを愛しているよ」

「うれしいわ、バーニイ。あたしには以前からそのことがわかっていました。あなたがお書きになったことも全部わかっています。なぜって、あたしが別の〝状態〟になってから、ずっとあなたのそばにいて、あなたがなさることを見ているんですもの」

「すると、ぼくが書きものをしているあいだ、きみは肩ごしにでも見ていたの？」

「正確にはそうじゃありません、あたしは同時にあなたの指や書きものをなさっている紙の上にもいるんです……でも、どうやってこのことをあなたに説明したらいいかしら」

「ぼくにわかっていることは、メアリイ、きみもぼくを愛しているということなんだ、だから、これはぜったいに解決策をみつけるべきだと思うよ」

「どんな解決策ですの」

「つまり、いいかい、きみはまぼろしではない。生きているんだ、そうだ、ちゃんと生きているんだよ。テレビの画面に現われて、ちゃんとしゃべったり、議論したりするのが、なによりの証拠なんだ。だから、ぼくの結論では、きみは生きているんだし、望みもあるんだよ」

「どんな望みがあるんです、バーニイ」

「わからない。しかし、原子爆弾がきみをそこに無事に連れていったのだから、それとは逆の操作がおこなわれる方法を見つけるべきだ。だから、この問題について、有能な人たちに働いてもらうため、ただちに報告書をつくらねばならない」

「バーニイ、あなたはとてもいい方ですわ……でも、それはまったくできない相談です」と、メアリイは涙をうかべながら言った。

「メアリイ、きっと方法が……きみを助ける方法があるはずだ」

「あたしたちは助けてもらいたくないのです、バーニイ。とにかく、ほかの人たちもそのつもりなのです……バーニイ、もしあなたがこの出来事を、どのような人にであれ一言でも口外なさったら、もう二度とふたたびあなたとはお目にかかれないでしょう」

「どうしてそんなことを！」

「これはあなた次第ですわ、バーニイ。もしこの秘密が守られていたら、明晩また会いましょう。そうでない場合は……テレビをおつけになっても無駄でしょう」

「いや、まだ行かないでくれ」

しかし、彼女の笑顔はすでに消え去っていた。

メアリイは翌日の夜も、翌々日の夜もすがたを見せなかった。三日目になって、正規の放送が終わると、いきなり彼女が現われたが、スカーフのようなもので顔の片側をおさえていた。

「メアリイ！　どうしたんだ！　こっちを向いてごらん！」と、画面に近よりながら、バーニイは言った。

「ああ、バーニイ……あたしはもうあなたのところに来てはいけないの。その徴候が感じられるようになったのよ。このままあなたの画面に現われつづけると、あたしは次第に崩壊していくかもしれないのです」

「ああ！　どうなったの？　顔をこちらに見せて！」

「どうか写真のメアリイのほうを思い出してください。もう行かなければなりません、バーニイ。わかってくださるわね。あたしがあなたのそばにいることを忘れないでください。すくなくとも地上の言葉で、あたしはあなたを愛しているんです」

「しかし、メアリイ、待ってくれ、どうしたらきみと連絡できるんだ？」

「あたしはあなたのそばにいるでしょう、バーニイ。もし、このままずっと残っていたら、もっとずっと違った別離になるでしょう。忘れないでください、あたしが死んでいるのではないことを。さようなら、あたしの……さようなら、バーニイ」

バーニイは画面にかがみこんだ。メアリイはすぐそばまできて、ガラスの表面を抱くようにしながら、しだいに消え失せていった。

つづく数週間のあいだ、バーニイはただ仕事だけに専心した。当然、このことは人の注意を惹かずにはおかなかった。ホームズ教授は自分の部屋にバーニイを呼ぶと、心配事でもあるのかとたずねた。

「え、いえ、先生。いま……ある報告書を書いているんです……まったくすばらしいもので……」

「けっこう。とにかく、仕事で死なないようにしてくれよ。終わったら先に見せてくれたまえ。わしも知りたいから」

バーニイはメアリイの写真を複写させ、書きあげた報告書のなかにクリップではさんだ。バーニイは注意して報告書を読み返してみた。さらに一週間のあいだ迷っていたが、ついに決心して、メアリイへの言葉をタイプで打った。彼は声をあげて一、二度読んだ。すぐ近くにメアリイがいることを疑わなかったからだ。

『メアリイ、ぼくはきみを地上に戻すよう努力するつもりだ。それに成功するには、立派な学者たちが必要です。だから、たぶんきみも知ってのとおり、ぼくは二人の出来事について、完全なレポートを作りました。きみが許してくれないことはわかっていますが、でも、いつかきっとわかってくれると思う。たぶんそのことできみは感謝することになるだろう』

サインをすると、バーニイはそれを机の上によく見えるように置いた。と、そのとき、電話のベルが鳴った。

「はい、マースディンですが」

「私はパーキンスというものです。いま電話帳であなたの番号を見つけたところなんです。ほんのちょっと前ですが、ラジオをお聴きになりましたか？」

「いいえ、どうかすみませんが、急いでいるもので……」

「待ってください。冗談を言っているのではありません。あなたにむけて放送されたメッセージを聴いたのです」

「どんなメッセージですか？」

「スポーツ実況と交響楽の時間とのあいだで、とても急いでいました」

「わたし宛だということが、どうしてあなたにわかったのですか？　それに何を言ってましたか？」

「非常に短く、ただつぎのように言っただけです。レイ・フォールズのマースディン博士を、今夜、まちがいなく、ミス・シームアが呼ぶはずだ」

「誰が言ったのです?」

「わかりません、たぶん、アナウンサーでしょう」

「それは男性でしたか、それとも女性でしたか……」

「いや、先生。私は冗談を言っているんじゃありません。あなたご自身で放送局に問い合わせたらいかがですか。必要なことはなんでも教えてくれると思います。私はただあなたにお知らせしたいと思っただけです」

「いや、大変ありがとうございました」

受話器をかけると、またもベルが鳴りだした。

「マースディン博士ですか。五分前に、ラジオであなた向けのメッセージが放送されましたよ」

「ええ、知っております、どうも」

ふたたび受話器をかけると、またもやベルが鳴りだした。バーニイはそのまま、受話器をはずして、帽子とコートを持つと、外に出た。すると車庫の入口のところで、警察の車が彼の前に停まった。

「マースディン博士ですか」

一人の警官が車から降りると、懐中電燈をつけてバーニイのほうに向けた。

「ええ、そうですが。どうしたんですか?」

「あなた向けの緊急のメッセージがラジオで放送されたのです。それを聴いた人たちから、たくさんの電話がかかってきましてね」

「どうも。わたしも聞きました。そのおかげでてんてこまいです」

「いや、わかりました。あなたをどこかに連れ出すというんじゃないでしょうな、先生?」

「ちがいますよ。どうも。それに、たいして緊急というほどのことじゃありませんな」

バーニイは二十三時三十分にテレビをつけ、がまんして映画の終わりを見ていた。それから最終のニュースがあり、天気予報があって、女性アナウンサーのおやすみなさいでやっと終了した。ほんの一時間で、画面はさらにきらきらと輝き、するとまだ見たこともない禿頭の男と顔をつき合わせていた。

「マースディン博士ですか。今夜は自らすすんで私がここにやってきたのです。私が英語をしゃべるのでみんなが承知したわけです」

「ミス・シームアはどこにいるんです？　どうして彼女は来なかったのですか？」

「もう一度でも彼女がここに現われると、それは大そう危険な状態になると思われるからです。ただ、それだけのことなんです」

「すると、あなたは大丈夫なのですか？」

「もし私が長くここにいて、あとで何度もやってきたりすれば、それはやはり危険な状態になりましょう。ちょうどあなたがたにとって、放射能が危険なのと同じです。ですからわずかの時間しかありませんので、どうか注意して私のいうことを聴いてください」

「ミス・シームアは元気ですか？」

「ええ、彼女は今後自分の姿を見せなければ……」

「彼女に会ったり、話したりすることはできませんか？」

「それは無理です。でも、どうかこれ以上質問しないでください。私があなたに言わなければならないこと、それは重大なことですし、時間もほとんどないようですから」

「さ、どうぞ」

「ミス・シームアは、私たちにあなたの計画を話しました。しかし、私たちは賛成できません。それには二つの理由があります。まず第一に、私たちは自分の以前の姿にふたたびかえる気などありません。第二に、あなたが計画されている実験は、私たちに致命的な結果をもたらすにちがいないからです」

「それについて、ミス・シームアの意見はどうでしたか？」

「質問しないと約束したはずです。ミス・シームアも私たちと同じ意見でした。私たちは、あなたが成功するとは思いません。あなたにそのことは言っておきたいのです。でも、率直に申しますと、あなたの考えておられる実験が心配なのです。それで私たちは決心したのですが、あなたに沈黙を守ってもらうかわりに、あるものを提供しましょう、もしお望みなら、あなたは大した面倒もなく私たちといっしょになることができます。ただし、私は、ミス・シームアからつぎのことを伝えてほしいと頼まれています。つまり、自分は現実の形態を保ったあなたに会いたいのだが、もしあなたが私たちといっしょになるつもりなら、それも反対はしない、と」

「すると……彼女と結婚することもできるのですか？」

「お望みなら、できます……が、それは無意味です、あなたにはおわかりにならないと思います」

「で、どうすればいいのですか？」

「あなたただったら、さほど面倒なことはないはずです。原子爆弾の爆発の中心にいなさい。われわれはあなたが原子爆弾の仕事をしているのではないことを知っていますが、しかし、つぎの実験に参加すれば、きっとその状態になれると思います」

「そんな馬鹿な」と、バーニィはどなった。

「おそらく、そうでしょう。もう行かねばなりません。安全な時間もこれが限度です。不幸なことには、こんな方法で姿を現わすと、時間が重要になってきます。もしその気になられたら、ミス・シームアに知らせてください。彼女があなたに再会できるよう、私たちはいろいろと手筈をととのえましょう」

「あ、ちょっと……」

しかし、その男はすでに消えていた。

バーニィは自殺するような人間ではなかった。が、そのことを何度も考えた。でも、ほんとうは自殺が問題ではないのだ。ただ、ある変身を受けるだけであり、それも死とは何のかかわりもないのだ。なにが起ころうと、だれも彼の影響は受けないし、自分が姿を消したところで、誰かに迷惑がかかるわけでもない。

しかし、すぐにバーニィは気がついた。実際にはいろいろな安全装置が働いているから、爆弾に近づくのは不可能である。偶然に爆発させることなど、もっと困難である。しかも、彼はその考えをすぐに放棄した。というのは、多くの人びとに重大な危険を負わせることになるからだ。さきほどの使者はあんなふうに言ったが、これはたやすいことではない。しかし、ある朝、バーニィは一つの方法を見つけた。研究所の机の上にまちがって置いてあった書類に目を通していると、同僚のブランデン教授が、実験用のA型榴弾を爆発させようとしているのを知った。それは手榴弾で、小規模の核爆発をもたらすのであるが、発明者の言によると〝数メートルの光線で、完全に破壊させる〟ことができるのだ。しかも、あとで放射能が落ちてくるようなことは全くないという利点があり、そのため、爆発のすぐあとでその土地にいても、輻射にさらされる危険性はまったくないということになる。そして普通の手榴弾とちがうところは、信管による起爆装置のかわりに、安全ピンをはずすと、二キロ以上の衝撃で起爆装置が働くようになっている。

バーニィは、自分がブランデン教授の仕事にあからさまに興味をよせたら、研究所内の安全規制に触れることになるだろうが、ある程度警戒してかかれば調査の道もひらかれ、秘密をかぎだすことができるかも知れないということがわかっていた。彼はあらゆる不慮の出来事を検討してから、非常に限定された爆発を実験する方法についての報告書を作成した——つまり、小銃の弾に原子力をつめこむのである。この爆発では、危険なのはわずかに何センチぐらいの範囲になるのだ。バーニィは自分の計画の障害になっている真の難関をよく承知していた。しかし、この予備の報告書のなかには、それらの難関を突破する、いくつかの方法が大ざっぱに描かれた。報告書ができあがり、教授たちのもとに渡されると、バーニィはながく待つ必要はなかった。ある朝、ホームズ教授が彼の研究室にやってきた。

「きみの着想はおもしろいよ、マースディン君。ブランデン君より進んでいるところもあるようだ。どうかね、ブランデン君と共同でしばらく仕事をしてみたら……。最初の実験をはじめようとしているところだし、きみがいると、たいへん都合がいいと思うんだが」

数日のうちに、バーニイは必要なことをすべて覚えたので、行動計画をつくりあげた――ブランデン教授の手榴弾のひとつを装置して、特別倉庫にそれを運び、防護扉を閉めると、足もとでそれを爆発させるのである。バーニイは戸外でやりたかったのだが、研究所のあらゆる出口に配置された自動探知機やガイガー・カウンターをごまかすことなど、とてもできない相談なのだ。

もはや最後の瞬間を選ぶだけでいいのだと確信したとき、バーニイは自分の家に帰り、メアリイ宛に一通の手紙をしたためた。それには、彼がどんなふうに事をおこなうつもりであるかを説明し、その夜、使いの者をテレビにだしてくれるように彼女に頼んであった。零時十五分、つまり、実験に選んだ時刻よりもぴったり十三時間前に、以前会った同じ禿頭の人物が画面に現われた。

「ミス・シームアはあなたが実験をあきらめるように、と言いつづけています。でも、彼女はあなたにつぎのことをはっきり申してくれと言いました。もしあなたが実験を実現するときには、自分はあなたを待っているだろう、と」

そして、男は姿を消した。

バーニイは悲劇的なあやまちを犯した。彼は地下にある倉庫のことをちょっとでも考えてみるべきだった。倉庫の一つには、三発の中型爆弾が貯蔵されていたのだ。不幸中の幸いというべきか、爆発したのは一発だけだった。たぶん、それがいちばんバーニイの手榴弾に近かったのだろう。その爆弾は比較的性能が弱かったが、レイ・フォールズはひどくやられ、六千八十三人が即死し、放射能の危険にさらされた者は十二万二千三百四十九人、生き残った者はわずかに八パーセントであった。町の東部は爆発と、それにつづく大火災によって、完全に破壊されたのである。

バーニイがどうなったかを知るすべがあるだろうか？　わたしにすべてを話してくれたのは妻である。大災厄のすぐあとで、わたしは彼女と知り合った。われわれはずっと長いあいだ、彼女をおもに疑っていた。わたしはと言えば、あれは事故であったと確信していた。彼女は崩壊した研究所のなかで見つかった。発見したのは、最初の救助班の連中である。みんなは彼女を病院に運びこみ、ひどい火傷の手当をした。顔の右側がかなりちぢんだようになっていた。彼女はひどいショックを受けていて、完全に記憶を失っていた。彼女はメアリイという名前を憶えていた。が、確信はなかった。われわれの懸命な努力にかかわらず、最後まで彼女の身元はつきとめられなかった。医師たちを当惑させたのは、記憶の喪失よりも、あれほど多くの人間が死に、いまも毎日死人がでているのに、彼女がこれっぽっちもあの強力な放射能の被害をこうむってはいなかったということだ。保安の責任者として、わたしはよく彼女に会った。彼女はわたしに好意をもっているように見えた（わたしが誰かに似ている、と彼女は言ったのだ）。ついにある夜、わたしが結婚を申しこんだとき、彼女はいともあっさり承諾してくれた。

新婚旅行のあと、わたしは妻を湖畔の別荘に連れてくると、そこで生活することにした。この別荘は弟のバーニイから相続したのである。二人は夜になって別荘に着いた。翌朝、食事のとき、妻はいきなりテレビに気がついた。いまにも気を失いそうだった。

妻はただちに記憶をとりもどした。

いま、わたしたちはとても穏やかな生活を送り、とても幸福だ。わたしはテレビをばらばらにしてしまった。テレビは妻を不安にするからだ。その上、わたしたちはできるだけテレビの受像機に近よらないようにしていた。妻が怖がるのもわかるような気がする。

そしてまた、わたしも怖いのである。

御しがたい虎

Le Tigre Récalcitrant

大女を愛する世の小男すべてに。

両手をズボンのポケットふかく突っこみ、頭をぐっと上方にそらせたダルボン氏は、前後にからだを揺すりながら話しつづけていた。もっとも、氏にとってはなはだ気の毒なことだが、相手のガサード夫人は魅力たっぷりの笑みをうかべて、コーヒーをちびちび啜りつつ、その長身の高みから、終始、氏のほうを見おろすようなかっこうで傾聴していたという事実は申し添えておかねばならない。ああ、彼女が坐ってさえいてくれたら！　そうすれば自分の真価を彼女に認識させ、畏敬の気持ちを抱かせることもできるだろうに！　ダルボン氏は夢想にふけった。逆に自分のほうが微笑をたたえて、夫人のほうへ身を屈め、指先をその肩にかるく触れたりしてみる。ところが夫人のほうは、氏の顔を見るためには、その碧い眼を上方へ向けなくてはならないというぐあいになる。その眼はとても美しく、碧く、すこしとび出しかげんで、マダム・ド・ポンパドゥールの肖像画を連想させるところがあった（ポンパドゥール侯爵夫人は、いうまでもなく、ルイ十五世の愛人として有名である）……といっても、それも程度の問題であって、エレーヌ・ガサードには、侯爵夫人のような繊細で乳白色のまるみを帯びた肢体が欠けていた。

「で、奥さんは信じますか？」

氏はびっくりしたような笑顔をつくろって、話の先をつづけた（じつはその笑顔こそが、氏の輝くような白い歯並みを際立たせるものであった。いつものことながら、その歯並みは思いがけない時機をみはからって、絹のように艶々した顎ひげの上方に、突如として現われることになっていたのである）。

「いいですか？　パリにやってきた最初の麒麟《きりん》は、近衛軍楽隊を先頭にたて、うしろに軽騎兵の一隊をしたがえて、堂々とシャンゼリゼーの通りを行進していったのですよ。麒麟《きりん》はとちゅうのブローニュの森をよこぎり、そのまま行進をつづけて、サン・クルーのお城へたどり着きました。そしてそこで、皇帝陛下ならびに廷臣一同から、外国の使節を謁見するために定められた、特別の礼をもって迎えられたのです」

「まあ！　それは初耳ですわ！　マルセル、あなたは聞いたことがあって？」

ガサード夫人は良人《おっと》のほうへ大声で問いかけた。

「うん」とマルセルは生返事をして、ヴァンサンヌ小公園を見晴らす露台をはなれた。「ところで愉快なことを思いついた。わが友人御夫妻をひとつ動物園へご案内しよう。ダルボンの奥さんは、まだいっぺんも行ったことがないそうだよ」

マルセル・ガサードは、長身の妻よりさらにひと回り背が高かったが、そんなことは特にいいたてるほどの重要事でもなかった。体操の教師である彼が、長身で、肩幅のひろいのは、むしろ当然のことである。また、日曜の午後とはいうものの、彼はショート・パンツにオープン・シャツ姿で客を迎えるというような振舞いをしたが、そんな無作法も彼にすれば同様にごく自然なことがらと見なされた。かたやダルボン氏は、週日なら午前七時、日曜日なら午前八時以降、堅いカラーにネクタイを結ぶという謹厳な服装、それ以外の服装など、彼には夢にも想像がつかなかった。職業面ではこれといった支障もないとはいえ、氏が小男であるという事実は、どうみても、いろんな点でみじめな印象をあたえた。ダルボン氏は小男の有名人士の名前をおどろくほど多数、そらで羅列することができた。そのなかには、小男であることを全然気にしなかったナポレオンもいたし、それをたいそう苦にして、わざわざ踵の高い靴をはき、さらに高い鬘《かつら》をかぶることによって、身の丈を大きくみせるべく腐心したルイ十四世のような人物もふくまれていた。そればかりか、かの太陽王《ル・ロワ・ソレイユ》（ルイ十四世のこと）とルイ・ダルボン教授のあいだには若干の類似点がみとめられた。どちらも洗礼名がルイであり、またどちらもつねに長身の婦人に魅せられる性向があり、そのくせ細君のそばにならんで立つのが大きらい、最後に二人ともまったくおなじくらいの背丈であるという事実もあったのだ。ルイ・ダルボンは控えめな性格だったので、鬘こそかぶらなかったが、床屋に頭髪をぴったり撫でつけさせたことは一度もなかった。また踵の高い靴はかぬかわりに、分厚い靴のうらへ、歩くたびに奇妙な弾みかたをする底をとりつけた。これが『シャンペンの栓』という彼の渾名《あだ》の由来なのであった。同様にルイ・ル・グラン（ルイ大王）中学校では、『ルイ・ル・プチ（小ルイ）』の愛称で呼ばれていた。

ダルボン氏は動物園ゆきにあまり熱意を感じていなかった。妻のかぶっている煙突のかっこうをした帽子が気にくわなかった。それは実際以上に彼女の背を高くみせるからである。よく考えてみると、いったいどんな衝動に憑かれてこのような不細工な女といっしょになったのか、彼にはとんと合点がいかないのだった。ガサード夫人も、身長はおそらく彼の妻に負けぬくらいはあるだろうが、夫人の場合は魅力的だし、それにいつも、ほとんど恍惚にちかい関心をみせて話に聴き惚れてくれる、彼はよく胸中ひそかにそう思ったものだった。

あの夫人ならきっと催眠術をかけやすいのじゃないか――ダルボン氏は、毎夏六月一日から九月十五日までかぶることにしている、てっぺんの高い白のパナマ帽を、念入りに、きっちり必要なだけ斜めにかしげながら、そんなことを考えた。たまたま彼が買った『パリ史』八巻本の第七巻目に、ニコラス・フラメル、ルギエリ、カリオストロ、サン・ジェルマン伯爵等々……の著名な魔術師や催眠術師たちの生涯が述べてあった。それ以来、ルイ・ダルボンは、催眠術のもたらす力について、ずっと考えつづけていたのである。この問題にかんしては、ほかにもいろいろ書物を買いあつめて、夜が更けると、ひとりで書斎にこもりきり、何種類か実験も試みてみた。その結論として、すぐれた催眠術師であるためには、たんなる意志の力だけでは充分でないことがわかった。相手をみつめる眼差しの点では、彼には威圧的といってよいほどの凝集力と不動性が備わっていたが、大切なのは実はそれなのである。眉をぎゅっと寄せたときの彼の表情はまことに印象的で、鏡のまえですこし練習したあと、彼は、まばたき一つせずにその状態をかなり長いあいだ続けていられることを発見した。ある朝のこと、彼はその能力を、ほんのためしに、妻をあいてに試みてみた。しかし、そんな方法でもって、もう二十年越しいっしょに暮らしている女に、自分の意志を伝達しようというのは、どんな男にとっても無理な相談であった。

「歯でも痛むんですの？」しばらくして、夫人はそうたずねた。

結局のところ、彼は、まずお誂え向きの対象、単純で感じやすい相手からはじめるべきだと悟ったのであった。彼は反省して、さらに鏡のまえでの練習を続け、つまるところ、ともかく最初は相手をこわがらせないよう、ほとんど無作意的な甘ったるい微笑をうかべることが、彼のきびしい凝視をすこし和らげるだろうという結論に達した。

いったん街頭へでると、ダルボン氏はうやうやしくガサード夫人に腕を貸した。歩きながら、彼は精いっぱい背中をしゃんとのばしていたが、そんなことはなんの役にも立たなかった。自分の肩から数センチ上のところにエレーヌの肩があるのが感じられた。これはまことに残念しごくなことだ。ほかの点にかんしては、夫人はほんとうに魅力的で、ときには美人とさえ思えるほどで……それにたいそう聴き上手でもあったのだ。こういった点では、ちょうど今も舗道のきわに立って、ガサードの亭主がパイプに火をつけているのを両手で衝立のように囲ってやっている自分の細君なぞとは雲泥のひらきがあったのである！

「あなたは催眠術というものを信じますか」と彼はたずね、帽子をとって、たったいま、通りすがりにガサード夫人に挨拶をよこしたひとりの婦人のほうへ丁重に頭をさげた。

「いいえ。なぜですの？」

「ご存じのように、人生には奇妙な、むしろ神秘的といってよいほどの親和性がある。そして私の眼から見ると、あなたは洗練された、感受性のつよい、被術者としてねがってもない女性として映っているんです」

ダルボン氏はひくい声で説明し、それと同時に、相手が自分にたいして催眠術のかけかたを知っているかどうか、たずねてくれないだろうかと期待した。だから、つぎのように質問されて、彼はびっくりしてしまった。

「でも、催眠術なんて、いったいなんの役に立ちますの」

「ええと……まあ現代では、医薬品がわりとして使うのはもちろん……精神病にも役立っています」

「なるほど……つまり、病気であるなしにかかわらず、なにか調子のわるいのが治ったと思いこませるわけでしょう。ほんとうに治りますの？」

「ええ、ある意味ではね。ふつうでは眼に見えないもの、頭で考えられないものを、納得させるわけですよ」

「そういうのは精神分析のお医者さんがおやりになるんでしょう？」

「ええ……まあ、そうですがね」ダルボン氏はかるい微笑をふくんで言った。

彼はガサード夫人をいつでも自分の思いどおりにできる者としてしまうことを夢想しはじめた。たとえば彼女のこころを操作して——話題がすこし込みいってくると皆のまえで居眠りをはじめるような、無骨で筋肉ばかり逞しい二本脚の動物よりも——服装がきちんとしていて、こころ優しいがいっぽう毅然とした威厳をもつ、洗練された知性人のほうが好ましいと思いこませることもできるであろう。彼はちょっと断わりを言ってから、先頭に立って、入場券四枚を買いにいった。彼の妻はガサードの亭主とならんで歩きながら、二十年間の経験を利用して、二人きりで話したいことがあるといった意味の眼つきを、彼のほうへ投げてよこした。おそらく、彼がガサード夫人に腕を貸したそのやりかたが気に入らなかったのではなかろうか？　しかし、彼が入場券を渡してやったとき、彼女は良人の肩に手をささえて屈みこみ、靴の底や甲にはいりこんだ小石をふるい出そうとしたぐらいだった。

「動物園にはいったら、あまり飲食物をすすめちゃだめよ。もうこれまでに、必要以上のお金をつかっているんだから」彼女は良人の耳もとでそう囁いた。

うんざりはしたものの、ひとまず安堵したダルボン氏は、妻が回転木戸を抜けてはいるようすを眺めていた。彼女は肩ごしに、またあの薄汚れたパイプに火をつけかけているガサードのほうへ笑顔を送った。子供たちを乗せた駱駝《らくだ》がすぐそばを通りかかったもので、彼女はびっくりして飛びあがった。

（あの駱駝め、女房の帽子を食っちまう気でも起こしてくれたらな！）と、ダルボン氏は考えた。

「あぶない！」と、警備員がさけんだ。

が、もう手遅れで、駱駝はそのまま止まらずに首をまわし、よだれで濡れた黄色いながい歯をつかって、容赦もなく、ダルボン夫人の帽子をぐしゃっと圧しつぶし、それをくわえとった。

「あぶないが聞いてあきれるぜ！　どうして口輪をはめとかないんだ？」と、ガサードがどなった。そして、捕獲品を放させようと、こぶしを固めて駱駝の鼻づらに一発くらわせた。

多少おどおどしながら、ダルボン夫人は悲しそうに自分の帽子の残骸をじっと見つめた。

「かまわないでくださいな。古い帽子で、しんから愛着をもったことなぞいっぺんもないんですから」

彼女は微笑まじりにそう言った。

そして、その帽子をごみ箱へ投げこんだ。それと同時に、こっそりと良人のほうを盗み見た、が、彼は笑顔さえ浮べていないようすで、むしろ反対にぽつんと寂しげなのをみとめて、彼女は愉快なことに思った。

だが、彼は寂しいのではなく、なんだかうわのそらの気持ちで、こんな偶然の一致があってよいものだろうか……と自問しているのだった。

　やがて一同がライオンの檻の前へ来ると、彼は確信を得た。自分は動物にたいしてすばらしい霊妙な力をもっているのだ！　べつに意志の力を投射しなくても、なにかを頭のなかで考えるだけで、たまたま彼の眺めている動物は、どんなものであれ、彼が夢想したとおなじ行動をとるのである。こうしたぐあいに、彼はなんの苦もなく、海豹《あざらし》にたいして泳いだり潜ったりすることをやめさせ、プールをふちどっているセメントをよじ登らせて、〝まるで犬そっくりの〟啼き声を上げさせることができた。もっと先にゆくと、ただじっと凝視するだけで居眠りしている河馬《かば》の目を覚まさせ、ずんぐりと短い脚をつかってその巨体を起きあがらせることさえ可能になったのであった。河馬はダルボン氏の要請にこたえて泥水のなかを歩きまわり、まるで実写映画のなかで見受けるように、そのばかでかい口を開けてみせることもした。勝利感に全身をふるわせながら、氏は鳥類にたいしてもまったく同様の念力を及ぼせるのではないかと考えてもみた。大きな鳥籠のなかでは、青と金色と紫にいろどられた南米産の大鸚《おう》鵡《む》が一羽、ちいさな叫び声をあげ翼を羽ばたかせて、いまにもひと思いに止まり木を飛びたとうとしている。両脚を縛っている鎖のせいで、当の鸚鵡が下へ落ちることができなかったら、それはきっとガサードの肩にとまり、彼のくわえているパイプを奪ったにちがいない、ダルボン氏はそう確信した。

　ダルボン氏があわや口をひらいて、なにか言おうとした瞬間、ふいにある考えが頭にうかんだ。結局のところ、ああした動物たちは自分のし馴れた動作をやっているだけで、どんなに不思議に見えようとも、一連の偶然事がひきつづいて起こったということですべて説明がつくのではないか。動物たちが意志伝達の方法をつかって、自分らがしようとしていることを前もって彼に暗示したというだけの現象ではないのか？　そうでないと断定するためには、もっと積極的で確実な証拠がいる。その証拠を手に入れるには、どの動物かに、不馴れな、いやむしろ本能に反したことをやらせる以外にはないのだ。まもなく彼の眼に、アメリカ産の灰色熊が、熊だけにできるかっこうで、後脚《あとあし》で立ちながら物乞いしている風景がうつった。その瞬間、彼のあたまに、これこそ動かせない証拠になりそうな、ある考えがひらめいた。熊はいつも後脚で立って物乞いをするものだから、逆に、逆立ちをさせなければなるまい。いや、だめだ、そこまでは無理なのぞみだ、彼はそう呟きながら、もうすでに歩きだしている妻と、友人夫婦のあとを追った。

「かあさん、ごらんよ！」と、小さな女の子の声がした。

熊の飼育場のまわりに集まっていた見物人たちがいっせいに笑いだした。かるい戦《おのの》きを抑えきれずに、ダルボン氏は駆けもどって、場内をのぞきこんだ。茶色の熊が一頭、そこで逆立ちをしようと、必死の努力をみせていたのである！

ヴァンサンヌの動物園は、驚くほど工夫がゆきとどいていて、柵とか檻とかいうものは数すくなかった。底ぶかい飼育場や堀が見物人と獰猛危険な動物とのあいだを遮っているために、人びとは、そうした動物たちが生国そのままを思わせる環境のなかで生活しているさまを、とっくり観察できるわけなのである。ライオンは岩山や木立のあいだを自由に動きまわれるし、またそのすぐ隣りに、垂直な壁で区切られ、見物人とは大きな深い堀でへだてられて、虎の一群がいた。そのなかの二頭、なんとも巨大な二頭が、太陽の光をあびて日向《ひなた》ぼっこをしていた。

「この連中、ときには堀をとび越えようとするのかしら？」と、ダルボン夫人がたずねた。

「そんな真似はできっこないし、また、自分でもだめだってことを承知しているんです」とガサードが言った。「やつらには知能がある。時間と距離を測定するすべはちゃんと心得ているんですよ」

「知能だと！」ルイ・ダルボンはひとり呻いて、たったいま、頭をよぎったある思いつきにたいして苦笑をもらした。またしても証明のチャンスが到来したのだ！　低声でそう呟きながら、彼は十五メートルと離れない場所に寝そべっている一頭の虎と視線をまじえた。

（さあ、立つのだ！）心のなかでそう念じると、動物はゆっくりと起きあがり、黄色い両の眼を彼のうえにひたと据えた。

（こんどは後退して、精いっぱい跳躍するんだ！）と、彼はさらに念じた。

彼はいささか失望させられた。この場合の成果が、彼の努力に値しないもののように思われたからである。虎は小柄な教師にじっと視線を据えたまま、ひどくゆっくりと堀のふちまで進んできた。それから、喉のおくで耳ざわりな唸り声をあげ、くるっと廻れ右すると、仲間が寝そべっている岩のほうへ小きざみな足取りでもどっていった。が、ふいに尻尾をめぐらせると、こちらへ向きなおり、しいて最初の歩調を速めようとはしないが、徐々に速力を増しながら、堀のほうへ走ってきた。

「おや、どうしたんだ！」とマルセル・ガサードが叫んだ。

力づよい弾みをつけて、虎は堀の上方高く跳躍し、欄干《てすり》へあと三メートルというところで下に落ち、唸り声をあげた。見物人のうしろのほうで一人の婦人が恐怖の悲鳴をあげた。

「虎は距離を測定することができるのじゃなかったのかね？」

ダルボン氏は堀の底にじっと眼をすえたまま、思わずそう呟いた。堀に落ちた虎は、まるで大きな猫のように、ただひと飛びでセメント壁の中ほどまで跳びあがり、爪をつかってさらに二メートルほどよじ登ったが、結局は大きく咆えながら下に落ちてしまった。ダルボン氏は慎重をとってうしろへ退っていた。

「だれが虎にあんなことをさせたんでしょうね」そう

言ったエレーヌの言葉は、ぜんぜん問いかける調子ではなかった。

彼女は自分がいつのまにかダルボン氏の腕をきつく摑んでいるのに気がついた。

「いまのは私の失敗でしょう。怖がらせてすみません」

氏はくちびるに笑みをたたえ、端正な態度を持しながら、それでもガサード夫人の顔をまじろぎもせず見つめたまま、そう言った。

だが彼女がまるで口をきかず、ただ愕きの表情で彼を見返しているような状態なので、彼は自分の腕におかれた彼女の手をやさしく叩きながら、こうつけくわえた。

「私は動物にたいして一種の催眠力をもっているんですよ」

「ばかなことを言うもんじゃないわよ、ルイ」とダルボン夫人が、ゆがんだ薄笑いをみせて言った。「だって、驢馬《ろば》をいななかせることさえできないでしょ」

ちょうどその頃、ルイ・ダルボンは、一頭の驢馬にひかれた荷車がやってくるのを認めていた。

「なんと言ったのかね、おまえ？」

氏が微笑まじりにそう言った瞬間、驢馬のけたたましい啼き声がきこえて、一同は背後をふりかえった。

「いや、こいつはすばらしい！」

マルセル・ガサードが喉をくつろげて笑いながら叫んだ。

「たんなる偶然の一致よ。あのあわれな動物が、あんたのすがたを見覚えていたからだわよ」と、ダルボン夫人が言った。

このたびの彼女の笑い声はいささかヒステリックだった。

「いいえ。この方にはほんとうに不思議な力が備わっているのだと思いますわ」

ずっとダルボン氏の腕を離さぬままで、エレーヌ・ガサードは言った。

「ぼくとしてはあなたを信じたいんです」とガサード

はダルボン氏にむかって言った。「だから、もう一度、虎を堀からあげて、跳躍させてみてほしいんですが！」

「もうとっくに岩のうえに登っているわよ。それに、あんな跳躍は虎にとってなんの得にもならないわ。いっぺんも成功をみないであんなことを繰り返しながら、生涯をおわるんじゃないかしら」

ダルボン夫人は冷笑まじりに言った。

「うむ。奥さんの言い分も一理あるだろう」とガサードは、パイプを靴のかかとに叩きつけて灰を落としながら言った。「じゃ、エレーヌ、おまえになにか別の案はないかね」

「犬みたいに尻尾をふらせ、つぎに耳のうしろを搔かせてみるのはどうかしら」

ガサード夫人がごくにこやかな調子で言った。

「どちらの耳です？」

ダルボン氏はふたたび例のきょとんとした微笑をつくってたずねた。

「両方とも、一つずつがいいでしょう」と、ガサードが答えた。

ダルボン氏は一歩まえに進みでると、腕組みをしたまま、虎の上にじっと視線を据えた。虎のほうはもう堀のはしまで前進してきていて、ひとつ身震いすると、臀を落ちつけてゆったり坐りこんだ。

「さて、虎の視線をとらえるように努めなければ……」と、ダルボン氏は考えた。が、それに成功すると、虎のほうは耳を搔いたり尻尾をふったりはせずに、その場にうずくまって、ぺっと唾をはき、氏のほうへむかって咆哮を送ったのである。

「いまの所作《しぐさ》はあんたの山羊《やぎ》髯《ひげ》にたいしてですよ、先生」

ガサードはマッチを靴底に叩きつけながら言った。

ダルボン氏は雄鶏のように赤くなった。この無学な同僚（なんといっても、この男は生徒たちの遊び相手を務める、まあ助手格といったところで、まちがっても『教授』と呼ばれることはないのだが）、この無学な男は、彼にたいしても、またルイ・ル・グラン中学校のどの教授にたいしても、一度としてこんな気安い口をきいたことはなかったのだ。いったい自分をなんだと思っているんだ？　ダルボン氏は自分の妻のけたたましい高笑いには一顧もあたえず、歯をくいしばって、精神を集中した。こいつらに眼に物見せてやるのだ！

「耳を掻くんだぞ」氏はきつく結んだ唇のあいだからそう呟き、全力をあげて冷酷な視線を崩さないように努めた。

するとさっきからずっとうずくまっていた虎は、尻尾でばたばた地面をたたき、唸り声をあげた。

「ごらんなさい、尻尾をうごかしているわ！」

エレーヌ・ガサードが興奮しきって叫んだ。

しかし、ルイ・ダルボンは、自分がそう念じたためでないことをよく承知していたのだ。

（耳を掻くんだ！）と、彼はあいかわらず念じつづけた。

「先生、もし虎があなたのところまで来られたら、ほんのひと嚙みでけりがつくと思うんですがね」

ガサードが満足げに口からパイプをはずしながら言った。

「あれがやりかたさえ知っていたら、私に跳びついてきたはずだよ」

教授は苦笑まじりに答えた。

「でも、じっさいに試みたじゃないですか」

「ああ、しかしあの試みは、あれに知的推理力がまったく欠除していることを証明したのだ。ほんのわずかでも知能があれば、もっと以前に自分で発見し、あの堀を跳び越えていたにちがいない」

「ルイ、あんた、滑稽《こっけい》よ。みんながあんたのほうを見ているわ」

ダルボンの細君が肩ごしに言った。

「それにしても」と、ガサードが言った。「ダルボン先生、あなたはどうしたら虎がうまく堀を跳び越せるか、その方法をご存じなのじゃありませんか？」

「ああ、虎が堀にそって走り、九十度の角度で壁のはしを跳び越えれば、いわば踏切り台を利用したようなかっこうになり、やすやすとこっち側に達せられるわけなんだ。それは確実に断言できる」

彼は危うくも、これから起きることを知っているのだと口にだして言いかけた……虎のほうで自分の考えを読みとるだろうと予測していたからだ。

「むこうへ行こうじゃないか」そう呟いた氏の顔は青ざめていた。虎のほうへ眼をやると、虎は堀の長さを測り、つづいて次の障害となる壁をながめやった。

「行こう」

ダルボン氏は、妻や友人夫妻のおどろきを尻目にかけて走りだしたが、もう手遅れであることはわかっていた。

向こう側では、虎が逆の方向へ、壁のほうへむかって駆けだしていた。人びとはだんだんスピードを上げていくそれを好奇の眼で見まもっていた。みんなが呆然としているうちに、堀と垂直をなすセメント壁をぐんと高く跳び越えた。だれかが悲鳴をあげ、見物人たちは蜘蛛の子を散らすように逃げだした。いっぽうの虎は、四肢を前にのばして壁に触れ、そこでみごとに体勢を立て直したかと思うと、すさまじい勢いで、憤怒の唸りをあげる巨体を欄干《てすり》のほうへむかって投げ、らくらくとそれを跳び越えたようだった。

ダルボン氏はすてばちの勇気をふりしぼって、最後にもう一度、虎とむかいあった。ほんの一瞬、その黄色くとび出した眼をまっすぐ見据えたと思ったとたん、するどい前脚が彼の腕を肩からひじまで引き裂き、つづいて氏のからだを軽々とあつかいながら、突然の恐怖に泣きまどう子供たちを満載した二輪馬車の上へ、頭からまっさかさまに投げ落とした。

警笛のひびきが聞こえ、銃を手にした二人の警備員が駆けつけてきた。それより早く、警官が一人やってきていて、拳銃をぬきだすと、虎のほうへ駆けよってその頭部へ一発うちこんだ。それはちょうど、まるで若鶏でもつかむようにダルボン氏を抱きかかえた虎が、もう一度、堀のなかへ跳びもどろうとしていた瞬間だった。が、不幸なことに、ダルボン氏の息はすでに絶えていた。

他人の手

L'Autre Main

わたしが左手で文字を書くたびに、
指を強くたたいてくれた、
小学校の先生への思い出に
——恨むのではなく。

「先生、この右手を断り落としていただけませんか」

眼鏡ごしに、わたしは机の向こう側にいる、痩せてはいるが、力の強そうな男をちらっと見た。一瞬、男もじっとこちらを見返したが、そこには恐怖と決意のほどがうかがわれた。わたしはカルテをとりだした。

「お名前は？」

「マノック……ここに名刺が……ジャン＝クロード・マノックです」

「おとしは？」

「三十二歳です」

「お住まいは？」


わたしは質問のたびに、その男をみつめた。その頼みごとにもかかわらず、マノックは気楽なようすで、静かにしゃべっていた。どうも上流社会の人間のようだし、住所から判断すると、富裕な人種にちがいない。でも、目つきはどこかおどおどしたところがあるようだ。が、これはなんの役にも立たない。手術を受けにきたものは、みんなそういった目つきをしているのだ。

「で、あなたに手術をすすめたのは、かかりつけの医者ですか」

わたしはペンを置くと、肘掛椅子にどっかと腰を落ちつけた。男は説明しはじめたが、それによると、他の医者には相談せずに、わたしのところへ真っ直ぐやってきたのである。というのは、わたしが外科医で、彼の近くに住んでいたからだ。

「それではマノックさん、その手を見せてください」

マノックは身をかがめ、手のひらを上にしながら机のうえに差しだした。格好のよい、たくましい、つまり活動的な人間の手で、指は頑丈で先が骨ばっていたが、すっとのびていた。親指と手のひらにたこが二つできていた。わたしは指の先でさわってみた。

「テニスをやりますので」と、男は微笑みながら説明した。

　手のひらを返してみると、マニキュアをした見事な爪があった。それから、陽焼けした手の甲のあちこち、腱とか静脈などを指の先で押してみた。手首から指にかけて、うっすらと毛が生えていたが、いかにも力強そうに見えた。さらに、関節のところにある二つの古い傷痕は、たぶん男の闘争的な性質をしめしているのだろう。

「もう一方の手を」

　左手も大した違いはなかったが、唯一の違いは右手のほうがかすかに震えていることだった。でもそれは、テニスをやるということで説明がつくにちがいない。

「けっこうです、マノックさん。では話していただきましょうか……」

「本当にそうしなきゃならないんですか」

「ええ、気になりますから。自分の手が気に入らないというのは、いったいどういうことなのですか」

「もう、この手が自分のものじゃないからなんです、先生」

　マノックはわたしの眼をじっと見つめながら、ゆっくりとしゃべった。

「なるほど。するとその手は誰のものなのです？」

　わたしはそうたずねながら、カルテを一枚取って記録しはじめた。わたしは長い経験によって、たとえ患者がどんなことを言っても、けっして驚いてはいけない——微笑みを湛《たた》えることすらよくないことがわかっていた。

「まったくわかりません。でも、そんなことはどうだっていいんです。ただ、私は手を取り除いていただきたいんです」

「マノックさん、残念ながら、あなたのお役に立てそうにもありません。いま友人の住所を教えますが、その男ならきっとあなたを助けることができると思います」

「いえ、けっこうです、たぶん、その方は精神科の先生でしょう。でも、私がお願いしたいのは、外科の先生なんです。どうもおさわがせしました」

マノックは立ちあがりながら言った。しかし、わたしはどうせこんなことだろうと思っていた。もしそうでなかったら、自分自身で解明してみただろう。

「そのとおりです、マノックさん。精神科医の住所です。でも、友人があなたの役に立たないとお考えでしたら、それはまちがっています。すぐにでもそこにお行きになったらいいと思いますがね」

「いえ、けっこうです。またお目にかかりましょう」

「もうお会いしたくありませんね」

「いえ、きっと会っていただけると思います」

男はちょっと会釈をすると、ドアのほうへ向かった。

看護婦が男をドアのところへ連れていった。つぎの患者を待っているあいだ、わたしはいま書いたばかりのカルテをみつめていたが、一瞬、ためらったのち、それを破って屑籠のなかに投げこんだ。

あくびを嚙み殺しながら、わたしは数枚の胃のレントゲン写真を熱心に調べていた。患者は有名な考古学者の夫人で、どこも悪いところがないのに胃潰瘍だと勝手に想像して、手術をしなければならないと思いこんでいるのだ。看護婦がドアをノックしてあけた。いつもと様子がちがっていた。

「すみません、急な用事なものですから」と、看護婦は患者のほうを見ながら、つぶやいた。夫人は看護婦のほうを見てから、わたしのほうに視線を向けた。

「いったいなにがあったのだ」とわたしはドアを通りながらたずねた。二人の後ろでドアが閉まった。

「たったいま、出て行ったばかりの若い男の方が……治療室にいるんです」

「なに、あの男は出て行ったんじゃなかったのかね」

「ええ、でも、またもどっておいでになりました……事故があったんです」

「え、事故が」

「先生、手が……」

わたしはマノックの切断された手首のところを縫合したが、たいそう難しい仕事だった。その間、マノックはうめき苦しんでいたが、それから意識をとりもどした。

「もう一分間じっとしていられるかな。それとも、麻酔をかけたほうがいいかな」

「私は……私はもうだめです」とマノックはつぶやいた。

五分たってから、わたしは言った。

「これで終わりだ」

わたしはたばこに火をつけると、それをマノックの口に持っていってやった。看護婦がモルヒネの注射をした。

「いま救急車を待っているんだが」

「どうもおそれいります」とマノックはたばこを吸いながら言った。「いまでは、あなたもわけを知りたいとお思いでしょう?」

「いや、いまでなくても、あとで病院でお目にかかりましょう」

「そうですか」とマノックは微笑しながら答えた。

「あ、ところで、あなたに警察か、もしくは他の連中があれをたずねるかも知れませんが、そのときは、私のポケットの中にありますから。上着の左のポケットです」

「なにが?」

「もちろん私の手ですよ」とマノックは元気のない声で言った。モルヒネが効いてきたので、眼をなかば閉じていた。

夕方、所轄署の警部がわたしを訪ねてきた。その警部の話では、わたしと同じ通りに住んでいる装飾家具師の仕事場にマノックがはいってきて、椅子の脚を鋸で切っていたひとりの職人のほうへつかつかとやってきた。そして、職人のうえに覆いかぶさるようにして、全速で回っている鋸に手首をまっすぐに押しつけたとのことだった。

「家具師のほうは、マノックが自分からすすんでしたことだと確信していますが、職人のほうはそれほど確信はないようです。ところで、先生のほうには何か手掛かりになるようなことはありませんか」

「マノックは、わたしにはただこう言っただけです。もし警察で自分の手を見たいというなら、自分はそれを拾って上着のポケットに入れていると。で、もしご覧になりたいのでしたら、あそこの盆の上にありますが」

「いや、けっこうです」

わたしはマノックが最初に訪ねてきたときの様子を話したものかどうか、ちょっと迷った。が、結局、黙っていることにした。たとえマノックが狂人だったにしても、わたしには好意をもって頼みにきたのだし、しかも、わたしにはマノックの秘密をあばく権利はないように思えたからである。

翌朝、わたしは病院でまた例の警部と出会った。彼はマノックの病室から出て来たところだった。マノックはまったく警部を安心させてしまったらしい。つまり、こんどのことはまったく彼自身のばかげた事故によるもので、家具職人にはなんの責任もないと主張したのだ。

「先生、ありがとうございました。昨日、私が先生を訪ねたことは、警察には黙っていてくれたんですね」と、マノックは言ったが、わたしは寝台の脚にさがっている体温表を調べていた。

「もし、先生が話していたら、私は精神異常者として監禁されたでしょう」

「わたしは自分の患者の病気のことで言い争ったりはしませんよ、マノックさん。たとえ相手が警察でも」

「あなたはまだ、私に精神科のお医者が必要だと、きっとそうお考えでしょうね」

「そのとおりです」

「でも……もし説明できるとしたら」

「どんな場合でも、説明をつけることはできるものです」

「もちろんそうですが。私の説明を聞いていただけますか」

「いずれ近いうちに。その頃になればあなたも元気になるでしょうし、わたしの部屋に来てもらいましょう。さしつかえなければ、もちろん医師ですが、あなたの話に興味を持ちそうな友人もいますし」

「あなたは私の考えなどおかまいなしに、私を助けるおつもりのようですが」とマノックは大声で笑いながら言った。「でも、前もって言わせていただければ、あなたの友人は、えらく始末の悪い患者にかかり合うことになりますよ」

「なぜ？」

「私はまったく冷静だからです」

「それはそうでしょう」

それから一週間して、マノックがわたしの診察室に現われた。腕に吊り包帯をして、前より少しやせたように見えた。しかし、口もとにはいつも微笑を浮かべていた。わたしは友人のブーセ教授にマノックを紹介した。この同僚の医師は、すでに少し前にこちらに来ていたのである。

「いいですか、マノックさん、わたしたちは今ここで、あなた個人の問題を論議したり解明したりしようなどとは思っておりません。が、もしあなたがそのことをいつも気にしているなら、このさい、こちらの教授があなたに何かしてやれるかも知れない、とこう考えているだけなんです。ついでに、あなたがお望みなら、あなたがた二人だけにしてもかまいませんよ」

「いいえ、けっこうです。私は説明しなければなりません」

「では、もう一つおたずねしますが、テープ・レコーダーを使用してもかまいませんか」

「録音したところで、私にはなんの役にも立たないと思いますが」

「質問に答えてください」

「じゃ、かまいません」

以下はジャン＝クロード・マノックの物語で、あとでわたしはこの話をタイプライターで打ったのである。

すべては、私が義兄の黄金《きん》のライターを自分のポケットにすべりこませた日に始まったのです。でも、以前に一、二度、私は自分の右手がかすかに震え、すごく熱くなるのに気がついたことがあります。しかし、そのことの意味に気がついたのは、ずっと後になってからです。リュドのライターを持ちだした日にも、私はそのことにあまり注意を払ってはいませんでした。ライターには彼と別れてすぐに気がついたのですが、もちろん、私はいささか困りました。私は走ってリュドのもとに行き、そのライターを返してあやまりました。明らかに、リュドもそれにはほとんど気づいてはいなかったのです。リュドはただ笑って、自分も万年筆やたばこを失敬する癖があり、あとでポケットのなかにそれを見つけたときは、なんとも気まずい思いがするものだと話しました。

しかし、私が気にしていたのは、その仕種《しぐさ》が偶発的なものではないということでした。私はそのことに筋道をつけようと努力しました。私は泥棒でもなければ窃盗狂でもありません。まして、ふざけてそんなことをしたのでもないし、リュドをからかいたかったのでもないのです。私は決して他人をからかうようなことはしたくないし、とにかくリュドは、誰かがからかってみたくなるような、そんな人間では決してないのです。

後になって、そうです、ずっと後になってから、それと同じ〝偶発事〟が起こって、私にそのことがわかったのです。つまり、明らかにその仕事をやるのは私ではなくて、私の手であり、しかも、その手は私の意志から離れてしまっているのです。私はまた、その手が不思議な動作を始めることと、その前に手が熱くなって震えだすことには、明らかに関係があるのがわかったのです。たとえばある夕方のこと、妻やリュドと連れだってシャンゼリゼのほうへ向かってゆく途中で、私はたいへんに破廉恥なことをしでかしたのです。妻がいたということが何よりの証拠ですが、そんなことをしたのが自分の手だとすれば、それはまったく私の意志には関係がないことが証明されたのです。私たちは妻のシュゾンを間にはさんで歩いていました。シュゾンは私の腕をとるために雑誌を私にあずけましたので、私はそれを丸めて手に持っていました。私たちの前方を二人の娘が歩いていました。観光客なら、なんとなく、これがほんとのパリ娘だと思うところでしょう。が、そうでないことは明らかです。つまり、普通より二センチ高いハイ・ヒールの靴をはき、腰のところにぴったり張りついたスカートは逆に二センチ短く、変にどぎつく化粧した女たちなのです。リュドは私のほうを見てにやっと笑い、私も義兄にちらっと目をやりました。私たちは道の角で急に曲がりながら彼女たちを追い越したのですが、妻は肩をすくめてみせました。すると、私は雑誌を持った右手をふりあげて、近いほうの女の尻をぴしゃっと叩いたのです。女は真っ青になって、私をなぐり返そうとふり向いたのですが、私のほうこそはるかにびっくりしていたし、不愉快でした。すると連れのほうがその女の腕をとりながら、「酔っぱらっているのよ」と言っていました。それから二日間、妻はひとことも口をききませんでした。

さらに一週間して、二つ目の事件が起こりました。その日、リュドが昼食を誘いにやってきました。食事の後で二人はレーシング・クラブに行って、テニスをやるつもりでした。行きつけの小さなレストランを出るときになって、私の手はなんのためらうこともなく、コート掛けにかかった帽子をとると、自分の頭にそれをのせたのです。その帽子というのが、緑色のビロードでできた奇妙な代物で、私の頭にはひどく小さすぎたのです。しかも、持主があとから追いかけてくるかもしれないのに、帽子をかぶったまま、私は落ちついてその店を出たのです。街路に出てはじめて私は身動きできなくなりました。リュドが、いきなり立ちどまると、私のほうを驚いたように見つめています。私は左手で首尾よくその帽子をとりのぞくと、レストランに駆けこんで、もとあった場所にその帽子を返しました。私は自分のものだと思ってその帽子をとったのだと、つまらない口実を考えただけでした。もっといい説明がどうしても見つからなかったのです。義兄にもその言い訳をしますと、彼は私を信じているのか、優しく振舞いながら、心から笑っていました。

「でもねえ、きみは美的感覚をまったく失ったようだよ。もし、妹がきみの頭のうえに変てこなものを見つけたら、ヒステリーを起こすかもしれないな」

リュドは冗談まじりにいいました。

レーシング・クラブから車で帰る途中、私たちはブローニュの森のなかを通っていました。その時、私の手はまたひどく熱くなってきて、震えだしたのです。私は自分のからだをこわばらせて、それに抵抗しようとしていました。でも、それほど深く心配していたわけではないのです。重大なことが持ちあがるはずはないと思っていたのです。それというのも、車のなかには二人だけしかいませんでしたから。だから、この欲望か、もしくは力みたいなものが何をしでかそうとしているのか、私は待っていました。私は難なく、すぐにでもそれを押さえつける自信があったのです。その欲望がもっと活発であったならともかく――もしそうだとしたら、リュドのネクタイをひっぱったり、鼻をつねったりしたでしょうが、そのとき手近にあるのはリュドのハンカチだけでした。すると前方を、看護婦が、乳母車を押しながら横断しているのが見えました。私は速度をゆるめました。彼女がほとんど反対がわの歩道へ渡りきったとき、私の手はハンドルをぐっとその歩道のほうに回したのです。驚いたことに、私には反抗する力がなかったばかりか、反抗しようとする気すら起きなかったのです。左手でハンドルを戻そうとしたのですが、無駄でした――そして、少なくともしばらく間があったような気がしたのですが、実際はほんの一秒ぐらいしかたっていなかったのです。車は速度をあげて、いまや歩道にいる看護婦をめがけて進みました。そのとき、私はうまく急ブレーキをかけ、エンジンを止めることができました。

「こいつ」と、私は息をつきながら言いました。

「いったい、どうしたんだい」と、リュドがたずねました。「ぼくはてっきり、きみがいまにもあの娘を轢《ひ》くんじゃないかと思ったよ」

「それが……つまり手が痙攣したんだ」と、車を発進させながら私は答えました。「でも、もう大丈夫だ。家もすぐそこだし」

「そんなときには、まず雑誌を棍棒のかたちに丸めてその手を殴り、そのまま前に進めばいいさ。でも、用心したほうがいいよ、近いうちに、開いたままの踏切りで機関車に出合うかもしれないから」リュドは笑いながらそんなことを言いました。私たちは家に着き、私は車を地下の車庫に入れました。

さいわい、妻は友人たちをもてなしていたので、リュドも帽子や車の件については何も言いませんでした。私はなんとなく言い訳をして、みんなにはお茶やケーキ、カードなどで勘弁してもらい、隣りの部屋に行きました。そこには、私の本や机、安楽椅子がありますが、ここだと、また何か悶着をひき起こす原因になるようなものは、何もないはずなのです。

「たばこ、あるかい」とリュドの声が聞こえました。リュドはノックせずに部屋にはいっていたのです。

「机の右の引出しにあるよ」

私は熱心に手紙を読んでいるふりをしていました。

「おや、これは本物のピストルじゃないか」

「そうだよ、レジスタンスの記念品さ、コルト45、自動拳銃だよ」

「弾丸《たま》は」

「はいっている。さわるなよ」

「じゃ撃鉄を起こすと——」

「安全装置がかかっている」

「それは、この鉤のところがそうなんだな」

「そうだよ」と私はちょっといらいらしながら答えました。そして立ちあがると机のところに行き、べつの引出しに納めようと思ってピストルをとりあげました。

「どうしたら撃てるか、教えてくれないか」

「あまりうるさくしないでくれよ」と、私は言ったのですが、私の親指は安全装置を外していたのです。そして、むぞうさにピストルをガラス戸に向けると、妻の頭にねらいをつけて引き金をひいたのです。

もちろん、何事も起こりませんし、撃鉄の歯止めだって動くはずはないのです。私は吐き気とめまいに襲われて、すわりこんでしまいました。もし、本当にそのピストルの撃鉄が起きていたら、私は妻の頭を撃ちぬくことになったでしょう。というのも、弾倉には薬莢が一本はいっていたからです。

「いったい、どうしてそんなことをするんだ」と、リュドは真っ青になって、どもりながら言ったのです。

「弾丸《たま》がはいってないと、きみは知っていたんだな、それにしても、ひどくおどかすじゃないか」

「いや、弾丸ははいっている、前からそうなんだ」

私は答えながら挿弾子《クリップ》をとり出し、手首をさっさと振って中の薬莢を出したのです。

「じゃ、どうして弾丸が出なかったのかな」

「撃鉄が起きていなかったからだ……しかも、そのことを、ぼくの手は知らなかったんだよ」

「知らなかったんだって、いったい、きみはどういうつもりなんだ、大丈夫なのか。つまり……」

「いや、もう大丈夫だ」

私は空のピストルを引出しに投げいれ、挿弾子と薬莢は下の引出しにしまいこみました。

「もうなにも心配することはないよ」

でも、こんどは手が震えだすこともなく、なんの前触れもないことに私は気がつきました。その夜、まんじりともしなかった私は、またもやピストルのことを考えて、恐ろしさに身震いしました。もし、ピストルの撃鉄が起きていたら、私は一ダースもの人間の目の前で、自分の妻を殺していたことでしょう。私の手がもはや自分のものでないこと、その手が街で看護婦を轢き殺そうとしたことを説明しに警察に行っても、たいしたことはわからないだろうし、まして裁判所に出頭しても無駄というものでしょう。私は明かりをつけて、自分の手をじっと見つめました。片方の手でそれにさわって、しっかり握りしめました。そうなんです、その手はまったく私のものだったし、ぴったり左手と結びついています。ところが、それが私の意志を離れて動きだすと、他人の手がそこに無理やりにはいりこんでくるような気がするのです。しかも、まるで他人ごとでも見ているように、どうして私がそんなに冷静にしていられるのかもわかりません。あのとき手遅れであったとすれば別ですが、左手はいままで私に反抗したことはないのです。でも右手が乳母車を押している看護婦のほうに車を向けたとき、ほんとうに左手はそれをもとに戻そうとしたのでしょうか。これは難しい問題です。幸いにもそのとき、私の足がブレーキを踏んでくれたのです。

とにかく、私にはその理由が説明できないとしても、この右手が私を離れるときがあるのです。しかし、このことを誰かに打ち明けたところで、なんの役にも立たないでしょう。医者だって精神分裂症のなにか込み入った症状か、もしくは相互対立の二重人格ではないとしても、典型的な人格の多重性として診断をくだすことは明らかです。ですから医師に相談する前に――警察にしたところで、とにかく医師を呼ぶでしょうから、私は、自分の手が私のものではないという証拠が必要だと考えたのです。

翌日、その証拠を手にしました。

私は事務所で電話番号を書きとっていました。すると突然そのことに気がついたのですが、いつもは6という数字を正しく上から下に書いていたのに、丸い尾のほうから、つまり下から上に輪のほうから書いているのです。私は魅せられたような気持ちで机にすわったまま、余白になにか言葉を書こうとしていました。ちょうどそのとき、私の手はひどく熱くなって震えてきました。私はいつもとはちがったぐあいに万年筆を持っているのに気がつきました。つまり、中指と人差し指のあいだにひどく倒したようにはさんでいます。おまけに、筆跡が私のものじゃないのです。それは他人の字なのです。私は仰天してしまい、白紙をとりだすと、その手が字を書いていくのをじっと見ていました。そのスピードは大変に速く、私にはとてもそんなに速く書くことはできません。不思議にも、私は超然とした気持ちでいました。しかし、最も不思議なことといえば、私はもはや、自分を支配しているのではなく、ただの機械であり、自分の手が書いているものが、わからないということです。私は単語が紙の上に現われるにつれて、一語一語読みながら、まるで人の肩越しに見ているかのように、一字一字を目で追っていました。私の手は、このときまさに他人のものでした。それが文章の途中でいきなり止まると、また私の手に戻ったのです。私の目の前には、明らかに誰かが書いたにちがいない十五行ばかりの文章があります。しかも、その人間は芝居を見たにちがいありません。でも、私は今までにそんな戯曲を聞いたこともないのです。

これは上演されているのだろうか、と私は考えながら新聞の演劇欄を探してみました。やはりあったのです。そのページのいちばん重要な記事は、その芝居についての批評でした。それは役者にたいする批評でしたが、私の手を利用した人物よりずっと手厳しく書いていました。でも、疑う余地はないのです。これと同じものがあるはずです。私は何度もその原稿を読み返してから、すぐに使いの少年に、朝刊をぜんぶ持ってこさせました。私の考えどおりでした。四番目の新聞に、私が見たこともない新聞でしたが、まさに一語一語、私が書き写したのとおなじ内容の記事があったのです。

私はふたたび近くの警察に行こうかと思ったのですが、いや、やはり無駄だと思いました。私の手はだれか他人のものであるのか、もしくはその人物が私の手を利用しているのか、そのことをいろいろ思いめぐらしながら解明しようとしました。それからシュゾンの友だちで、警察の仕事をしている筆跡学者のことを思い出したのです。電話番号はすぐに見つかりました。

この半ページの筆跡について、その婦人は親切に意見を述べてくれるだろうか？　きっとそうしてくれるにちがいない。これは重大なことなんだから。

　それから一時間ほどして、その婦人は眉をひそめて申しました。

「どうしてこの筆跡を鑑定してほしいんですか、マノックさん」

「これはある人の筆跡なんですが……今朝がた、ある地位の候補者になったものですから、それで……」

「それでしたら、あなたは失望なさるでしょう。これは男の方の筆跡ですわ……まったく間違いありません。しかも、よこしまな、なにか危険な人物のようです。自分できめた目的のためには、どんな手段も選ばない、残酷で貪欲な人間なのですわ。わたくしはこんなに不愉快な筆跡を見たことがありません」

「その言葉は、この男についての私の気持ちをずばり言ったようなものです。いや、どうもありがとう」

　車の鍵をポケットのなかに探しながら、私は外へ出ました。すると、下水の溝のところに革表紙の手帳がありました。それはシャルル・ラングとかいう人の小切手帳で、ヴィクトル・ユゴー街のリヨン銀行支店で支払われることになっていました。ちょうど通り道でもあるので、私はそれをポケットに入れて出発しました。

　家に帰ってみると、妻は外出していました。コートを脱ぎながら、私は小切手のことを思い出しました。ちょっと迷いましたが、でも、明日の朝、出がけに銀行に寄ることにして、忘れないように、小切手帳を机の上に置いたのです。そしてふり向いたとき、私の右手はいきなり、まるで熱湯でも送りこまれたように真っ赤になり、重苦しい感じになりました。私は椅子に腰をおろしましたが、なおも右手は熱く、ぶるぶる震えているのです。私は成行きにまかせました。と、その手は万年筆を持ち、キャップをはずすと、小切手帳をひらいて中の一枚をとりだしたのです。右手のやつはちょっとためらっている様子でしたが、やがてゆっくりと、私には覚えのない確実な書体で、私に一万新フランを払うよう書きこんだのです。そして小切手の日付を書くと、私にはそう見えたのですが、ひどく注意しながら念入りに花押《かおう》（署名に添える飾り書き）を記し、ララングというサインを書きおわったのです。万年筆が私のポケットに戻った頃にはインクも乾いていました。すると、右手はその小切手を折りたたみ、私の紙入れを出すと、注意しながらそれを中に入れました。

　なんとも驚いたことには、私はそれに抵抗することもなく、成行きにまかせたままだったのです。私は全身に恐怖を感じました。その手が私を征服しはじめたのです。もはや私のものではないといっても、それは手ではなく腕なのです。私はまたべつのことを考えて身震いしました。左手についてです、それはまだ私のものであるとはいえ、このときは右腕の手に協力しているのです。ああ、私はどうすることもできないのです。私は両手をつかって、小切手を私の紙入れに収めたのです。明らかにこんな小切手が有効であるはずはない。しかし、私がそれを書いて紙入れに収めたこと、これには身の毛もよだつ思いでした。

　翌朝、私はリヨン銀行支店に行きました。私はあらかじめ小切手帳を行員に届けるだけにして、裂き取った小切手については何も言わないことに決心していました。ところが、ポケットの小切手帳をとりだすかわりに、私は支払係のところに行き、紙入れの中の偽造小切手をとりだすと裏返し、冷静に自分の書体で裏書きをして、運転免許証といっしょにそれを支払台に置いたのです。出納係の男は私にちらっと視線を投げると、免許証の番号を控え、その小切手を後ろの男に渡しました。私はちょっとのあいだ待っていました。まるで行きつけの銀行で自分の小切手を引き出しているかのように、穏やかな気持ちでした。名前を呼ばれたとき、私は静かに前に進みでて、その金額を受けとりました。一万新フラン――以前の百万フランです。新しいお札で払ってくれましたが、私の三つのポケットはふくらんでしまいました。

やっと外に出ました。私は元気がなくなり、どこかからだのぐあいが悪いような気がしました。私の手、この手は完璧なまでにララング氏のサインを偽造したのです。ですから、みじんも怪しまれずにその小切手が支払われたのでした。

＊

「あなた、どうなさったの」と、私が家に戻っているのに驚いて、妻がたずねました。「どこかぐあいが悪いんじゃありませんの、お医者さまを呼びましょうか」

「いや、大丈夫だ、なんでもないんだよ、ただ、静かに休みたかっただけなんだよ」

午後、私はふたたび銀行にでかけ、ポケットに入れたままの百万フランを、ララング氏の預金にそっくり払いこみました。私はその小切手帳を引き破り、その断片を下水に投げ捨てたのです。

その日から私の人生は地獄のものとなりました。私はしだいに、ときには自分の書体もありましたが、たびたび他人の書体で字を書くようになりました。こうして私は自分の妻に宛てて何通かの恋文を書いたのです。そのとき、私の手は〝アンドレ〟とサインしました。わかっていただけると思いますが、私はシュザンにかつて一度も嫉妬したことはありません。またシュゾンがだれか他の男と浮気をしているなど、そんなことは決してありません。しかも、右手のいろんなしぐさと同じく、この自動的に書かれた手紙は、私の欲望や意識、感情とはまったく何の関係もないのです。そして、手紙を書くよりもっと辛いことは、その手の支配をはなれたときでも、私はそれらの手紙を破くことができないように感じるのです。そんな手紙を書いてはいけないことはよくわかっていますし、それから解放されたいのですが、私より、もっと強力な意志が働いているのです。その意志たるや分別もあり、この汚れた手が遅かれ早かれ示すことでしょうが、行動計画をもっているのです。時がたつにつれて私は自分がどこに引きずられているのかを見きわめはじめたのですが、でも、ますます私は抵抗しなくなったのです。それが最善の策だったかもしれない。つまり、ことが明白になればそれだけ、私は成行きにまかせたのです。

夕方、その手は義兄に手紙を書いたのですが、そこでは、私がシュゾンを殺そうとしたのは、彼女に恋人がいるからだと説明していました。私は絶望的ながら、自分に戻ろうと努力しました。まず逃げ出そうと試みました。私は家を出ました。が、罪ある私の手がリュドにその手紙を出すと、すぐに家へ戻りました。まるで夢の中にいるように、私はピストルがしまってある引出しのところに行き、映画でも見ているような気持ちで、私の手がふたたびそのピストルを装塡しているのを眺めていました。私は恐怖と悲しみのいりまじった気持ちで、左手が右手を助けているのを見ていました。

私は二度、ピストルをこめかみにどうにか持っていったのですが、その度ごとに、まるで一トンの鉄ででも出来ているかのように、私の右手はピストルを下にさげるのです。あまりの悲しさに、私は左手でピストルを持つことを試みました。もし妻が走りこんできて、机の上のピストルを取りあげなかったら、たぶん、うまくいっていたことでしょう。

「あなた、どうなさったの、あたしに話すべきですわ」

「なんでもない。そのピストルを持ってどこかに隠してくれ……いや、捨ててくれ……二度とそれを見たくないんだ」と、私はすすり泣きながら答えました。

「馬鹿ねえ、どうして自殺したいなどと……」

「ここからそいつを持ちだしてくれ」

私はそうわめきながらも、私の手が汗をかきながら震えているのを感じていたのです。

「でも、あなた」

「いいから、出て行ってくれ」

その夜、私はセーヌの河岸にでかけ、ずっと先のシャラントンの橋まで行き、左岸に沿っていくためにその橋を渡りました。その間、ずっと徒歩で、オートゥイユの陸橋のところに戻りました。くたくたに疲れて家に帰ると妻がいなかったので、私はほっとしました。私の苦しみはやや楽になりました。私の目の届かないところにいれば、妻は安全なわけですから。

　私はすでに決心していました。闘うにも相手が相手なので、精神科の医師に相談しようと思ったのです。しかし、普通の医者だと、私の告白を聴いても、しかじかの精神状態に私をはめこんだり、はては追い返されたりして貴重な時間を失うことになるので、もっと安全な方法として、直接サン・タンヌ病院へ行き、しばらくのあいだ、私を観察してもらうよう頼むつもりでした。それから妻のいどころを見つけて会うことにしよう。シュゾンは私に会いたくないかも知れないが、でも私のそばにいて看護してくれるようじかに頼めば、すべてはうまくいくだろう、と。

　私は強いブラック・コーヒーを用意していたのですが、とつぜん気が変わって、冷たいシャワーを浴び、用心しながらひげを剃り、服を着ると、外へ出たのです。

　途中でなにが起こったか、私には何もわかりません。気分は上々でした。ところが、病院へ車で出かけるために車庫へ行くつもりなのに、私は歩いて出かけたのです。そして、ブルスのほうへ向かうバスに飛びのり、九時にはヴィヴィエンヌ通りをぶらぶらしているのに気がつきました。大通りのほうに向かいながら、仕事にいそぐ人たちをぼんやり見て楽しんでいました。私はショーウィンドウを見ていたのですが、とある銃砲店の前でとまりました。そこで私は立ちすくみ、右手がドアを開けたのです。つぎの瞬間には私は店の中にいて、銃を見せてくれるよう頼んでいました。二十二口径の競技用の長いライフル銃、これはまちがって撃つと命にかかわりますが、パリでは、まだ銃猟許可がなくても買えるのです。私がその店を出たときは、上着のポケットにずしりと重い小銃が収められていました。私は病院のことを忘れたわけではなく、たえずそこに行こうと思っていたのです。が、そうはせずに、私は歩いて自分の家に向かっていました。どうして警官に呼びとめられなかったのか、不思議でなりません。何度も通行人がふり返って、私のほうをじろじろ見つめていました。おそらく私を酔っぱらいとでも思ったのでしょう。ところが私としたら、自分の家に帰らないよう必死の思いで逆らっていたのです。ついに私はブローニュの森にやってきました。草の上にすわり、それからかなりの時間ねむりこんだのです。目が覚めたときは三時になっていました。このときです、私が自分の右手を斬りはなす決心をしたのは。すると、近所に外科医がいることを思い出しました。しかし、右手を斬り落としてくれるよう先生に頼むや、ただちにそれが望みのないことであることがわかりました。私は無駄な時間を費やしたのです。先生にしてもそうでしょうが、私の場合は時間が大切なのです。と申しますのも、この手が――私にはかなりよく分かっていることなのですが――私の行動を指図することができるからです。ですから、私はあまりしつこく頼むことをしないで、できるだけ早くここを出たのです。

街路に出ると、私は鋸のぶーんという音にふり返りました。ふいに立ちどまったのです。ついに、自分の手のとどく範囲に解決があったのです。この考えに、私は微笑みました。まったく申し分のない解決策でした。

私は装飾家具師の古びた仕事場にはいって行き、自分にもわからないことを、二、三つぶやくと、鋸を操作している男に笑いかけました。そして、私の決心が鈍らないうちに、すばやく手首をつかむと、鋸の刃に持っていったのです。かーっと焼けるような感じがしましたが、べつに痛みはありません、どっと噴き出した血にやや茫然となりながらも、冷静に私は落ちた手を拾い、上着のポケットにすべり込ませたのです。私はいささかぐったりとなってすわりこみ、しだいに気を失っていきました。が、その間、職人は細紐で私の腕を縛っていました。

＊

「そういう症状はあなただけではないのです、おわかりと思いますが」

　マノックの話が終わると、ブーセ教授は言った。

「あなたのおっしゃりたいことはわかりますよ、先生。これは一時的な統合失調症で、あなたがたが自己懲罰と呼ぶなんらかの手続きで確実に治るものだと、そうお考えなのでしょう。ところで、私はこの手を斬りはなしたのですが、私が回復にむかっていると、そうお考えになりますか」

「大ざっぱに言えば、そういうことになりますね、マノックさん。で、あなたの考えは？」

　わたしも同意見だった――その日の夕刻、例の警部が私に会いにくるまでは。

「マノック氏のことなんですが、先生。あなたは本当にあれが事故だとお考えになるのですか」

「近くにいたのは家具職人なのですから、彼のほうがわたしより確かと思いますが」

「あの男は事故だと断言しているんですがね」

「嘘だとしたら、どうなるのです？」

「私にもわかりませんがね。でも、まったくおかしいのです」と、警部はたばこに火をつけながら言った。

「先生、これという証拠はないのですが、しかし、これだけ奇妙に一致すると、証拠になるのではないかと思うのですが」

「どんな一致です？　さしつかえなければ――」

「ええ、かまいませんとも。問題というのは――まともな男と危険な人物が、ある運命の引き合わせで出会った。そして、かれらは二人とも、同じ日の同じ時刻に、ま、やりかたと場所はちがいますが、右手を切断しています。その危険な人物について、私が知っているところから察しますに、この一致にはなにか怪しい点があり、いや、きっと何かあると思うのです。だが、なんなのか？　私はいまそれを考えているのです」

「すると、まともな人間というのがジャン＝クロード

・マノックで、危険なほうは彼の義兄じゃないのかなね？」
「先生は、〝恋文《こいぶみ》〟のリュドをご存じなのですか」

「それがあの男の名前？」

「リュドヴィック・クーラランが本名なのですが、恋文の異名をとっているのです。というのは、あの男は非常に効果のある艶書偽造の専門家なのです」

「艶書偽造ですって！」と、わたしは息を呑みながら言った。

「そうです。普通はそれで他人をゆするわけです。が、あの男にとって、これはたんなる特技のひとつにすぎません。そうした手紙のことで何かご存じのことがおありでしたら、すべて話してもらえませんか？」

「ちょっと。偽造については、なにか他にも……癖が」

「ええ、その関係で彼は五年間入れられていたんです。だが、三年前に出てくると、妹の世話で義弟の会社にはいり、表面だけはちゃんとしていたわけです。あなたはリュドが前から悪いやつだとご承知のようですね」

「きみの言うとおりです。警部、わたしはあることを知っているんです、が、あなたはその証拠を見つけられないかもしれませんね」

「ほんとうですか、それを知るためなら、私は……」

「いまにわかります、警部。わたしがきみにあるものをお見せし、それから、その証拠を提供すればあなたも納得すると思います。だが、予審判事より多くのことはわからないでしょう。明日の朝、九時きっかりに、ここへ来られますか？」

シャルル・ララング氏は造作もなく見つかった。やっぱり氏は小切手帳を紛失していて、すでに銀行に届けをだしていた。実際、百万フランの小切手の件については、それは大変なことではあるが、なにかの間違いであるともいえる。なぜなら、数時間後にはそっくり同じ金額がララング氏の預金にはいっていたのだから。

しかしながら、銀行で、一万新フランの小切手を見たとき、ララング氏の目玉はいまにも飛びださんばかりだった。

「こりゃあ！」と、氏は叫び声をあげた。「そう、これはまったく私のサインです。でも、このマノック氏とはいったい誰です？　私にはわからない、私は、この小切手を書いたこともなければ、サインした覚えもないのです」

「いや、ご安心ください。もうこんなことはないでしょうから」と、警部が言った。

救急患者のためのブシコー病院で、わたしははじめてリュドヴィック・クーラランに会った。するどい目つきの、鉤鼻で、ひげの濃い、日焼けした顔の男だった。われわれを見るとちょっと笑ったが、おどろいたことに、それがとても魅力的だった。リュドヴィックは上着を着て、退院証明書のサインをもらいにいった看護婦を待っていた。

「リュド、こちらは私の友人だ」と警部は、たばこをさし出しながら言った。「きみの陰謀については、こちらにはみんなわかっているよ」

「警察の旦那はみんな同じだな」と、リュドは笑いながら言った。が、注意深くわたしを見つめていた。

「陰謀なんかないさ、たくさんの証人がいるんだ。おれが電車の前に落ちるのを、地下鉄の駅で見ていた人がいっぱいいいるんだ」

「じゃ、誰がきみを線路に落としたのだね？」

わたしは警部と同じくらい優しい声をつくりながら、たずねた。

「誰かがおれの右腕をつかんで前に押しだしたんだ。でも、誰もそれを見たものはいないよ。おれはバランスをなくして落ちるなと思ったが、そのまま成行きにまかせて、仰向けに落ちたのさ。ところが、とっさに手をひっこめることができなくて、そこを轢かれてしまったんだ」

「では誰が押したのか、わたしがきみに話したら……」

「えっ、それは誰です？」

「あの男、きみはその男の手を利用していたんだ、リュド」

「さあ、白状したらどうだ？」と、警部は言いながら、寝台のはしに腰かけているリュドを見つめていた。

「白状するって、なにをです？　おれは……おれには、おふたかたが何を言いたいのか、ちっともわからない」リュドは息をはずませながら、包帯をした腕で額の汗をぬぐった。

「いいかね、リュド、わたしたちの言うことはよくわかっていると思うが」と、わたしは静かに口をきった。「もし、きみの計画どおりジャン＝クロードが奥さんを殺せば、二人には子供がないし、きみ以外に親戚もないから、きみはかなりの財産を相続することになる。そのうえ、義弟は終身刑になって、きみはたいそう景気のいい会社の社長になれるわけだ」

「情けない話だ、ジャン＝クロードのやつめ、あいつそんなことを考えていたのか」と、苦笑しながらリュドは言った。「だが、たとえそうだとしても、証拠が全然ないのだから、やっこさんも何もできまい」

「そうじゃない、彼はなにも知らないさ、わたしたち二人でそれを見つけたのだ」

病院を出ながら警部が言った。

「ところで先生、いよいよ説明してくださるでしょうね」

「わたしの診察室に来れば、ジャン＝クロードが自分から答えてくれるだろう」

わたしは警部を安楽椅子にすわらせると、カクテルを用意してから、テープ・レコーダーのスイッチをまわした。テープを巻きもどしたのちも、警部はしばらく無言のままだった。

「先生、これは本当のことじゃない、そうでしょう？」

「このほかに説明できますか、警部さん？　これで納得できたんじゃないですか？」

「ええ、でも」と、警部はグラスを空にしながら言った。「私はどうも、はじめてキリンを見た子供が、それを信じられないときのような気持ちです。でも、もしこれが本当なら、どうやってマノックは義兄を線路に押し出したんでしょう？」

「じゃ、どうやってリュドは、マノックに女房を殺させようとしたり、サインを偽造させたりしたのかね。自然界や、また、われわれ自身の内には、たくさんの理解できない力が働いているんですよ、警部さん。あなたが〝奇妙な一致〟とか、〝驚くべき偶然〟と呼ぶような、もろもろの力がね」

　警部が部屋を出た瞬間、大きな植木鉢が歩道に落ちてこなごなに砕けた。それがどこの窓から落ちてきたのか、警部にはわからなかった。わたしはいろいろ手をつくして警部に説明しようとした——警部が立ち去ると、突然、わたしの左手が燃えるように熱くなり、震えだした。そしてロボットのように、わたしはただ左手にしたがって窓のところにゆき、左手が植木鉢を、なかでも一番大きな鉢を、押し出すのを見ていたのだ、と。しかし、うまく説明できなかった。

安楽椅子探偵

De Fauteuil en Déduction

なんとも坐りごこちのよい
肘掛椅子を発明してくれた、
名もしれぬ人に。

　トム・ドローンはわが家の隣人だが、トウィーニーの揺り籃《かご》がからっぽなのをメアリが発見したとき、まっさきに駆けつけてきたのは彼だった。トムはちょいと類がないほど真っ白な歯並みのもちぬしである。それは歯医者どもが反感さえ抱くような白さだった。映画俳優たちもそばに彼がいるのを好まなかった。彼がにっこり笑うと、新聞社写真班のフラッシュがいっせいに彼のほうへ向いてしまうからだ。ロサンジェルス警察のなかでも、トムはけっして腕っ節の弱いほうではなかった。そんなことは自慢するまでもなく、だれの眼にも明らかなことで、つぶれた耳と、それにくわえて首筋を走っている白い色をした長い傷痕は、彼の豪胆さをはっきり物語っている。ところが、わしの眼からみると、わが家の庭の芝生から、毎日二度、あの小僧を追っぱらってやったのが、ついまだ昨年のことのように思えてならないのである。まったく、あの小僧ときたら、インディアンごっこやカウボーイごっこが大好きだったのだから。

　メアリの呼ぶ声が尋常でなかったものだから、彼はあわてて走ってきた。ちょうど夜勤をすませたところでもあり、年ごとにひどさを増してくるスモッグのために、まだ眼があかく濁っていた。二週間も剃らなければ、さぞかしりっぱな鬚がたくわえられそうな顎のさきが、二カ所、もう青々としていた。だが顔色は薔薇色にいきいきして見えた。

「トウィーニーが！　たしかですか、パーマーの奥さん？　そんなこと、あるわけが……とにかく、一刻も猶予はなりません」

　彼は帽子をぐいっと押しあげた。巻き毛がふんだんにある髪を短く刈りあげている。彼は電話機をとると本署の番号をまわした。メアリは、赤ん坊が誘拐されたと報告しているトムのそばに立って、それでもまだ涙は見せずに、身をふるわせながら立っていた。

「担当の人たちが来るまで、ぼくがいっしょにいてあげましょう。連中、まもなく到着しますよ、奥さん。〝おじいちゃん〟はなにも物音を聞かなかったんですか」

　彼はわしの肩をかるく叩きながら、そう言った。

「ええ」と、メアリが答えた。「身動きもしなかったわ。だいたいが、もう年なもんだから、動くのがつらいらしくて、階段ものぼろうとしないのよ。夜はこのまま階下《した》で休んでいるんだけど」

「それにしても、あいかわらず、いい体格だな、おじいちゃん」

　暖炉のそばの肘掛椅子にすわっているわしを、トムのやつが揺すぶったもので、わしはリウマチの痛みに顔をしかめた。

　わしらの家のある一画は、いわゆるお屋敷町にあったが、近頃ではビバリー・ヒルズにも御殿みたいなものすごい邸宅が建てられるようになった。それでもハリウッド大通りから数百メートルは奥まっているこの町並みでは、外から大梁《はり》の見える建物もまだしっかりしたもので、住んでいる人たちは、家の正面の芝生を刈り、きれいに保存しておくということを、いまだに誇りに思っているような状態だ。

　わしはまた鼻をくんくん鳴らして、かすかではあるが、嗅ぎつけない匂いがただよっているのを分析しようとしたのだが、トムの同僚の警官たちが玄関や裏手のドアを五、六ぺんも開《あ》け閉《た》てするうちに、匂いはとんでしまった。しかし、連中が居間へはいってきたのは、ほかの部屋をひとわたり見まわって、窓やドアのぐあいを確かめたあとだった。なかの一人がひょいと帽子を持ちあげたが、それは桃色に禿げた頭のてっぺんを掻くためであった。

「パーマーの奥さん。とくに疑わしいような人物はいますか？　敵にまわすような人は？　ご主人の関係で、そういったような人物はいませんか？」

連中のなかで一番年かさなその男が、ひづめの音でも立てんばかりに、やすみなく室内を縦横に歩きまわりながら尋ねた。

「いいえ、そんな人は一人もいませんわ」

「ご主人はどちらです？　ご職業は？」

「商船の高級船員で、現在は日本に行っておりますの」

「ご家族はだれだれですか？」

「フランス人のメイドでイヴォンヌ、これは家にきてまだ何週間にもなりません。それからわたくしの母と、もちろんトウィーニーと……それに、おじいちゃんがいますわ。年寄りだし、リウマチが悪いので、ほとんど椅子にすわったきりですの」

「どうしてトウィーニーが誘拐されたとお考えですか？」

すると、メアリの母親が口をはさんだ。

「ほかに考えられますか、警部さん。トウィーニーはまだ七カ月で、そりゃ、いろんな点で発育の早い子ですけど、いくらなんでも、ひとりでどこかへ行ってしまうなんてことは無理だもの」

「あなたは？」

「母なんです」と、メアリが紹介した。

「その時刻にはどこにおいででした？」

「あのね、お巡りさん。うちじゃ、まだ一人も日射病にかかった者はいないんだから、帽子ぐらい脱いだらどうなの」

「まあ、ちょっと話だけきいてくださいよ……」

「きいてますとも。だけど、その帽子は脱いでもらったほうがいいね。帽子の下に小鳥でもかくしてあるのならべつだけど」

警部はぶつくさ言いながらも帽子を椅子のうえに放りだした。

「フランス人のメイドさんはどこにいるんです？　尋ねたいことがあるんですが」

「ずっと泣きどおしで、それに、英語なんて三つ四つのことばしか知りませんのよ」

「ダン、おまえ、行って泣きやませてこい。女の子のご機嫌とりはお得意なんだろ。それから、フランス語で話しかけて、またちょっと泣かせてみるんだな」

なによりも先にみんなの帽子をとらせてから、そのいちばん背のひくい警部が言いつけた。

「で、奥さん、一つうかがいたいんですが、いったい犯人はなにを要求してくるでしょう。すこしでも心当たりはありませんか」

「二つの可能性が考えられますね」と、メアリは落ちついた口調で答えた。「犯人はもしかすると、うちの子ぐらいの子供を目当ての人買いかもしれません……このごろ、そういった事件がよくあるじゃありませんか。またべつの面といえば、わたくしたち、ニューオーリンズの伯父から、少なくない財産を相続しましたので」

「その事情を知っている者は？」

「まず第一に《ガゼット》新聞の購読者ぜんぶが知ってますよ。大々的な記事にしたばかりか、トゥィーニーを抱いてるメアリの写真までだしたもんです」とメアリの母親が言った。

「わかりました。もし身代金が目当てなら、まもなくそう言ってくるでしょう。こっちはお宅の電話に逆探知装置をつけさせてもらいます」

彼が電話機をとってダイヤルをまわし、指示をあたえてから受話器を置いたとき、ちょうど先刻の刑事が二階から降りてきた。

「どうだ？」

「自分の国だったら、さっそく警察犬を連れてくるところだ、と彼女は言ってました」

「ついでに断頭台《ギロチン》の動かしかたも教えてくれたかい？」と、警部は叫んだ。「犬とは名案だ。まるで気がつかなかったな」

刑事二人がメアリの母親を助けてトゥィーニーの写真を探しだした。ちょうどその折、医者のブレンドンがうちの芝生をよこぎって駆けつけ、部屋の中に一陣の風を送りこんだ。

「あなたはどなたです？」と、警部は腰を浮かせた。

「きみは……きみこそだれです？」と、医者はどもりどもり尋ねた。

「警察の方たちですの、先生」と、メアリが説明した。

「恐ろしいことが持ちあがったんです」

「じゃ、ほんとうだったんだな」

「おしずかに！」と警部は大声で制してから、「ところで、あなたはどういう方です」

「ご近所にお住まいのお医者さんで、ブレンドンさんですよ」と、メアリの母親が言った。「うちのかかりつけの歯医者さんで……その他のことはトムが知っていますわ、そうね、トム？」

「どうか黙っていてください。で、先生、ご存じのことがおありなら、話していただけませんか」

「トウィーニーのことなんだが……いましがた電話がかかってきてね」

「誰からです？　どういう電話でした？」と警部が大きな声をだした。

「だ……誰だか知らない。女の声で、トウィーニーは無事でいるから心配するなと言い、それから、この家まで知らせに行ってこい、身代金の額と受渡しの方法を追って指示するから、と言っていた」

「先生……いったい何者ですの？」と、メアリが泣き声で言った。「ああ、あたしの赤ちゃんが！」

「しかし、どうしてお宅に電話したんでしょうな」と、警部が訊いた。

「見当もつかんね……たぶん犯人側では、あんたがたが来たことを知っているんじゃないか」

「で、あなたを仲介人に立てたというわけですか。ふむ！……先生、お宅の電話番号は何番です？　念のために監視させておきたいですから」

「もう、なにも聞きたくありません！　いや、いやです……警察に報せたりしたのが、あたしたちのまちがいだったんです」

メアリは今にもヒステリーを起こしかねないようすだった。

「ブレンドン先生、あたし、持っているものはみんな差しあげてもいいから、赤ん坊に危害を加えるようなことはしないでくれって、そう返事していただけませんか？」

「相手の女は私のところへかけなおすとは言っていなかった……ああ！　こりゃ、どうしたもんだろう」と、医者は警部に声をかけた。

「お宅の電話番号を教えてください」

一分後に、警部は電話局の技師と話しあっていた。そして、肩ごしに医者をふり返ると、「電話はどこからかかってきたんです？」と訊いた。

「見当もつかんな……さっぱり」

「かかってきたのは何時だとおっしゃいましたかね？」

「五分ほど前だったと思う。すぐ駆けつけてきたんだから」

警部はなにか言い、しばらく待ってから、電話をきった。

「妙ですな」

メアリの母親から射るような視線を浴びた警部は、いったん出した葉巻とマッチをもそもそとポケットにもどしながら、鬚のあいだでつぶやいた。

「妙ですな。電話局では、あなたのところへ、今朝、電話は一本もかからなかったと言ってますよ」

「誰がそんなことを言うんだね？　わかるはずがないじゃないか。うちのは自動式なんだから」

「ええ、それは承知しています」と、警部は考えこむような調子で言った。

「で、また私のところへ電話なり、ほかの方法なりで連絡があったら、どうすればいいのかね」

「伝言を聴いといてください」

「しかし、相手がほんとうに誘拐犯人かどうかはわからんだろう」

馬鹿者めが！　わしはちらっと歯医者を見やって、

そう思った。そんな細かな点に誰も興味を持ったりしないものだ。歯医者ははいってくるとき、わしに眼もくれなかったが、それはいっこう不思議でもなんでもなかった。こっちが無視するものだから、相手もわしのことを気にくわないのだ……たぶん、だまくらかして総入れ歯をつくらせる手が、わしには効かないことを知っているのだろう。

「その点では相手を信用してやるんです。向こうからいろいろしゃべるでしょう」

「それよりもむしろ、ほんとうにパーマーさんの赤ん坊かどうか、証拠をしめせと言ってやったらどうかね」

「そうですな、お好きなようにやってください」

警部はいらいらしたようすで窓の外を眺めやった。

医者はメアリのほうへ言葉をつづけた。

「なにか証拠になるようなものはありませんかね、奥さん。たとえば靴とか、靴下とか？……どう思います、奥さん？」

通りの向こうから自動車が一台走ってきて急角度に曲がると、全速力で、わが家の横手の小径へはいりこんだ。

「犬が到着しました」と、警官の一人が告げた。

犬はたった一匹だったが、恐ろしくでかいやつだった。大きなドイツ産の牧羊犬で、灰色の髪をした小肥りの男がうしろで引き綱をあやつっていた。犬が尾をふりながらわしのほうへやってくると、男はにっこり笑いかけて、「こっちへこい、チャック！」と言い、テーブルの向こう側にまわった。犬も、不承不承、言いつけに従った。

あのおなじ匂いが室内にひろがった。先刻、わしが鼻にとめた、あの妙な匂いだ。ブレンドン医師は部屋のまんなかへ来た。テーブルの反対側、わしのいる側へだ。やっこさん、チャックがこわいんだな、そう思ってわしはほくそ笑んだ……そして突然、わしの頭にことの真相がひらめいた！

匂いの正体がわかっただけでなく、なぜ歯医者がトウィーニーの靴のことなぞ言いだしたかが理解できたのだ。阿呆な警察犬のやつときたら、その場にぺったり尻を据えたまま、わしから眼を放さず、同族意識からくるおののきで盛んに尻尾をふっていた！

もうぐずぐずしてはいられない。メアリは部屋を出て、犬に嗅がせようと、トウィーニーの寝台のカバーを探しにいき、わしはわしで、歯医者はもうこれ以上よけいな時間をかけないのじゃないかと考えていた。わしとしては、もはや一か八かの選択しかない。リウマチに響こうが響くまいが、なんのためらいもなくてきぱきと、さっそく行動に移らなくてはならないのだ。失敗はゆるされない。きっと苦痛は耐えがたいほどだろうが、なんとかやり遂げなくてはならないのだった。

わしは歯を喰いしばり、行動をおこせるように身構えた。そして痛さに顔をしかめた。それほどの距離でもなかったが、目的はそこへ行くことではなく、いったん相手をつかまえたら絶対に放さないことなのだった。わしは首筋の毛が逆だつのを感じた。跳びかかるために、ゆったりと身構えたが、心臓は早鐘のように打っていた。

「おじいちゃん、放しなさい！」

メアリが叫び、ブレンドンもふり返ると、わしにくわえられた上着のすそを引っぱずそうとした。

「やあ！　この犬を捕まえてくれないか！」死物狂いで上着をひっぱりながら、彼はどなった。

が、わしは上着をしっかりくわえて放さなかった。勘ははずれていなかった。どんなことになろうと、わしは上着のポケットがちぎれるまで辛抱している覚悟だった。

頭をぶん殴られたときも、わしは呻きを嚙み殺していたが、それが彼の失敗だった。わしを部屋のすみまで突き飛ばそうと、彼が二発目を殴りつけてきたとたん、チャックが重々しい唸り声をあげて跳びあがり、引き綱の持ちぬしが制止するひまもなく、ブレンドンの拳骨に喰いついていた。こうして、わしとチャックで力を合わせ、ブレンドンをテーブルと肘掛椅子のあいだに追いこんだのだった。じつを言うと、相手を倒すすべを心得ていたのはチャックなのだった。ブレンドンは床に倒れて、わしの上へ転がってきたが、わしはずっと奴のポケットとその中身を放さずにいた。

これといって、わしにできることはなかった。ただ唸り声をあげながら、満身の力をあつめてそのままの姿勢を崩さず、頸がねじれるたびに顔をゆがめ、ポケットから現われでるはずのものに望みをかけているばかりだった。力が抜けそうになったとき、警部が助けに来てくれた。

「先生、あなたのポケットには何がはいってるんです?」

そう尋ねる声がきこえたので、わしはもう放してもよいのだなと悟った。

「べ、べつに……なにも」

ブレンドンの手足はいっせいに震えだした。

「ちょっと調べてみましょう」

警部はそう言うと、彼のポケットに手をつっこみ、トウィーニーの靴の片方をひっぱり出した。

一瞬のうちに、トムは拳銃をひっこ抜き、それをブレンドンの背中に押しつけた。

「さっさと白状しろ！　トウィーニーはどこだ?」

「やめてくれ……私の車の……」

「どこなんだ?」

「……車のうしろの座席だよ」

「拳銃をしまって、見に行ってこい」と警部が命じたが、トムはもうすでに途中まで駆けだしていた。

しばらく時がたってから、べつの医者二人がトウィーニーを覚醒させるために到着した。その頃になって、やっとメアリと母親とはひざまずいて、わしのご機嫌をとり、いっしょに泣きはじめたのだった。

わしの哀れな筋肉はいたるところの調子が狂っていた。彼女らに打っちゃっといてもらうために、わしは痛々しい呻き声をあげざるを得なかった。それにくわえて、彼女らは胸の悪くなりそうな強い匂いをただよわせていた。今朝わしが嗅ぎつけた匂い、そしてまた、のちほどブレンドン医師の周囲にただよっているのに気がついた、あのおなじ匂いである。トウィーニー自身もそれにずっぷり浸っていたと言ってよい。臭気を ぷんぷん発散させていた！　臭気はその後何日間も屋内に残っていた。トウィーニーを眠らせたのがその匂いであったことを、わしはずっとあとになって知った。

「おじいちゃん、うちのすてきな犬、すばらしい犬」

メアリはわしの上へ屈みこんで、むせび泣きながら言った。

ピアノのそばの椅子に実にふかふかしたクッションが載せてある。黄色いサテンの大きなクッション……乗ってみることはいつでも出来るのだ、とわしは思っていた。わしは細心の注意をはらって肘掛椅子を降りた。歩きだすとなれば、わしの四肢がひどく不自由になってくるからだ。わしは隣りの部屋の戸口まで行ってドアを掻きむしった。メアリがすぐさま開けてくれたことは言うまでもなかろう。その日の彼女の精神状態からすると、どんなドアでも開けたがっていたのだ。

わしは右眼に極度の悲嘆を込めながら（ここでわしは片眼であることを白状しておかねばなるまい）、哀れっぽい一瞥をちらっと彼女にくれた。そして、あのクッションの載った椅子のほうへむかい、きわめて細心の配慮をつくしながら、その上へからだをひっぱりあげた。

「おじいちゃん、あんたはママの美しいクッションにのっかりたくてたまらないようだわね、え？　乱暴だけど、無類に律義な老犬なのね！」

彼女はしゃくりあげながらそう言った。わしは静かにそっと尾をふりながら、彼女のうしろについていった。そのしぐさをすることさえも、わしの五体に苦痛をあたえるのだった。メアリはそのクッションをとりあげると、暖炉にちかい大型の肘掛椅子の上に載せ、わしがそこへのぼるのを手伝ってくれたのだった。

悪魔巡り

La Tournée du Diable

わが友、悪魔に。

　狐は前脚のなかに頭を埋めていたが、檻の前に立ちどまった男を見ると、二つの眼をぎらぎら光らせて物問いたげに眺めた。

　狐は、男が自分の気持ちをわかってくれることを知っていた。それは視線の合ったその瞬間にわかったのだった。男は、人ごみの海岸を離れてやってきたとき、突然この古ぼけた箱車《トレイラー》に出くわしたのである。昔は赤く塗られていたにちがいない。そしてまた、昔はがっしりした、大きなトランクだったにちがいない檻の前に、かつては美しかったと思われる年とったジプシーの老婆がいた。

　即製の檻の片隅には、利口そうな眼をした猿がいた。ほとんど人間とおなじような黒い眼をした猿は、深刻そうなようすでからだを掻いていた。囚われの狐はこんなにせまい檻のなかでも生きてゆけるのだ。猿がからだじゅうを掻きむしると、箱ぜんたいが揺れた。が、狐はいささかも動じたようすはなかった。狐はあらゆる注意を男にむけていた。男は狐の眼のなかに、空や、風や、樹々や、野原、川、湖など、狐にとっては自由を意味するもののかげを読むことができた。

「手をみせてごらん」と、だしぬけにジプシーの老婆が、檻のうえに身を乗りだすようにして言った。

「いや、結構ですよ」と男は言った。

「手をみせてごらん。手相をみるとか、お金をとろうとかいうんじゃないんだよ。あんたは動物の言葉のわかるひとだから、ちょっと見ておきたいことがあるんだよ」

　老婆の言うとおりだった。彼は動物好きだったばかりではなく、動物のことばを知り、自分の気持ちを動物につたえることもできるという意味で、「動物の言葉のわかる人」だった。まだ彼がほんの小さい子供だった頃、まだ馬車があった頃のことだが、つるつるした道ですべった馬を立ちあがらせることは朝飯前のことだった。彼はいつでも適切な言葉をかけてやれたし、動物の眼に浮かんだ恐怖のいろを消し、四肢のふるえを止めさせるために優しい調子で話しかけることもできた。

「なぜわかるんです？　あなたも動物の言葉がわかるんですか？」

「もちろん。でなけりゃ、どうやってあんたを見分けて、心を読んだりできるね？」

「どんなことを考えていたというんです」

「狐のことさ。さあ、手をみせてごらん」

「なにを知りたいんですか」

「なにか感じはするんだけど、はっきりあたしにもわからないことがあるんでね」と、ジプシーの老婆は言った。

老婆は手の甲をとると、近くにひきつけて掌をうえに向けてみた。ほとんどあごの高さまで上げ、さっと一瞥しただけで手をはなした。それといっしょに煙草のすいがらを投げすてた。

「なにかわかりましたか」

「ああ、あんた、犬を殺したね」

「病気だったし、ひどく苦しんでいたんです」

「あんたは、もっとべつの理由で殺したんだよ」

「おそらくはね。それで？」

「べつに。あんたは動物の言葉がわかるひとだし、無益な殺生《せっしょう》だから、悲しいのさ」

「殺生じゃないんだ！」

「そりゃなんとでも言うがいいさ。あんたの手で殺したものは、心のなかでも殺したことになるんだよ！」

病みさらばえた老犬を眠らせることが殺生だろうか？　動物のことばを解する人にとっては、あるいはそれもひとつの真実かもしれない。しかし、あのときはアンジェラのこともあったのだ。犬の毛だらけの家に帰ってくるのがいやだとしょっちゅうぼやいていた、金髪の、きゃしゃなアンジェラのことだ。医者ははっきりと宣告をくだしていた。猫とか犬とか、毛のぬける動物はだんじて飼ってはいけない。再発したら命とりだというのだ。アンジェラを入院させたあと、彼は図書館に行き、喘息《ぜんそく》とその病因について書かれた本を読んだ。

かわいそうに、アンジェラはひどくつらい夜々を過ごしていた。ある夜、彼はベッドからたたき起こされた。一時間か二時間のあいだは、最悪の事態も予想されたほどだった。翌朝、まだかなり弱っていたが、アンジェラは彼に微笑みかけ、彼が獣医に老犬トムを永遠の眠りにつけてもらったと告げると、自分の手をつよく押しつけた。それはまことに辛い瞬間だった。トムは獣医が自分を永遠の眠りにつかせようとしているのだということを知っていた。しかし、トムはみんなが自分の死を望んでいると知ると、主人の腕のなかで心安らかに死んでいったのだ。

そのおなじ夜、彼は危篤のしらせで病院に呼びだされたが、彼の着くまえに妻は息をひきとっていた。アンジェラはやや蒼ざめて見え、いつもより小さく見えたが、これほどまでの幸福そうな表情はいままで見たことがなかった。彼は子供のようにすすり泣いた。看護婦が彼をやさしく案内していき、慰めの言葉をかけた。彼が涙を流しているのが、例の老犬トムのためだと知ったなら、看護婦もおそらくそんな態度を示しはしなかっただろう。

「なぜそんなことがあなたにわかるのです?」と、彼はジプシーの老婆のしわだらけの顔へ質問した。

「悪魔は不幸のあるところはなんでも見通しなんだよ」

「そんなことは返事にならない。あなたは悪魔というわけじゃないんだから」

「あんたはそんなに自信がおありかね? 悪魔が人間の姿をしていると思っているのかね? あんたたち男ってものは、あんまり傲慢すぎるもんだから、自分が悪い人間でも、もっと悪い人間がいると思ってるんだよ。あたしがあそこであんたを試そうとしたのかもしれないと、どうしてあんたにわかるかね?」

「じゃ、どうやって試したんです」

老婆は答えるまえにちょっと彼を見た。

「もちろん、取り決めをしておくのさ。あんたの魂とひきかえに、もう一度あんたに機会をあたえてあげよう」

「もう一度機会をあたえるというと?」

「たったいま、あんたはこの狐にその機会をあたえる方法のことを考えていたろうが、ええ?」

「まあね」

「そんな必要はちっともありゃしない。あの狐にはいくらでも機会はあるのさ。あんたも、機会なんぞ必要じゃないんだよ。でも、人にすすめられれば、なにか違ったことをやりたくなるだろう? だからあたしは、魂とひきかえに、あんたに機会をあたえてやろうというのさ」

「残念ですが、ぼくは悪魔なんぞ信じちゃいないんだ」

「結構! それで取引はうまくいくってもんさ。あたしはあんたにもう一度機会をあたえてやる。あんたはその機会とひきかえに魂を売り渡したなんて思わなくてすむわけさ」

「あなたがぼくに機会をあたえたということが、どうしてわかるんだね」

「そのことなら心配いらないよ。もしあたしがなにもしなかったら、この約束は反故《ほご》にされるだけだからね」

彼は長いあいだものも言わずにじっと老婆を見つめていた。老婆は口からでなく鼻から吸っていた煙草にあたらしく火をつけた。

「よし」と最後に、しようがないといった笑いを浮かべて、彼は言った。「お笑いぐさでもいいが、サインする場所でも教えてもらおうか」

「こちらにおいで」

ジプシーの老婆は古い車の背後にあるドアを開けて言った。彼がついてくるかどうかをふり返ってみもせずに、老婆はなかに入っていった。

折りたたみテーブルとストーヴと大きな寝台のあいだに、やっと立っていられるだけの場所があった。ジプシーの老婆は、リボンやら、毛糸玉やら、どこか亀の骸骨に似たものやらでいっぱいの籠のなかを長い爪をした手でかきまわしていたが、やがて鵞《が》ペンと薄刃のナイフをとりだして、鵞ペンをナイフでけずった。

「ここにサインして」

老婆はペンを差しだして言った。前掛けのポケットからでも出したらしい羊皮紙の巻物をひろげていた。

「インクは?」

老婆は肩をすくめると、頭にかぶっていた赤い絹の頭巾《ずきん》から長い針をぬきとった。悪戯《いたずら》っぽいしかめ面をして、彼の左手の親指にふかく、残酷なくらいにひどく突き刺した。彼はとびあがって、あっと声をあげたが、血の噴きだすのを見て声をとめた。だしぬけに激しい怒りがこみあげてきた。サインするためにペン先を血にひたしたとき、すべてが馬鹿馬鹿しくなってきた。

「あんた、洗礼をうけているかね?」と老婆がたずねた。

「いや。ごらんのとおり、ぼくを救ってくれるものなど何ひとつないのさ……」と彼はしぶしぶ笑いを浮かべて言いついだ。「あとは、なにをするんだね」

「なにもないよ。自分のホテルにもどって、ゼロからはじめるんだね」

「なにからはじめるって?」

「とにかく行ってごらん。いずれわかるから」と、老婆はドアをあけて言った。

彼は古ぼけた箱車《トレイラー》から下に飛び降りた。遠ざかっていく途中、彼は、じっと身じろぎもせずにいた狐が大笑いしているのに気づいた。彼は大股にそこを立ち去った。

老犬トムとアンジェラが死んでから三カ月たってい

た。彼は勤務先に転任の希望を申し出ようかと思ったが、パリのアパルトマンを去る力はとてもなかった。夏期休暇の時期が来ると、彼はこの五年間いつも二人ですごしたブルターニュの海岸に車でやって来た。おなじホテルに行き、おなじ三十七号室を借りることにした。

「奥様はあとでいらっしゃるので？」

ホテルの主人は、彼のしている黒いネクタイに気づかずに、そう訊いた。彼はなんとも答えなかった。

着いた夜、夕食後にかるい散歩をした。そのときになってはじめて、彼はここに惹かれた理由がわかった。それはトムだった。ここに来ればトムに会えるのではないかと思っていたのだ。まるで幸福のまぼろしのように彼のまえを小走りに駆けていくトムに。

アンジェラよりも、トムのいなくなったことのほうが、彼には寂しくてならなかった。最初の夜、ホテルにもどって、窓際のベッドにもぐりこんだとき、彼は、以前アンジェラが使っていたベッドにちらと眼をやった。とくにこれという感慨もわかなかった。だが、二つのベッドのあいだの絨毯に眼をやったとき、涙のあふれるのをおぼえた。そこはトムが横になって、海岸での楽しい日々の遊びに疲れはて、騒々しいいびきをかいていたところなのだった。

「鍵はそこにありませんよ、旦那」

ジプシーの老婆に会ったあと、帰宅してみると、門番がそう言った。

「待てよ……たしか鍵は置いていったはずだが」

エレベーターのほうに歩きかけながら、彼は言った。三階の、部屋の近くの廊下で、ふんふん鼻を鳴らす音を彼は聞いた。それはトムが主人の帰ってくる足音を聞きつけたときに、ドアの下から待ちかねたようにやるのとそっくりだった。

鍵は錠についていなかったが、唸り声やら、いらだったようにひっかく音はドアの下から聞こえてくるように思われるのだった。顔色はシーツのようにあおざめ、心臓はあわただしく高鳴り、取っ手をとるのももどかしく、彼はドアをあけた。たちまち鳴き声とともに、気も狂わんばかりの身振りで、トムが彼にとびついてきた。

「トム！……トム！……お前だったのか！」

彼はとり乱したようすで、肘掛椅子に身を投げかけた。

「まあ！　ジョンったら！　駄目じゃないの！　あなたの服をめちゃくちゃにしてしまうわよ！」

「アンジェラ！」

「いったい、どうなさったっていうのよ？　そんな眼であたしを見つめないで！　まるで幽霊でも見ているみたいじゃないの？　それよりも、なぜあたしをサン・マロに探しにきてくれなかったの？　あたし、タクシーを拾ってこなけりゃならなかったのよ。ひと財産かかっちゃったわ」

「だって、アンジェラ、おまえ……！」

「ジョンったら！　トムをお放しなさい！　あたしを病気にさせるつもり。ちょっと、あなたったら。ひょっとしたら、どこかで飲んできたんじゃない？　黒ネクタイなんかして、いったいどこから来たの？　いやらしいわよ、そんなの。それにその手はどうしたの？　あらっ、ハンカチが血だらけじゃないの」

「そうだよ……いや、こんなのはたいした傷じゃないんだ。ネクタイかい？　これはちょっとほかのが見当たらなかったんだ」

トムはまたもや主人の腕のなかにとびこんできた。

「それにこの犬ときたら！　たった今ベッドを作ってやったばかりだっていうのに。ちょっとあなたが出かけたと思ったら、すぐにベッドにのぼってしまうんですもの。羽根枕が犬の毛だらけだわ。トムをひとりぼっちにしておいて、どこに行ってらしたのよ」

「ああ……ちょっと散歩してきたのさ……ところで、アンジェラ、おまえの喘息はどうだね？」

「あたしの何ですって？　いったい、あなた、なんの話をしていらっしゃるの？　あたしの病気は肝臓よ。それと心臓に疲れが来ているってことぐらい、よくご存じのはずじゃないの。いったいどうしてあたしが喘息だなんて言うの？」

「ごめん、ごめん、おまえが病院にはいったんで、すごく心配だったんだ」

「あら、あたしが盲腸で入院したのなんて、六年も前のことよ。それに、あなたったらぜんぜん心配なんかしなかったくせに。あなたの心配したことなんて、せいぜいトムが自分のからだをひっ掻くようになったときぐらいでしょう。思いあたることがあるでしょう、ね？　あなたたちって、まるで缶詰のエビみたいに仲よく暮らしているんですもの」

彼は返事をしなかった。彼はじっと妻を見つめて、これはいったいどうしたんだろうと考えこんでいた。しかし、幻覚でないことだけは確かだった。ただ、こんなことはありえないというだけだ。ふと彼はトムの眼をじっと見ている自分に気づいた。そうだ、老犬のトムにはなにもかもわかっているのだ。それだけは確かだった。突然、彼はトムといっしょに、どこか二人きりになれるところに行ってしまいたいような気がした。彼はレインコートのポケットにあった革の綱をつけた。

「それでいいわ。トムを海岸につれていって。あたしはトランクをあけて、着替えして、すぐあとから行くわ」

「オーケー、じゃ先に行ってるよ」

アンジェラに背を向けると、衣裳戸棚をあけ、別の服のポケットからパスポートをとりだした。トムはもうすこし待たせておこう。パスポートにすべりこませておいた二枚の書類のことを思い出したのだ。そして、やがて彼は自分の気が狂ったのではないかと思いはじめた。

首すじに汗がにじみ出ていた。アンジェラの死亡証明書と病院の入院費明細書をひろげていくあいだ、首を締めつけられるような気がした。二枚とも、日付は四月十三日になっている！　そして、今日はまぎれもなく七月十八日なのだ！

できるだけのあいだ、彼は考えまいとしていたが、どうしてもあのジプシー女との契約がたんなる冗談以上のものになっているのを認めないわけにいかなくなってきた。彼はしぶしぶながらも、その事実を認めざるを得なかった……ああ神様！　いや、そんなはずはない。まずもう一度アンジェラをよく見てみることだ。彼は書類をかたづけて、ホテルを小走りに駆けだして行った。

海岸沿いの広大な浜辺には人気《ひとけ》がなかった。ジプシーの隊商のいたあたりは、草が踏みにじられ、ぺしゃんこになっていた。火をたいた跡のある草地のあたりをぐるぐるまわっていたトムが唸り声をあげた。

ジョンはそのあと海岸に行って、トムが水際まで走っていくのをすわって待っていた。だが、トムは主人が自分のあとについてこないのを知り、小走りにもどって、砂のうえで跳びはね、ぶるっと身ぶるいして、最後に前脚に頭をのせて砂のうえに伏せた。

「いったい、どこに行ってらしたの？」しばらくして、やって来たアンジェラが言った。「もちろん、なによりも大事なのが犬だってことはわかってるわよ、でも……」

「ごめんよ、アンジェラ。ぼくはべつに、ほかのことを考えていたわけじゃないんだ……」

「ほかのことなんか考えたことのないひとよ、あなたって」とアンジェラが、煙草に火をつけながら言った。

彼は返事をしなかった。アンジェラの言ったことを考えてみた。これは今にはじまったことではない。いつも彼は、トムが生活の大部分を占めていることを否定していた。アンジェラがうらみがましく言ったときにさえそうだった。明らかに彼女は、今、いつもとちがって彼が抗議しないことを変に思っていないようだった。だが、彼は黙っているだけでは不充分だと思った。もしこれが唯一のチャンスだとすれば、なにか決定的なことをしでかさなければなるまい。さもなければ、遅かれ早かれ犬をもう一度犠牲にしなくてはならないのだ。

「あなたのおっしゃるとおりだわ」

とうとうアンジェラが言った。

「そうかね……そりゃいったいなんのことだね？　ぼくの言ったとおりだというのは？」

「トムのことよ。あなたのおっしゃるとおりだわ。トムが第一よ」

「やっとわかったのかい！　じゃ、これまでずっとぼくの言っていたことが正しかったたというんだね？」

「そうよ」

「おまえなんか論外さ」

「ええ、そうだったわ……でも、今日はそうじゃないわよ」

彼が犬を愛撫しているあいだに、アンジェラは煙草をもみ消して、大股にそこを立ち去った。

その晩、ホテルに戻ってみると、アンジェラは夕食の服装に着替えていた。彼女は彼の存在などまったく無視していた。これこそ、彼が〝雷鳴ぬきの雷雨〟と呼んでいた、アンジェラの低気圧のはじまる徴候だった。ふつう、これは二、三日つづき、やがてはものすごい口論で終わりを告げるのだ。だが今度のばあい、彼はいっさい細かい心遣いはしなかった。なにもなかったような話しぶりを無理にすることもなかった。それはかつて彼が用いて成功した方法であるが、今、彼はアンジェラなどどこにいるのかといったふうな態度をとるだけにとどめた。

アンジェラはたいそう時間をかけて化粧し、髪を結い、それから彼がトムをベッドの下のマットに坐らせているあいだ、ドアのそばで待っていた。犬は食堂にはいれないことになっていたのだ。いったん部屋の外に出ると、アンジェラは言いようのないほど魅惑的な微笑を浮かべた。こうすれば、よその人にはいかにも幸福でほほえんでいる若夫婦のように見える。彼はその芝居に乗った。そして無関心を装っていた。が、うまくいきっこないことはわかっていた。

二人がいつもの席、海に面した窓のそばのテーブルにつくとすぐ、アンジェラの友だちがそばを通りかかった。

「まあ、アンジェラ。あなたと会えるなんて、なんて運がいいんでしょう」と言うと、彼女はごくおざなりにジョンに頭をさげた。「きのう、ご主人にちょっとお目にかかったの。でもあなたがいらっしゃらないんじゃ、そんなに長いことといられやしなかったわ。あなたがいなくてとても寂しい、というお話だったの」

「とんでもない！　男のひとたちって、あたしたちがいなくたって結構たのしく過ごせるものなのよ。それに、彼には犬がいるんですもの。あたし、母のところに三カ月ほど行ってきましたのよ。だから、あたしに会って満足しているのかどうかわからない始末なのよ」

アンジェラは良人《おっと》のほうに優しい微笑を見せて言った。良人のほうは、その微笑がなんの意味もないことなど百も承知だ。雷鳴ぬきの雷雨のあいだに他人の前でする微笑など、なんの意味もありはしない。

「ところで、あなたのお母様はいかが？」とアンジェラの友だちが訊いた。

「運わるく、まだ生きていますよ！」とジョンが言った。

「まあ！　ジョンったら！　そんな恐ろしいことを言うなんて」

アンジェラは微笑しながら言った。だが、その顔を見るまでもなく、妻がかんかんに腹を立てていることはよくわかった。

食後、彼がパイプに火をつけると、アンジェラはそっとハンカチとバッグをとり、とても優しい微笑を浮かべて、足どりもかるく食堂を出て行った。

それから五分後、彼はトムの夕食にする肉とスープをもらいに調理場に行った。ところが部屋に戻ってみると、犬がいなくなっていた。彼はなにかあったのかなと思いながら、しばらくそこに立ちつくしていた。犬の食事を下に置くと、彼は階段のほうに駆けよった。数分前に、奥様が犬をつれてお出ましになりました、と門番が言った。（あいつ、あいかわらず芝居を続けてやがる）と彼は心のなかでつぶやいた。人びとはこれで、どうしようもない犬だが、犬は愛する良人の犬であり、彼女は動物好きだから、この犬の奴隷になっているのだと思いこむだろう。

すっかり腹を立てて、彼はパイプに煙草をつめ、火をつけて、ホテルの階段のところで待っていた。通りのむこうに彼女のすがたが見えるまで、彼はそこにいた。彼女は一人きりだった。ばかげて踵の高い靴のために不器用なかっこうで走ってきたのだ。

「トムが……トムが崖から落ちたの！」

一言もいわず、妻があとから続いてくるかどうかも確かめず、彼は海にむかって走りだした。息をきらしながら、海岸のはしの岩を乗り越えていった。夜はとっぷりと暮れていた。まもなく、なにも見えなくなってしまうだろう。

やっと二つの岩のあいだの砂の穴に落ちこんでいるトムを見つけたときには、ズボンは裂けてずぶ濡れになっており、膝が抜けて血がしたたっていた。犬は、横になって、眠っているように見えた。だが、手でふれてみると、鼻面から血がでているのがわかった……三カ月前、獣医のところで息をひきとった際とまったく同じなのだった。

トムは冷たくなっていた。ホテルまで担いでくると、ずっしりと重く、硬直していた。

「まあ！　ジョンなの！　トムは？……」

「ああ、トムは死んだよ」

彼は犬の死骸を、眉をひそめる門番のカウンターの上に乗せた。「よかったら、なにか箱のなかに入れてやってくれませんか。埋めるのはぼくがやるから」

「わかりました、旦那」と門番は言って、エレベーター・ボーイを呼んだ。

「ジョン！　あたしにさわらないで……血と泥だらけよ。それに犬の毛だらけになっているわ……」

「ああ、ああ、わかったよ！　しかし、事情はすっかり話してもらうよ」

彼は妻の手をとって駐車場のところに連れていった。一言もいわずに車のドアをあけ、妻をなかに乗せると、車を走らせた。ゆっくりと村のなかを通りすぎ、断崖のほうに曲がりくねりながら登っていく道路に出ると、急にスピードをあげた。

車をとめて、妻をそとに連れだした。ずっと手をとったまま、ほとんど駆け足で崖の小道を下りていった。小道で涼みながら散歩していた人たちは、湾にかがやく明かりのパノラマを眺めていた。

「どこから落ちたんだ？　落ちたところを見せてくれないか」と彼はおだやかな口調で言った。

「そこよ。小道のはしのあたり」

「どこだい」

「ここよ」彼女は崖のふちのほうに進みより、三メートルほど下へ突然落ちこんでいる斜面を手で指して言った。

「いったいどんなぐあいに落ちたのか、はっきり話してほしいな」

「わからないわ……トムはあたしの前を走っていたの。それであんまり崖のふちのほうに行きすぎたのね。それで、あそこから登れなくなったんだわ」

「なぜ綱をつけていなかったんだね、アンジェラ」

「だって、凄い力でほうぼうひっぱりまわすんですもの。いつものように」

「おまえが綱を放したのはどこだった？」

「崖の上の、駐車場のすこし手前だったわ」

「綱はどうした？」

「あたし……なにもわからないわ。そのあとで、どこかに落としてしまったんでしょう。あたし、ひどく心が揺れていたから……」

「アンジェラ、おまえは嘘をついているね」

「ジョン！　どうしてそんなことが言えるの？……」

「ぼくが岩のあいだからトムをひきあげたとき、綱はまだ首輪についていたよ。それにトムの死骸のあったのは、崖とは反対側のほうだ。ここから落ちたんじゃないね」

「だって、たしかにここから落ちたんですもの……もうたくさん！　あたし帰るわ！」

「いや、このままでは帰さんよ」と彼はまたしっかりと腕をとり、低い声で言った。「アンジェラ、おまえがトムを殺したのだ。あわれな犬を殺したのは、おまえなんだ」

「ジョンったら！　ひどいこと言うわね！」

「おまえは小道のせばまったところでトムを抱きあげて、わざと下に投げ落としたんだ！」

「ジョン！　あなた、気でも狂ったの！　それであなたの気がすむなら、いいわ、あなたの汚らしい犬を崖から落としたのはあたしよ！　さあ、これでいいでしょう。もうほっといてちょうだい！」

ジョンは返事をしなかった。そしてアンジェラの腕をねじあげ、恐怖の叫び声をあげるのもかまわず、手すりの上に抱きあげて、草におおわれた斜面のほうに突き落としてやった……。

一人また一人と、当時あたりを散歩していて事件を目撃した人びとが五人、警察に出頭して、入れ替わり立ち替わりその場の情況を話した。傾斜の急な坂のところで、このイギリス紳士が奥さんをはげしく突き落とした。奥さんは悲鳴をあげ、よろけるようにして立っていたが、しまいに崖から落ちていった。

「あの女は人殺しなんですよ！」恐怖のあまり呆然としていた目撃者たちにむかって彼は言った。そして、べつに急ぎもせずに車でホテルにもどり、一時間後に逮捕された。

「お願いですから、フランスの陪審員に、あなたの殺したのは幻影だなんて言わないでくださいね」と小柄な弁護士は、湿っぽい匂いのただよう地方刑務所の冷えびえとした面会室を、大股に歩きながら言った。

「われわれは奥さんが三カ月前に死んでいたことを証明できますよ。その点では、あなたのおっしゃるとおりです。そうなると、あなたの殺したのは情婦だということになる。陪審員にはこう言うことにしましょう。

あなたは情婦を愛していた。彼女が愛さなくなったので、あなたは嫉妬した。女がほかの男と遊び歩いた、といったぐあいにね。そういう話ならなんとかなるだろうし、聞くほうも寛大になるってもんです。もちろん陪審のほうでも、彼女がどうやってあなたの奥さんになりすまし、奥さんのパスポートまで手に入れていたかを知りたがるでしょう。それはちょっと難しいけれども、なんとかなりますよ。もしあなたが、すでに死んでいて埋葬されている人を殺したなどと言おうものなら、陪審員を馬鹿にしていると思われますからね」

「ぼくのほうは全然かまいませんよ。好きなように考えてもらっていいでしょう」と、依頼人は煙草を受けとりながら言った。「それから、あのジプシーの老婆は？　うまく見つかりましたか？」

「いや。いずれにしろ、あのジプシーはあなたの条件を悪くするだけです。それに、あなた、後生だから、犬のことだけは、この話からのけておいてくださいよ。あなたにとっての命取りですから……」

それからほぼ一年半後――フランスの刑事訴訟が長引くのは有名である。おそらく長いほうでは世界でも指折りの国だろう――ある十一月の寒い、じめじめした朝のこと、牧師と、弁護士と、昨夜ブレストからわざわざやってきたイギリスの領事が、県庁所在地の刑務所から出てきた。その朝、刑務所の大きな中庭で、ひとりの男が断頭台で処刑されたのだった。

この時刻ではひっそりと静まりかえった街に出ると、三人の男たちは一言も口をきかなかった。牧師は、囚人が接吻した小さな木の十字架をまだ手に持っていた。

「すみません、私はイギリス人の言うように、悪魔巡りというのに行ってこなくてはなりませんから」

彼は二人の連れに一礼して、そう告げた。

牧師は通りをつっきって、家の壁によりかかっているジプシーの老婆のほうに向かっていった。老婆は鼻の孔につめて煙草を吸っていた。

「例のイギリス人のことを聞きたいだろう？」と、牧師は彼女の前で立ちどまって訊いた。「勇敢な死にかただったよ」

「あたしゃ、そんなことが聞きたいんじゃないよ。あんたがあのひとにしてやったことを知りたいのさ」

「今朝、洗礼を授けてやったよ」

「ぺてん師め！」と、老婆は低く言った。立ち去っていく老婆は、いまいましそうに煙草をやたら吸っていた。

　壁はじっとりと濡れ、道路は泥んこだった。ところがジプシーの老婆のいたところは、すっかり乾ききっており、その近くに、なにか羊皮紙でも燃やしたあとのような、灰がほんのわずか残っているのに、牧師は眼をとめた。

最終飛行

La Dernière Traversée

アン夫人に。

客室の明かりはもう消えていた。

「アン」ドナルド・パークソンは時計を見てから、制服の上着のボタンをかけ、「今日の客種はなんだい。観光客かい？」と訊いた。

「ちがうわ」と、笑いながらスチュワーデスが答えて、客室のドアをしめた。「国に帰る議員さんたちよ。あのひとたちって、みんな似たようなものね。タラップの段は踏みはずすし、もう半分くらいはいびきをかいてるわ。あれで明日になれば、奥さんたちに、ひどい旅行で一晩まんじりともできなかったなんていうんだわ」

「それでもぼくは飛ぶほかないな。あすの朝は、たぶん時間がないだろうしね」とパークソンは言った。

彼は機長の帽子を小脇にかかえて、ニューヨーク＝ロンドン間定期航空のいやに長い客室へはいっていった。いつも彼は乗客が眠りにつくまえに挨拶してまわりたいと思うのだが、機長という仕事のせいで、ほとんどこの願いをはたせなかった。彼はなかば照明のついた客室を通って、後部まで行った。半分ほどが空席で、乗客は一人をのぞいてみな自分の席のランプを消していた。もう眠っているか、うとうととまどろみかけていた。

「明かりがひとつも見えないね。いったいどこを飛んでいるんだね」と通りすがりに、小男がたずねた。

「もう海の上です。天気がいいので、ヨーロッパまでまっすぐ飛んでいるのです」

「それだ！　朝食を倹約するために、生命の危険をおかさせようっていう気だな」と、その乗客が不服げに言った。

「いや、お食事は出しますよ」からかわれているのかどうかはっきりしなかったが、パークソンはうっすらと微笑をうかべて答えた。

「きみのいうとおりだよ、アン、今夜は静かに過ぎそうだ」数分後、パークソンは制服の上着をジッパーつきのジャンパーに着替えながら言った。

「そうでしょう」スチュワーデスは忙しそうにカップや盆を準備しながら言った。

航空士が小さな調理場のドアに鼻をつきだした。

「コーヒーはできたかい、アン公爵夫人?」

「あと五分待ってちょうだい、トム!」

頭がすっと消えた。

「どうしてみんな、きみのことを公爵夫人なんて言うんだい」

「たぶん、あたしがいつも愛嬌をふりまきながらも、乗客とのあいだに距離をおいているからでしょう。あなたはどうして〝ラッキー〟なんて言われるの?」

「なぜだと思う?」

「たぶん、あなたって運がいいからじゃないかしら。だったら、あたしだって公爵夫人でいけないってことはないでしょう?」とスチュワーデスは笑いながら言った。「でも、ドン、これがあなたの最終飛行だなんて、残念だわ」

「それはぼくだって残念だよ。しかし、喜んでくれるひとだっているぜ」

「ペギーのこと? それはあたしにもわかるわよ。あたしだって、パイロットと結婚しようなんて気持ちになれないもの」

「パイロットは誰だってそう言われるのさ、アン公爵夫人」と、ポケットのなかに角砂糖を箱からすっかりあけていた機関士が話をさえぎった。「会社の制服のほかに、きみに似合うのはミンクのコートだもんな。ところで、パークソン、これが最終飛行なんですか?」

「そうだよ、アル。定年がこんなに早いとは思わなかったなあ!」

「何回ぐらい飛んでいますか？」

「この航路でのこの便では、今日でちょうど千一回目だよ」

「死の淵をのぞいたというような経験は、どれくらいありますか」

「本気にしないかもしれないが、そんな経験は一度もないね」

「そりゃ、民間会社ではそうでしょうけどね。しかし、戦争中はどうでした？」

「戦争中にこの渾名《あだな》がついたのさ。ぼくは、イギリス空軍をふりだしに、世界中のありとあらゆる民間航空会社で二十五年間も飛びつづけているけど、まだ一度だって、ほんのちょっぴりの事故にも遭ったことがないね」

ブザーが鳴って、アンの前にあるパネルに、ひとつ赤いランプがついた。

「二十一番だ。明かりが見えないってぶつぶつ言っていた爺さんだ。いまは海の上を飛んでいるから明かりが見えないんだと言っといたんだが、こんどはどこかに明かりが見えたんで不安になったんじゃないかな。この海域にはまだ船が出ているんだと言ってきてくれよ。ぼくはコーヒーを飲みたいからな」パークソンは言って、盆の上のカップをとった。

小さいテーブルのうしろに坐っていた機関士は、探偵小説に読みふけっていた。ここ一時間のあいだ、彼の担当の四つのエンジンは、巡航速度で快調に動いていた。規則的な唸り声をあげ、凍りつくような暗闇のなかに青い炎を吐きだしていた。あと二時間ほどして補助タンクに切り替えるまで何もすることはない。ときおり、気休めに計器盤に目をやったり、耳を澄ましてエンジンの音を聞くだけで充分だった。なにか故障があれば、彼の耳は計器盤の針が動くよりさきに、その変化を聞きつけるだろうから。

航空士は自分の席で、地図の上にインクでひいてある線の上をなぞるように、青い鉛筆で線をひいていた。

彼と向かいあった無線通信士は、メモ用紙になにやら書きこんでいる。

「天候はどうだい」パークソンがコーヒー・カップを前に置きながら尋ねた。

「まあまあというところでしょうな。ゆくてに雲海がありますが、べつに心配するほどのことはありませんん」

「ありがとう」副操縦士のウォーカーが、盆のうえから視線をそらさずに言った。

「好調かい」

「好調ですよ、ドン」と、ウォーカーはカップのなかをスプーンでかきまわしながら言った。そばでは自動操縦装置がゆっくりと操縦桿をまわしていた。「すこし休まれたらいかがです」

「今夜はいいよ、ジョン。これが最終飛行で、これからは食後もゆっくり休めるし、事務所で秘書と無駄話でもして過ごさなけりゃならんのだからな」

「うちのワイフが夢見ているのが、まさにそういう生活なんですよ。毎朝、弁当と傘を持って、八時十六分の汽車に遅れないように家を出る、そんなサラリーマンの生活を夢見ているんです」

「ああ、それはわかるね。きみがそうなるころには、こっちはもう定年退職で、毎日、街角の酒場に日参ということになっているだろう。そのころになると、うちの若い連中が、地球と火星や金星との隔日便の操縦士にでもなっているだろうさ」

彼はコーヒーを飲みほすと、盆をアンに返した。それから大きくのびをして、座席に這いあがり、安全ベルトを肩に締め、インターフォンのレシーバーを耳にあてる前に、古ぼけた毛の帽子をかぶった。

ひとつひとつクロノメーター、コンパス、そのほか頭上や面前、下のほうにかけてずらりと並んだ七十くらいの計器にひとわたり目をやった。最後に、やっと席にくつろいだ。

「ジョン、きみは眠っていいぜ。もし用ができたら起こすから」

「いや、結構。ありがとう、ドン。ちょっとここで計算をしなくちゃならないんで」と、ウォーカーは、カシミアのマフラーを耳の上までひきあげてから言った。

　ドナルド・パークソン機長、渾名は〝ラッキー〟とつけられているが、飛行中はめったに眠ることはなかった。離陸して、飛行機のひんぱんに行き交う航路を離れ、天候がいいときには、ほんの一時間ほど眠ることがある。乗員が疲労している明け方には、いつも彼が操縦席についているようにしていた。訓練のとき以外に離着陸を副操縦士にまかせることはほとんどないといってよかった。それはべつに副操縦士を信用していないというのではなくて――逆に彼はウォーカーが優秀なパイロットであり、自分に劣らぬ腕をもっていると思っていたが――ただそれがおのれの義務だという気持ちでやっていたのだ。

　戦争中の四年間と、二十年間のたえまない空中勤務において、彼の運の強さは信じられぬほどだった。しかしそれは、運などというものですらなかった。むしろ不運なことがなかったというべきだったかもしれない。敵機に攻撃をうけた九回の場合をのぞいて、あとはべつにこれという危険もない戦闘任務だけだった。それに、九回の空中戦闘でさえも、敵機は一度だって彼の機を視準器のなかにとらえる近距離まで近づいたことがなかった。

　弟のビルと彼は、〝ラッキー兄弟〟という渾名で知られていた。しかし、ビルの幸運というのは、すくなくともある限界までのものでしかなかった。

　ある日のこと、スピットファイアの一部を損傷し、片翼に火災を起こしたまま帰還してきたことがあった。いくつかの障害をなぎ倒したあと、ビルを犠牲にせずに火災を消すのに充分な、泥のある地点に着陸できた。

　またある日は、パ・ド・カレ上空で撃墜されて、グリムズビーの漁師が乗りこもうとしていたトロール網漁船の上に落ちた。その漁師はおそらくこの海域は初めてだったらしい。彼は魚のいっぱい入っている船倉に叫び声をあげながら落ちていった。

　兄弟はいっしょに飛ぶようにしていた。離陸するときや飛行中など、ドナルドは頭を上げさえすれば、肩ごしにビルがこちらに向かってうなずいてみせたり、もったいぶったウィンクをしたりするのを見ることができるのだった。編隊をくずすときなど、ビルはかならずそういう身振りをしてみせた。

飛行中、よく彼はビルが追跡されていることを知らせてやったものだ。

「ありがとう、兄貴！」と、ビルは無線で返事する。そしてまた、もったいぶったウィンクをして、敵機の追撃を避けるため機首を下げたり、方向を変えたりする。

もし兄弟の幸運がそのままいつまでも続いていたとしたら、二人のどちらも決してペギーと結婚するようなことはなかっただろう。

田舎のある舞踏会で、二人はいっしょにペギーに出会った。二人はいっしょにペギーと遊びまわったが、ペギーにはどうしても二人のうちどちらが好きなのか、自分でもわからなかった。兄弟は、たがいに相手のほうが自分よりも彼女に惚れているにちがいないと思っていたが、どちらもたんなる遊び以上に彼女に接近しようとはしなかった。

〝ラッキー〟パークソンは、ビルの幸運がついに運命のまえに頭を垂れ、死の使いに脱帽したあの美しい秋の朝のことをよく思い出した。ビルの機のガラスのように透明な合成樹脂におおわれた操縦室に、鮮やかな黄色のガソリンがとび、みるみるうちに機体がその色に染まった。

「ビル、どこか故障したんじゃないか？」と、彼はマイクに口をあてて叫んだ。

「そうだ。兄貴、おれもおしまいらしいぜ」と、落ちついた声でビルが答えた。操縦室の窓をあけると、いつものようにウィンクして、頭をふり、急降下していった。火に包まれたビルの愛機は矢のように森のなかに落ちていった。それは朝霧のなかに黄金色と錆色のかたまりとなって突っこんでいった。ドナルドは、黒い漏斗《じょうご》のように立ちのぼる煙の柱のまわりを、ながいあいだ旋回していた。

ついに燃料が少なくなって、彼が機首を西のほう、イギリスに向けたとき、空はまことに快晴だった。彼は結局、断崖の頂上に不時着を余儀なくされた。


ずっとあとになって、彼はペギーと結婚した。幸福な結婚だった。二児をもうけて、自慢のたねだった。しかしパイロットの妻であるということはなかなか苦労の多いものなので、たとえ口にだして言わないとはいえ、ペギーが彼にパイロットの生活を一日も早くやめてもらいたがっていることはわかっていた。

「どなたかコーヒーの欲しい方、いないかしら?」と、アンが尋ねた。

「いや、結構」と、パークソンは微笑を浮かべていった。ウォーカーはかるい寝息をたてていた。真っ黒に塗られたような風防ガラスが灰色に変わった。こんなに早く夜が明けるなんてあり得ない！　やがて縞模様に水滴がつきはじめた。予想より早く低気圧帯にはいったな、とパークソンはつぶやいた。

彼は計器をぜんぶ点検し、また目を上げた。なにか白いものが見えた。雲だろうか？　目の前がよく見えないといけないと思って、強力なワイパーのスイッチを入れた。ことさらに見えるものはないはずだったが、またしてもなにか白く輝くものが見えてきた。

目をしばたたいた。室内の明かりを消し、計器盤をこまかく検討しながら眺めていった。計器盤のあたりは、やわらかい青ランプの明かりが照らしだしている。彼はゆっくりと目を上げて、ワイパーが動いている風防ガラスのほうを見た。たしかに目の前になにか白いものが見える。

彼ははやくも操縦桿のほうに足を動かし、手でウォーカーの肩にそっと触れようとした。だが、あれはきっと雲にちがいないと思った。身をかがめて双眼鏡をとり、もっとよく見極めようとした。まるで飛行機と競争するかのように、おなじ高さ、おなじ速度で、おなじ方向に翼をぱたぱた上げたり下げたりしながら、鳥が飛んでいくのが見えたと思った。

おそらくドナルドはおかしな恰好《かっこう》をしたにちがいないと思う。双眼鏡をおろし、ライトのスイッチを入れた。まるで幾百万個ものダイアモンドのように、きらきら光る水滴が自分のほうに向かって飛んでくるように思われて、彼はたじろいだ。このぶんでは、おそらく数秒間は闇のなかでなにも見えないだろう。前方へ身をのりだし、親指と人差し指のあいだにスイッチをつまんで数秒間待ち、それからライトをつけた。

幾百万もの水滴のなか、機のまっすぐ前方に、大きな白い鳥が見えた。

こんなことは考えられなかった。ぜったい、ありえないことだ！　彼は鳥類学者ではないが、たとえ大西洋上をこの高度で飛べる鳥があったとしても、これほどの速度で飛べる鳥がいるはずはない！　いずれにせよ、飛行機は鳥など殺してしまって、もっと近くで見る間もなく追い抜いてしまうだろう。

彼はさらに目を凝らした。どう見ても疑う余地はなかった。白い鳥が一羽、機のすぐ前をものすごい速さで飛んでいた。

「ウォーカー！」と、彼は操縦桿をつかみ、自動操縦装置を切り替えるスイッチに手をのせた。

「どうしたんです？」とびあがるようにして座りなおしたウォーカーが言って、パークソンの視線を追いながら、レシーバーを調節した。

「鳥だ！　見えるだろう！」

「どこに？　や、ほんとだ！」とウォーカーは、目の前に飛びつづける鳥を見て叫んだ。いっぽうパークソンは彫像のように身動きもせず、ゆっくり、だがしっかりと操縦桿を前に倒して、鳥のゆくえを追った。

「だいじょうぶか？」と、ウォーカーが叫んだ。

パークソンは操縦桿をとった手を激しく上にひいた。

「ドン、気でも狂ったのか？」

機体がはげしくいっぽうに傾き、同時に尾翼のあたりにはげしい衝撃を受けてぐらついた。おそらく尾翼はふっとんでしまったにちがいない。

　右のほうに曲がっていく機体の横揺れを抑えるために、パークソンは静かに操縦桿をひき、肘掛椅子のなかでじっくり腰をおちつけた。うしろのほうでは、いろんなものが砕け散っている。機関士は、計器盤に両手をついたかっこうで、心配そうに、奇跡的に助かった彼の愛機の四つのエンジンを眺めていた。

「受信をはじめますか、機長？」無線通信士がやっとのことで立ちあがって言った。

「ああ。だが、わたしが合図するまで信号は出さないように」

「承知しました、機長」

「ウォーカー。まだ飛んでいるぜ。ちょっと行ってみてくれないか。尾翼になにかぶつかったみたいだ。それからアンに不時着水のときの用意をするようにと言ってくれ」

　彼は光るパネルのボタンに手をおいた。

「煙草の火を消すように。安全ベルトをしめて」

「機長？」

「なんだ」パークソンはマイクにむかってぶっきらぼうに言った。

「いま西のほうを飛行中の輸送機から無線連絡を受信しました。それによりますと、いま定期航空路の旅客機に接触したが、急降下して正面衝突を避けたと言っています」

「向こうの損害は？」

「べつになにもないらしいです。向こうもおなじ質問をしてきました」

「おなじ答えをしてやってくれ。だが、向こうにはすこし速度を落として一、二回旋回するように言ってくれ。こっちもそれに合わせてやるから。こちらの高度は一万九千フィートだと知らせるのだ。向こうには五百フィート以上、上か下を飛んでもらうようにしてくれ。正規の航路ははずれてしまったんだから、もう元に戻すこともなかろう」

　一分後、〝ラッキー〟パークソンは輸送機のエンジンの青い火をみとめた。

「これで不時着水をしなけりゃならんということになっても、少なくとも、ひとりぼっちでないわけだな」

ウォーカーは指で下のほうを指して言った。

「とくにこれといった損害はありませんよ、ドン。アンもうまくみんなを落ち着かせています。例の老人に、どうしても受けとろうとしない救命具をむりやりに着せたら、ほかの連中もあきらめたようです」

「結構。それで度胸がつくだろう。怪我人はいなかったかね」

「アンだけでした。鼻にちょっと傷をうけた程度です」

「ウォーカー！　万事うまくいってるかい」パークソンがマイクにむかって叫んだ。

「万事好調です、機長」

「航空士、現在位置は？」

「シャノン西方七百マイルです」

「無線士、相手の機はだいじょうぶか」

「だいじょうぶだそうです」

「オーケー。そちらさえよければ、こちらは正規の航路をとると伝えてくれ。それから、シャノンに事故を報告して、うまくいけば一時間四十五分後に不時着するから、準備をしておくように言ってくれ」

乗客がアンの口から聞きだせたことはといえば、ただちょっとしたエア・ポケットにはいって、わずかの被害を受けたというぐらいのことだった。いえ、べつに山の頂に衝突したなどということはありませんわ。そう、ちょっと急降下しただけです。機の点検が終われば、まっすぐロンドンに向かって飛行をつづけます。まあ、運の悪いことといえば、すこしばかり時間が遅れるくらいです。いいえ、そんな、一時間なんて遅れはしませんよ。ええ、お食事はいますぐお出しいたします。

型どおりの報告が終わったあと、散り散りばらばらにならずに、乗務員たちは〝ラッキー〟パークソンを会社の事務所に連れていった。そこには二十人ばかりの者が機長の最終飛行を祝うシャンパンの罎をずらりとならべて待っていた。それはまた、こんどの事故を知っている少数の人びとにとっては、新たな彼の幸運の祝賀パーティでもあった。

「ねえ、ドン、どうしてあんなにうまいぐあいに急降下する気になったんです？」と、ウォーカー青年が尋ねた。「ほんの一秒ほど前に、ぼくを起こしてくれましたね。ぼくはてっきり鳥だとばかり思っていた……だとすれば、ふつうの人ならほかのやりかたをすると思うんだけど」

「いやあ……そりゃぼくだって、てっきり鳥だとばかり思っていたよ」

「ご冗談でしょう！　もっとほかの理由があるのでしょう」

「幸運だったんだな」微笑を浮かべながら、パークソンは言った。

　三時間後、小さなスポーツ・カーに乗った彼は、海辺の道路でクラクションを鳴らしていた。小さな息子と娘が別荘をとびだしてきて、格子のはまった門の大扉をあけ、車が台所のそばのガレージにはいると扉をしめた。

　お茶を飲み、子供たちが友だちのところに遊びに行ってしまうと、彼はお気に入りの肘掛椅子にどっかりと腰をおろし、パイプに火をつけた。はるかに見渡す海には陽光がさんさんと輝きわたり、かなたに白い波頭が砕けていた。煙草をふかしながら、彼は言った。

「ねえ、ペギー、ゆうべは海の上に不時着しなけりゃならなかったのさ。危ないところだった」

「まあ！　ドンったら！　いったいどうしたっていうの？　今朝、遅れたのは天気のせいだと思っていたけど。会社からの電話じゃ、そんな話だったわよ」

「そりゃ、よくわかってるよ。ただ、ほんとうは、輸送機と接触事故があったんだ。こちらの機にも被害がでたのさ」

「ほんとう？」

「ほんとうさ。もしぼくが急降下しなかったら正面衝突するところだった。あれ……あの鳥はいったいどこから現われたんだろう?」

「あら、これね、おかしいったらないの。二日ばかりいなくなっていたのよ。この一週間ばかり、毎晩ここに来るの。子供たちがなにか食べものをやっているわ。ブレンダン大佐の話じゃ、これ、アホウドリなんですって」

「アホウドリ?」

「ええ。子供たちはビルって名前つけてるのよ。あら、あなた、いやがるかしら。そんな名前つけちゃいけないって言っておいたほうがよかったわね」

「ばかなことを言うなよ、ペギー。そんなこと、気にしちゃいないよ」

　彼は肘掛椅子から身を起こすと、ゆっくりと大きな白い鳥のほうに寄って行った。鳥は頭をふってみせると、くるくるっと元気よく黄色い眼をウィンクして、大きく翼をばたつかせながら飛び去った。

考えるロボット

Robots Pensants

アレクシス・キャレルの思い出に。

真夜中に三メートルの塀をよじのぼることは、真っ昼間にひじょうな努力をして同じことをするよりも、ずっと心臓がどきどきするものだ。しかも、そのご当人の齢が三十代よりも四十代に近くて、塀の向こう側が墓地である場合には、心臓はそれこそ破裂せんばかりになる。

ルイス・アーメイは息を切らし恐怖におびえている自分がおかしかった。彼は一瞬ちゅうちょしてから、枯葉の山に似たものの上にやわらかい音をたてて飛び降りた。それはひんやりした土だった。もしあと三十センチほどわきにずれていたら、まだ掘ったばかりの墓穴に落ちていたにちがいない。ルイスは思わず身ぶるいした。

彼はいつでも短い鉄挺《かなてこ》とがんじょうなねじ回しを、脚にまきつけていた——これは落下傘部隊にいたときからの習慣だった——その上、レインコートのポケットには、ハンカチに包んだ鍵と懐中電灯とがある。コートの襟を立てると、彼は一九一四年から一八年にかけての戦死者の記念碑へ通じる並木道まで、二、三の墓石をまたいで用心しながら進んだ。その並木道へ出れば、あとは目をつぶっていても大丈夫なほど道にはくわしい——記念碑に沿って行き、二つ目の並木道を右へ折れ、五つ目の墓石に達すると、一列に並んだ地下埋葬所があるのだ。彼は大きな並木道の樹の下に達した。頭布をかぶった石像——その両脇には、毎年少しずつ緑《あお》くなっていくブロンズ製のフランス兵士たちをかかえている——が、彼方に赤く映えるパリの夜空を背景に、くっきりと浮かびあがって見えた。

ルイスはしばらく耳をすましていたが、それから急ぎ足でその記念碑のほうへ進んだ。記念碑を通りすぎたところで、なにかにつまずいた。恐ろしい音を立てて、古びたじょうろが私道の上をころがった。心臓を破鐘《われがね》のように激しく打たせながら、ルイス・アーメイは木陰にうずくまり、身動きしなかった。墓地の前には、家が数軒あった。が、暗闇のなかに沈んだままだった。転轍機《ポイント》の上を通る列車の遠い響きと国道を走る車の騒音をのぞけば、沈黙を破る音はなかった。しかし、彼はもうすこし待った。もし捕まれば、彼がパリのイギリス大使館員であることがわかってしまう。そうなれば、と彼は微笑しながら考えた。しばらくはオルセー河岸（パリ警視庁）は蜂の巣をつついたような騒ぎになるだろう。そしてまちがいなく、国土保安局の連中はパリ警視庁の指導の下に、貪婪《どんらん》なよろこびを抱いて行動するだろう。そうなった場合、上司のS・エクスセ大使は事を曲解するだろうし、ロンドンの外務省が大使以上に曲解するだろうことは疑いの余地がない。

やっと、ルイス・アーメイはふたたび歩きだすと、目当ての並木道に着いた。足音を忍ばせながら、彼は地下埋葬所を一つ一つ数え、四つ目の前で立ちどまった。ポケットから鍵をとりだして、ゴシック形式の小さな礼拝堂の、金属製のドアの鍵穴にさしこんだ。鍵は音も立てずにまわったが、これはペニーが前もって鍵穴に油を差しておいてくれたからにちがいない。しかし扉を押すと、不吉な音を立てて軋んだ。ルイスは喘ぎながら内部《なか》にはいった。扉は、ごくわずかずつ閉めたのだが、ふたたび軋んだ。彼はレインコートのボタンをはずし、セーターをたくしあげると、ペニーから渡された布切れをとりだした。手探りして、扉の両脇に、ペニーから話に聴いていた鉤《かぎ》を見つけだした。扉のガラス一面に注意深く布切れをひろげると、彼はその鉤を打ちこんだ。これで、懐中電灯の光をだれかに見られる危険がなくなったわけだ。それでも彼は懐中電灯をつける前に、その先にハンカチをまくという用心さえした。思ったとおり、すべての器《うつわ》はこの小さな礼拝堂から運び去られていて、小さな祭壇にはなにもなかった。祭壇の下の石に、名前と日付とが彫りつけてあった。こう読めた。

アントワーヌ・トールノン
　一八八七〜一九四六年
マリー＝ジャンヌ・トールノン
　（ファルベール生まれ）
　一八八八〜一九五三年
ロベール・トールノン
　一九二一〜一九六一年

右側に、かなりの空間――ロベールがあのばかげた自動車事故で死ななかったら、トールノン夫人になっていたはずであるペニーのための空間が残されていた。（かわいそうなロベール、きみがぼくを見ることができたら、こうしたことを滑稽だと思うだろう）と、ルイスは考えた。一隅に懐中電灯を置くと、レインコートを脱いで注意深くたたみ、つぎに靴の革ひもをゆるめ、道具を地下へ通じる入口をふさぐ平たい石のそばに静かに置いた。四つんばいになり、懐中電灯の光でこの平たい石を調べた。（ありがたい。この石はまわりをセメントで固められていない）と、彼はつぶやいた。

鉄挺《かなてこ》で、石をたやすく動かすことができた。すばやく彼は指をすべりこませ、すこしずつ持ちあげると、わきにどけた。ついに懐中電灯が地下埋葬所の内部を照らしたが……狭い船室にある小寝台に似た四つの小部屋が、両側に二つずつある。四つのうちの三つにはすでに棺がはいっていて、いちばん新しい棺は左側の下にあるのがすぐ見てとれる。正面の、空いているやつは、ペニーのためにとっておかれるはずだったのかな――と、彼はつぶやいた。地下埋葬所は非常に乾燥しているようだった。彼はおそるおそる匂いを嗅いでみた。が、なにもない、清潔な地下室の、冷たい、湿っぽい匂いしか感じなかった。

小部屋のはしに腰を下ろしたとき、懐中電灯の光でなにかが光った。鍵か――と彼は思った。が、それは鍵ではなく、ところどころ錆びている大きなビスだった。身をかがめて、ロベールの棺を照らすと、最初に、ビスの抜けたあとの穴が見えた。恐ろしげに、ルイスは棺の蓋に手をふれたが、蓋はなんの苦もなく動いた。しばらくためらったあとで、懐中電灯で照らしながら、蓋をはずした。わが身を守ろうとして、長い脚の上で身体をこわばらせている毛深い、盲目の黒い大蜘蛛《ぐも》をのぞけば、サテンの敷かれた棺のなかは空《から》だった。

ルイスは不快感で身ぶるいしながら蓋をもどすと、礼拝堂へもどった。間に合わせの窓掛けを引き裂くと、彼はそれで道具を包んで、地下の埋葬所のなかに投げこみ、大きな石を元どおりにもどした。

十分後、イギリス製の小型のスポーツ・カーが、墓地のそばを大通りのほうへ飛ばし、パリへ向かっていた。フランス当局へこのことを知らせなければならないのだろうが、ペニーとの話し合いが先決だ――とルイスはキャベツを積んだ大型トラックを避けるため、ハンドルを切りながら考えた。ペニーは彼にすべてを、絶対にすべてを話さねばならない。たぶん彼女の話は、彼が思っているほどファンタスティックなものではないのだろう。しかし、とにかく彼女は知っているすべてを――たんに彼女の想像したものではないものを――彼に語らねばならない。ペニーは、彼が空の棺を見出すことを知らないはずはなかったのだ。そう思うと、彼は腹が立った。

翌朝、ルイスは、フランス人のメイドのアメリイが朝食を持ってはいってきたので、ベッドのなかで振り返ったが、背中と肩が疲労でぎしぎし痛んだ。あと六時間眠ればぐあいもよくなるだろうと考えながら、彼はうめいた。

「旦那さまはご自分の服をごらんになりましたか?」

ベッドのそばに盆を置いて、アメリイがたずねた。そして、靴下を一足ひろいあげると、明らかな不満のしるしとして、それを指の先にぶらさげた。

「いや……ぼくは寝てからまだ……」ルイスはあくび

をしながら言った。

「あの服は、きのう洗濯屋からもどってきたものですよ！　旦那さま、これからすぐに体操をしてくださいよ」

「かんべんしてくれ！」

「それにレインコート！　ポケットを見ましたか？　ずたずたですよ！」

「そいつは困ったな、アメリイ！　その裂けたポケットにタバコはなかった？　タバコを喫《す》えば気分がよくなるような気がする」

　アメリイは年齢《とし》のわからない人間のひとりだった。濃い眉毛に、退役大佐のような口ひげがすこしはえ、髪の毛はほとんどなかった。ルイスから〝女独裁者〟と呼ばれるようになるまで、アメリイはずいぶん長い間、ある司祭のメイドをしていたようだ。その司祭は老齢と、アメリイのすばらしい料理が原因で死んでしまった。

　ルイスはブラック・コーヒーをそそぎ、ひといきに飲んだ。そして、老メイドがマッチ箱といっしょに盆にのせて持ってきたタバコの一本に火をつけた。彼はながながと寝そべると、考えにふけろうとした。

　ロベールが数カ月前に死ななかったら、ペニー・スペンサーはいまではトールノン夫人になっていたはずだ。もちろん、ロベールが彼の最良の友達でなかったら、ペニーは、あるいはアーメイ夫人になっていたかもしれない。いずれにしろ、ペニーのための競争ではおたがいに相手を追い抜くことには成功しなかったのだ。大使館のガーデン・パーティでペニーに出会ったとき、ルイスはロベールといっしょだった。彼女はアメリカの外交官の娘だった。すらすらフランス語を話したが、意外なほど辛辣なことを言うし、なによりもアルザス地方のアクセントを楽しんでいた。

　いままで出会ったアメリカ人と彼女が違うところは、男たちが彼女のためにドアを開けたり、椅子をすすめたり、またはチーク・ダンスに誘ったりするのを予期しているようなところが見えなかったことだ。彼女の美しさは抜群で、その相手に伝わりやすい笑い声は、子供がよろこぶときのような純粋なみずみずしさがあった。彼女は二人の男に友情を抱いていたが、ルイスはロベールが自分と同じように彼女を恋しているのを発見したとき、イギリスへ休暇を過ごしにいく決心をした。そして、ロベールといっしょにサン・トロペに行くのを断わったのだが、それからまもなく、ロベールとペニーはサン・トロペで婚約を発表した。

ロベールの死は彼女に手ひどい打撃をあたえた。だが、彼女は気味の悪い話を考えだすような娘ではなかった。一週間になるかならないうちに、彼女から、はっきりとした証拠はないが、ロベールは死んでいないと打ち明けられたとき、ルイスは驚いて飛びあがり、咳込み、どもりながら言った。

「ねえ、ペニー！　きみはそんなこと、信じてはいないんだろ……」

「わかってるわ、ルイス、わたしとあなたは事故のあと、病院であのひとを見ているし、埋葬にもいきましたから。でも……事故などなかったのだわ」

「しかし、ペニー……」

「あのひとの死体を見ました？　わたしも見ていません……わたしにはわかってます、あのひとがまだ生きていることが。あなたにその理由《わけ》を言うことはできないけど、でも、これはまちがいのないことだわ」

「証拠はあるのかい？」

彼女がこの質問を予期していたことは明らかだ。彼女は、ロベールの棺のなかに別の死体があれば、それがなによりの証拠だといったが、それでルイスはそのあと自分がなにをなすべきかを知ったのだった。しかも、彼女は理由《わけ》は明かさなかったが、すべてを確信しているようすだったので、ルイスの自信もぐらつきだした。で、もし彼女が正しかったら？　とにかく、ペニーの哀願するような眼、金色がかった褐色の瞳は、あらゆる男に一週間のあいだ、毎日、たとえ日曜でさえも、どんな塀をも乗り越えさせるほどのものだった。

毎朝ベッドのなかで使う電気カミソリのコードをは

ずすと――アメリイによれば、悪い習慣であるが――彼は浴室にはいり、冷たい水の栓をひらいた。アメリイこと〝女独裁者〟によれば、これまた非常に悪い習慣であった。つまり、入浴するということは、彼女には多量の熱湯を使うという意味なのだ。ルイスの前住者はさぞかし毎朝、熱湯に浸されたロブスターのように真っ赤にさせられていたことだろう。もっとも、その男がルイスのように冷水が好きだったなら話は別だが。

ルイスはペニーの電話番号をまわすまえに、腕時計のねじを巻いて手首にはめた。九時だった。

「もしもし？　ペニー？　起こしちゃったかな？　もう起きていたの！　ぼくと食事できるかな？」

「だめだわ。困ったわね、ルイス。なにかお話があるの？」

「たいしたことではないが……昨夜、ぼくは例のいやらしい仕事をした、そして……」

「え！　ルイス！　それで……なにか起こったの？」

「べつに。あそこでぼくがなにを見つけるか、きみはすでに知っていたんだろ。つまりなにもはいっていないことをね」

電話線の向こうから、息を押し殺したような叫びが聞こえた。彼はつづけた。

「ペニー、そこにいる？」

「ええ、ルイス」

「よし、きみに会ってそのことについて話したい。電話でこうした話をするわけにはいかないからね」

「だめなの、ルイス。わたし、これからパパとママと〈シャープ〉でお食事するの。だから、そのあとでならいいわ。車はある？」

「あるよ。なぜ？」

「それからあとの時間はずっと自由にできる？」

「できるがね。なぜだい？」

「あなたはこれまでいろいろ説明を求めたわね、そうじゃない？」

「当然だよ」

「で、あなたが暇なら、例の証拠を見せにいこうと思ったの」

「どこへ？」

「ルーアン」

「なんだ、ザンジバルじゃないのかい？　よし、二時半までに〈シャープ〉の大きいほうの入口に行く」

「なぜルーアンなんだね？」数時間後ルイスは、〈シャープ〉の入口から急いで出てきたペニーを乗せて車を走らせながら、たずねた。

「ルイス、あなたが見つけたものを言って」

「ぜんぜんなにも。そのことはすでに言ったろう」

「あなたの言う意味は……あの棺のなかが空《から》だったということ？」

「そのとおりだ、ペニー。空だった。いまきみは、きみの知っていることを、きみが知っているすべてをぼくに説明してくれるね？　それと、ぼくたちがなぜルーアンに行くのかも」

「こんな荒唐無稽な想像をしたことを、わたしは一時恐れさえしました。でも、いまでは自分が正しいことがわかっているの。ルーアンに着くまで、あとどのぐらい時間がかかる？」

「二時間、それほど急ぐのでなければね。で、最初から話してくれるね？」ルイスは二、三台の小型トラックを追い越すため、黄色い線上を走りながらたずねた。

「ルイス、あなた、ロベールと一度もチェスをやったことはなかった？」

それには答えず、ルイスはブレーキをかけると、道路の舗装してない縁に車を寄せ、エンジンを切ると、タバコに火をつけた。

「いいかね、ペニー。ぼくはきみに深い友情を抱いている……きみのためなら、どんなことでもする。そのことはすでにきみも知っているはずだ。しかし、万一きみの話が真面目なものでなかったら、ぼくはここから車を動かさない」

「タバコをくださる？」ペニーは小さな声で哀願した。

　そして、ルイスが火をさしだすと、彼女の目撃した、チェスをするロボットと、そのロボットが彼女の婚約者であることに間違いないということを、彼女は静かな声で話した。

「ペニー、きみ、真面目なのかい？」とルイスは尋ねた。が、彼女が冗談を言っているのではないことは明らかだった。「きみがぼくにあの地下埋葬所を開けさせたのは、きみにロベールを思い出させるロボットを目撃したからか？……」

「棺のなかにあのひとはいなかったんでしょう？」と彼女はじっと苦痛をこらえて言った。

「なあ、きみの知っているすべてをぼくに話してくれないか。きみがいま語ったのはまるで子供だましの話だ……ペニー、きみはぼくを信頼しているのか、いないのか？　本当のところは、どんな話なんだい？」

「ほかの話なんかないわ、ルイス。誓うわ」

「ペニー、道理をわきまえたまえ。ロベールがこんな気味の悪い冗談をやるなどと、きみは思ってるのか？とんでもないよ。それに、棺が空であったという事実は、これらの馬鹿げた話とは関係がない！　なぜきみは、真実を話すのをいやがるんだ」

「ルイス、お願いだから、わたしを信じて」とペニーは突然、眼から涙を溢れさせた。

「でもね、ペニー……とにかく、これからルーアンではなにがあるんだい」

「今夜、ルーアンでロボットの実演があるの。それで、ロベールもそこに現われるだろうと」

「わかった、きみの好きなようにすればいい」ルイスはアクセルを踏んだ。

　ペニーは膝に手を置き、眼を道路にじっと注いだままだった。ルイスはスピードを上げて巧みに運転していった。彼は、ルーアンまで一直線のパントワーズの丘の頂上まで口をきかなかったが、ようやく、ただこう言った。

「チェスをやるロボットについて、きみの知っているすべてを話してくれるかい」

「わたしはそれを、あるレセプションではじめて見たの」

「だれのレセプション？」

「デロンベル公爵夫人の、すごく洒落《しゃれ》たレセプションのときよ。これはチェスをやるロボットだと紹介され、それを紹介した人はサン・ジェルマン伯爵と名乗っていたわ」

「ペニー！　サン・ジェルマン伯爵だって！　それは身分のいやしいいかさま師の名前だぜ……」

「ロボットはカリオストロという名前で、話によると、数世紀のあいだ生きていたんだそうなの。でも、わたしにはそれがロボットだとは思えないの。ロベールが時々、ある役割を演じているにちがいないんだわ」

「ふうん。それでロボットはロベールに似ているのか」

「ちがうわ。それは背の小さな男の外観で、東洋の王子さまのような衣裳を着ていて、大きな長方形の箱の上にあぐらをかいているのよ」

「しかし、それはヴァン・ケンプリンのロボット――エドガー・アラン・ポオが書いている、火事で破壊されてしまったロボットにまったくよく似ているね。ポオはそれがチェスをするのを目撃して、内部に人間がいることを合理的に推論したんだ」

「ええ、わたしも、それは読んだわ。そのロボットは世界じゅうをまわったのよね」

「で、きみはロベールが、現代のそのロボットのなかに隠れていると疑っているんだね」

「そうよ」

「でも、そのロボットがロベールだときみに思わせたそもそもの理由は何なんだ」

「ロボットのチェスのやりかたよ」

「きみはロベールとチェスをやったことがあるのか」

「いいえ、わたしはできないわ。だけど、あのひとはしょっちゅうパパと勝負してたの。わたしは二人を眺めていたわ。それでその……そのロボットはロベールそっくりに駒をあつかうのよ。あのひとはチェス盤の駒をとりあげると、それを置く前に指でひねくりまわしたの。それがパパをとても怒らせたわ」

「それがあまりほめられない奇癖であることは知ってるね？　それに、この奇癖がチェスのプレイヤーのあいだで流行したことも？」

「パパは、世間からチェスの名手だと言われ、また実際それだけの腕前の持ち主なんだけど、そのロボットと試合をしたの。で、パパも奇妙だと言ってるわ。というのは、ロボットがその奇癖と、ロベール独自の高度な試合展開をしめしたからなの」

「そうしたクラシックな試合の展開法を知っているプレイヤーは大勢いるよ。ほかに何か？」

「な……なにも」

「きみにはそれだけで充分なのかい」

「いいえ」

「じゃ、まだほかに何かあるのかい」

「わからないわ。ルイス、説明したくても、説明できないのよ。でも、わたし、チェスを演《や》っているのはロベール自身、正真正銘の彼にちがいないという気がするの。あなたが墓地へ行ってからは、ますますそれを確信しているの。ロボットを見て、ロボットとひと勝負してみれば、きっとわたしの言う意味がわかると思うわ」

「ぼくはロボットと勝負するつもりはぜんぜんない。昔はこれでも、ぼくは中級ぐらいの腕前はあったんだがね。ロベールにチェスができるとはぜんぜん知らなかった。それはそうと、ロボットはいつでも勝つのか」

「そうよ。パパともう一人のひとには。でも、デュポンなんとかいう、若いひとには負けたわね」

「デュポン・ティラックのことだったら、彼は現在のフランスのチャンピオンだ」

今夜ロボットが現われるはずのカフェを見つけるのにしばらく時間がかかった。そうです、ここにちがいありませんよ、とその店の主人は答えた。それは、カフェの二階の部屋、地方のチェス・サークルの週ごとの集会部屋のなかでおこなわれるはずだった。だめです、気の毒ですが、ドアには鍵がかかっているんです。それに、夜の九時のショーがはじまる前には、ロボットを見せるわけにはいかないんです。

ルイスとペニーには時間のたつのがもどかしかった。二人は入口の前をあてもなくぶらぶらし、しまいにはマルシェ広場近くの古くさい田舎風レストランで食事をした。

二人はカフェにもどった。それでもまだ早かった。

「ロボットが演《や》るのを何度見たの?」とルイスが訊いた。

「二度だけよ」

「ロボット使いはきみのことを知っているのかい。彼はきみを見覚えていると思う?」

「さあ、どうかしら。覚えているかもしれないわ。ねえ、ほら、あそこに彼が!」

赤いサテンの裏地をつけた、ゆったりしたマントに身をつつんだ、背の低い、ずんぐりした男が、カフェをよこぎり、裏階段をのぼっていった。

五分後、男はふたたび階段のところに現われて、店の主人と二言、三言、言葉を交わすと、用意ができたと丁寧にあいさつした。待っていた人々は立ち上がって階段をのぼった。ルイスとペニーも人々のあとについて、長方形の部屋の入口に置かれたテーブルの上に少額の入場料を支払った。部屋のなかは、ロボットの前に椅子が並べられているだけだった。

三、四十人の人たちが椅子につき、それ以上人が来ないことがはっきりすると、あいかわらず赤い裏地のマントをはおった背の低いロボット使いは、ロボットのそばにすすみ出て、自分でつけたばかりのスポットライトを浴びた。

「さて、みなさま」と小男はあいさつした。「なによりもまず、みなさまにこのロボットを紹介いたしましょう。みなさまの大半はチェスがお好きだと思います。ところで、このなかにはきっと有名なチェスの競技者、ヴァン・ケンプリンの物語を読んだ人がおられるでしょう。ご承知だと思いますが、実際には機械のなかにチェスの名手が隠れていたのです。見たとおり、そのロボットとわたしのロボットとはそっくり同じですが、わたしのは正真正銘、本物のロボットです。一世紀前にはまったく不可能であったことが、科学の驚異的な進歩のおかげで、今日《こんにち》では可能になったのです。わたしのロボットがどのようにして動くのか、わたしには説明できかねますが、この内部に人がいないことは証明できます。みなさまのすべてに機械の内部をお見せできるばかりか、どなたか有志の方お二人にそばまで来ていただいて、鏡やなんらかのトリックがないことを確かめていただきます」

ためらうことなくルイスは立ち上がって進みでた。他の客はじろじろと彼を眺め、彼がさくらじゃないかとささやきあった。小男はふたたび言った。

「もう一人、どなたかおられませんか！」

若い男がゆっくりと進みでた。ロボット使いは、ロボットの下の箱に車輪がついていることを一同に見せた。彼は箱をまわし、箱が床に接していないことを証明するため、箱の位置を動かした。それが済むと、箱の四面についているドアをあけはじめた。

「みなさま」と、彼は説明した。「これらのドアをあけると同時に、わたしはロボットの胸部や背中に通じているドアもあけます。こうすれば、胴のなかに隠れた男なり、小人なりが胴をあけたときに箱のほうにすべり込むということが、まったく不可能になります――ポオの有名なロボットの場合はそれをやったのですが、ほら、ごらんなさい、すべてが開かれています。機械の装置がありますね。これは秘密の装置です。しかし、わたしの手がこれらの装置のあいだを通るのを見てください。それに、みなさまが錯覚を起こしているのではないことを証明するため、どなたかお一人に、この棒で内部を、どこでも結構ですからそっと押してみていただきたいのです」

ルイスは差しだされた棒をつかむと、箱のなかやロボットの――ロボットは大きなチェス盤の前に坐っている――あらゆる部分をそっと押してみた。ルイスは、ラジオやテレビの部品に似た、真空管や電線やコンデンサーを目撃した。また、電気部品や心棒や車輪、バネ、鉄挺《かなてこ》、小型の歯車、小さな鎖、ケーブルなどがたくさんあり、さらに緑色の液体でいっぱいになったガラスの管が数個あった。

「みなさん、いまではみなさんもロボットのなかに人がいないことを納得されましたので、ロボットのドアや入口を閉じる前に、機械を動かして実際にロボットを歩かせてみたいと思います」と、伯爵は説明した。彼はふつうのプラグのなかに入れたコードをひっぱり、箱のわきにあるボタンに手をふれた。と、電気モーターのぶんぶんという唸りとともに、車輪がまわりはじめ、小さなランプが明滅し、ガラスの管のなかに吸いあげられた液体が泡立ちはじめた。

　ルイスは管や車輪や光が単純なこけおどしであることを見てとると、席にもどって腰をおろした。しかし、ロボットのなかにも下の箱にも人がいないことは確かだった。

　ロボットのすべてのドアが閉じられると、伯爵はロボットの対戦相手が決まったかどうかを尋ねた。と、あごひげをはやした小男が、微笑みながらおずおずと立ち上がった。伯爵は高価なスタントンの駒の箱をあけ、いっぽうの手で白のポーンをとり、もういっぽうで黒のポーンをとると、しばらく両手を背中にまわし、それから拳を固めて前につきだした。

「この種のものとしては、いままでとは違っているな」と、ルイスは興奮してロボットを探っているペニーの耳にささやいた。ヴァン・ケンプリンのロボットはいつでも白で勝負したのである。

　その地方クラブの競技者は白のポーンをひき、ロボットと向かい合った箱のはしに坐らされた。彼は自分の駒を準備しはじめ、ロボット使いのほうはロボットの駒をならべた。

「規則どおりに演《や》らなければならないことを忘れないでください」と、伯爵は注意した。「いったん駒に手をふれれば、それを動かさなければならないし、置かれた駒はすべて動かさなければなりません」

伯爵はべつのボタンを押した。と、いままでよりも鋭い調子で機械がぶんぶんうなりだした。彼はつけくわえた。

「どうぞ、白からはじめてください。いつでも結構です」

地方クラブの競技者はクイーンの前のポーンをそっと取ると、盤の目を二つすすめた。と、間髪をおかず、ロボットの手はチェス盤の右側にあがり、高くなると、ふたたび中央におりてきて、黒のクイーンの前のポーンを動かした。が、ロボットの腕がチェス盤の右側にもどっていくと、突然まぶたがゆっくりと持ちあがり、一、二秒のあいだ、眼が強烈に赤く輝いた。

まぶたがふたたびさがったとき、一座の人々はみな神経質に笑いだした。

「いつでも、ああなのか」

「ええ」とペニーはささやいた。「最初のうちはまったく機械的にやるのよ。ロボットが人間のように……ロベールのように駒を動かしはじめるのは、もうすこしあとなのよ」

「いずれわかるさ。いまのところ、ぼくに断言できることは、少なくとも一つだ。あの箱のなかに人はいない」

ロボットはすばやく駒を動かしていく。その腕の動きは、ルイスには、まったく機械によるものであるように思えた。またロボットが、相手よりずっとうまく駒を動かしていることも明白だった。相手は神経質になるあまり、つまらない失敗をやった。一座の人々はほとんどがチェスに詳しいので、それに気づき、まるでロボットに聞かれるのを恐れるかのように、小声でささやきあった。ルイスが身ぶるいしたのはそのときだった。一、二秒の間、ロボットは生身のチェス競技者がこうした場合に振舞うであろうごとくに振舞ったのである。ロボットは駒を動かすまえに、ちゅうちょし、敵の捨て駒でないか、なんらかの罠でないのかと思いめぐらしているようなようすをした。最後にロボットの節のある手は、ポーンをつかむと、持ちあげ、親指と人差し指で軽くひねりまわしはじめた。まるで、ポーンで白のルークを奪《と》るのをちゅうちょしているかのように。

「あれよ！　見た？」とペニーは友達の腕をにぎりしめながらささやいたが、その間に、ロボット使いは白のルークを注意ぶかく拾うと、チェス盤のそばに置いた。

「うん、あれはロボットじゃないな。だれかが遠くから操っているんだ」と、ルイスはつぶやいた。

「そうよ！　ルイス、それがロベールなのよ、まちがいないわ。わたし、あのひとがちょくちょくああいうふうにやるのを見たの！　さあ、わたしたちはあれがロボットでないことがわかったからには……」

「しっ！」ルイスは彼女の手をとりながらささやいた。「ロボットを操っているやつは、遠くからそれをやっているんだ。あの内部に人がいないのは確かだよ」

「ルイス、だれかが内部にいるのよ！　ロベールが内部にいるのよ……わたし……感じでわかるの。ねえ、もう一度、よく見て」と、ペニーはまわりの人々がふり返るほど息せき切った声で言った。

「いっしょに来てくれ、考えがあるんだ」小男のロボット使いの注意を惹かないよう苦労しながら、ルイスが言った。

階下《した》のカフェで、彼はペニーをすわらせると、コニャックを二杯注文した。

「よく聴くんだ、ペニー、確かなことが一つある。ロボットのなかには誰もいない。それに、あれが本物のロボットじゃないことはわかっている。したがって、あのロボットを操っているのがサン・ジェルマン伯爵でなければ、まちがいなく、ほかの誰か、部屋のなかにいる誰かがやっているんだ」

「と言うと？」

「たぶん……ちょっと待ってくれ、考えがあるんだ」

ルイスはまた階段をのぼり、ロボットが勝負しているらしい部屋のドアの前を気づかれずに通ると、もう一階のぼり、三つのドアの前に立った。一瞬ためらい、肩をすくめてみせてから、彼は最初のドアをあけた。電燈のスイッチをひねると、まったくありきたりの部屋——おそらくこの店の主人の部屋——だった。彼は電気を消し、ドアを静かに閉めると、つぎのドアをあけた。そこは、事務机に椅子が二脚、それに隅に一ダースの空壜が積みあげられているだけの部屋だった。三つ目のドアは汚らしい、小さな浴室のドアだった。

「どこに行ってたの？」と彼がもどると、ペニーが尋ねた。

「家を探ってきたんだ」

「なにかわかった？」

「いや」ルイスは答えると、ウエイターに千フラン紙幣をさしだし、釣りはとっておくように言った。

「勘定は百四十八フランでございますが」

「いいんだよ。ところで、きみに訊きたいことがあるんだ。あのロボットのことだが……」

「残念ですが、お客さま、わたしにはロボットがどうして歩くのかさっぱりわかりません」

「ぼくが知りたいのはそんなことじゃないんだ。あの小男はたった一人でここへ来るのかね？」

「たった一人で？　ええ、そうだと思いますが」

「たしかかね？」

「今朝、あの方が階上《うえ》の部屋にロボットを据えつけるところを見ました。わたしたちは、箱とロボットを運ぶのを手伝ったのです」

「ロボットを据えつけるのに、長い時間かかったかね」

「いいえ。ロボットが歩くのを確かめるためコードをプラグにさしこんだだけで、あの方は食事に出かけてしまいました。そして、そのまま夕方までもどりませんでした」

「それで、一人で帰ってきたのか」

「そうです」

「まさかきみは、彼が泊まっている場所を知らないだろうね」

「知りません。ただわたしは、あの方が今夜の催しのあとで車で出発すると言っているのを耳にしましたが、どこへ行くのかはわかりません」

「そうか、どうもありがとう」

「どお、ルイス。わたしが正しいのよ。ロベールはあの恐ろしい機械のなかにいるんだわ。警察に知らせに行くのよ」と、ペニーが哀願するような声で言った。

「たしかにロベールか、ほかの人間がいる。だが、それは機械のなかではない。警察に知らせにいくなんて、まったく狂気の沙汰だよ。ぼくたちにはもっとほかにやることがあるんだ」

「なに？」

「そとで待ち伏せて、あの男が出発するときに何が起きるかを見まもるんだ」と言って、ルイスは立ち上がった。

外は雨が降っていた。が、駐車場は遠くはなかった。ルイスは、ペニーがボディの低い小型のスポーツ・カーに乗るのを手伝うと、椅子の下から旅行用の格子縞の毛布をとりだし、膝の上にかけるようペニーに言った。

「寒くて、じめじめしている。しばらくは待たされるだろうからね」

ルイスがカフェに面する細い通りの角に車を停めたとき、人々がぞろぞろと出入口から出てきはじめていた。

「ここからならよく見える」と、ルイスはテール・ランプの明かりを消しながら言った。「それはそうと、きみは今夜ここでロボットの実演があるのをどうして知ったんだい」

「わたし、あのロボット使いの友達をひとり知っていて、そのひとが教えてくれたの」

「そうか。ほらごらん、あの小男が歩いて出てきたよ。ペニー、きみはここにいてくれ。ぼくは彼の行き先が知りたいのだ」

ルイスはすべるように車の外へ出た。街角まで速い足どりで歩いたが、伯爵の姿はそこで見えなくなってしまった。しばらくすると伯爵はふたたび姿を現わした……彼は駐車場へ行き、小型トラックを運転して出てきた。

「動いちゃいけない。ぼくはあのトラックのなかをちょっと見たいんだ」とルイスは言った。

小型トラックは二人のそばを通り、半回転すると、カフェの前でとまった。小男がカフェのなかに入っていくや、ルイスは通りをよこぎり、小型トラックのうしろの扉をあけた。なかにはなにもなかった。

「なにがあると思ったの？」ペニーは、ルイスがふたたびわきにすわると、タバコの火をつけながら言った。

「ロベールじゃない。電波送信器ぐらいはあるんじゃないかと思ったんだ」

ウエイターと伯爵とが姿を現わした。二人は箱を運んでいた。が、箱の上にはすでにロボットはなかった。かれらは箱を小型トラックのなかにいとも簡単にすべりこませた。伯爵は扉をあけっぱなしにして、走って店内にもどると、こんどはロボットをもって現われ、箱のわきに置いた。トラックの扉を閉めると、ウエイターにチップをやり、座席にすわって運転をはじめた。

ルイスはタバコを投げすてると、エンジンをかけ、小型トラックのあとを追った。

「これからどうするの？」と、ペニー。

「相棒がどこかにいたはずだ。あの小男がそいつを途中で車に拾うチャンスはたぶんにある」

「あなたのまちがいだったら？」

「それでも、やつがロボットを置く場所はわかる」

「あの男はロボットを一ダースも持っているのよ。アンジアンにある家は、それこそロボットだらけ。家は湖の近くだわ」

「ペニー、なぜきみはぼくに……どんな類《たぐい》のロボットがあるの？」

「あらゆる種類のがあるわ。歌をうたう鳥、だれかがドアのベルを鳴らすと吠える犬、笛を吹く子供、鼓手、そのほか何でも」

「どうしてきみはサン・ジェルマン伯爵のことを知っているんだ?」

「ロベールがあの男を知っていたの。チェスのサークルででも知り合ったんでしょ」

「で、やつはそのときすでにチェスを演《や》るロボットを持っていたのか」

「そのときって、ロベールがいなくなるまえ? さあ、どうかしらね。でも、ロベールがそのロボットの話をしてくれていたら、わたしはきっと驚いていたわ」

「ロベールでないとすると……いや、そんなことはない」と、ルイスはパリのほうへ町をよこぎっていくらしい小型トラックのテール・ランプにじっと視線を注ぎながら、ぶっきらぼうに言った。

ペニーを玄関先まで送り、ルイスがわが家にもどったときは、すでに朝の二時近かった。ロボット使いがルーアンでも、その周辺でも車を停めて、相棒を乗せなかったことがわかると、ルイスは気づかれないように小型トラックを追い越した。伯爵はルーアンに相棒を置いてきたのだろうか、それとも……とにかく、おかしな話だ、ロベール・トールノンのような輝かしい将来を約束された若き弁護士が、自分を死んだとみせかけ、職業を放棄し、婚約者を、同僚を、友達をすてて、あんないやしいペテン師とぐるになるなんて!

ルイスは柵のそばの古くさい鐘の鎖をひっぱった。と、犬小屋のなかで犬が猛烈に吠えだした。サン・ジェルマン伯爵と名乗る男は、夢中で手入れをしていたバラから眼をあげ、犬を黙らせに犬小屋まで行くと、やっと柵のところに来た。

「こんにちは……あなたは……あなたはわたしがわかりますか」とルイスは、庭師のかぶる縁の広い帽子の下に見え隠れしている、なかば閉じられた眼から仔細に観察されているのを感じながら言った。

「ええ。あなたは先日ルーアンにいましたね。あなたですね、わたしを追跡したのは。覚えていますとも」

と男は、柵のドアをあけようともせず、道路のほうに視線を投げた。

「あなたに会いにきた用事というのは……」

「チェスを演《や》るロボットのことですね？　あなたがはじめてじゃありませんよ。だが、あれはだれにも売りませんし、製造方法も秘密になっています」

「わたしは買いにきたのじゃない。それに、その秘密とやらにも直接には関係がありませんよ」

　伯爵はもう一度ルイスを見つめると、いやいやながら柵をあけた。

「どうぞ。わたしの仕事のことで話したいなら、いつでも自由にアトリエにお迎えしますよ」と言うと、家の裏手にある建物までルイスを案内した。ここからは、アンジアン湖の向こう側のカジノの白い建物が見える。伯爵のアトリエは、ルイスがこれまで見たなかで最も奇妙なものだった。いっぽうの壁は大きな道具が一式立てかけられ、いたるところに肘掛椅子や長椅子があった。グランド・ピアノのうしろに坐っている若い女は、二人がはいっていったのに気づかなかった。

「失礼ですが、わたしたち二人だけで話したいのですが？」と、ルイスは頼んだ。

「わたしらだけですよ」と、伯爵は微笑しながら言った。

　伯爵はピアニストのところへ行くと、ジッパーをひきおろして、ルイスをびっくりさせた。下には、ただチェス・ロボットの身体のなかにあったのと同じ機械装置を隠した、金属の枠組みがあるだけだった。

「みごとですね、伯爵」と、ルイス。

「わたしの思うようにはまだ演奏してくれません。ですが、いずれそうなりますよ、きっとね」と、小男。

「しかしあなたの訪問の目的は、これではなかったですね？」

「ええ。ヴァン・ケンプリンのとあなたのロボットとの相違は、あなたのが中に人間を隠していないということです。しかし、ロボットのチェス・プレイヤーでは理解できないことがありますから、どこかに生きた競技者がいるはずです」

「なぜ、あのようなロボットが、あなたの表現によれば、理解できないことがあるのでしょうね、えーと、あなたは……」

「ルイス・アーメイです。ロボットは記憶——あなたはたぶん電子頭脳と呼ぶでしょう——のなかに前もって配置され、加えられた、ある数の可能性しか選びだすことができないのは、あなたもよくご存知ですね」

「そこまでは正しいですよ。どうぞ話をつづけてください」と、伯爵は麦わら帽を脱ぎながら言った。

「チェスを知っていれば、一人にしろ、大勢の人間がかかるにしろ、たとえ一生涯を捧げてもチェスの無限の組み合わせをロボットに植えつけることができないのを承知のはずです。万一、そのようなロボットがいつかできたにしても、それはロボット以外のもので、人間か人工頭脳とかいったものであることも、ロボット製作者のあなたは充分にご承知でしょう」

「としますと、それではわたしのチェス・ロボットは子供だましのもので、パートナーがどこかに隠れているということになりますね」と、伯爵は結論した。

「そうです。あなた自身がなんらかの手段によってロボットを動かしているのでなければ」

「アーメイさん、ただわたしに言えることは、わたしはロボットのすることには何ひとつ手を貸していないし、チェスだってわたしは全然演《や》れないし、ましてパートナーなど一人もいないということです。いんちきはありません。わたしがチェスを演《や》るロボットを創りだした——ただそれだけです」

「こう言っては失礼になるかもしれませんが、ほんとうの話にしては、あまりにも信じられませんね」

「そのとおりです。わたしはいまのその言葉を賛辞としてとりますよ」と、小男は一礼して言った。「だが、わたしはまだまだ優れたものを創りたい。あのピアニストをごらんなさい。あれはいまは歩かない。ですが、どんなピアノででも、いくつかの曲は普通に演奏しますよ。わたしはいまこのピアニストにかかりきりですが、いずれこれも、自分の前におかれた曲ならどんな曲でも演奏できるようにしますよ」

「そいつは素敵だ。理論的には、そうしたロボットは可能でしょう。ですが、大部分の人はそれよりもチェス・ロボットのほうをよろこぶでしょうね。くり返しますが、理論的にはロボットのピアニストは可能でしょう。しかし、チェス・ロボットは可能じゃない」

「今日《こんにち》ではそれが可能になった」

「あなたのいないところで、ロボットにチェスを演《や》らせることができるでしょうか？」

「もちろんですよ。が、わたしはあえてそんな危険はおかさない。だれもロボットの内部を見にいかないと約束するなら、してもいいがね。その場合、だれかがロボットとチェスを演《や》っている間、わたしはほかの部屋に行っていて、あなたがたにわたしがロボットを操っていないところをお見せしましょう」

「わたしたち、大使館にチェスのサークルがあるんですが」と名刺を差しだしながら、ルイスは言った。

「ご希望なら、ほしいだけの金額を用意しましょう。実演を見にくる人々のリストも出しましょう。で、どのくらいですか……すごく高いのですか？」

「十万では……？」

「結構です、伯爵。それはそうと、なぜヴァン・ケンプリンではなしに、サン・ジェルマンと名乗っているのです？」

「わたしの本名なのですよ、アーメイさん」

「そいつは……失礼しました」と、ルイスはいとまごいをしながら、真っ赤になった。

「わたしにも一つ質問があるんですがね、きみは何を見つけだしたいのです？」

「あなたのパートナーの名前」

「だが、わたしにはパートナーなどいやしないよ」

「あなたはそう言いますがね。ではさようなら、伯爵」

つづく二週間のあいだ、実演のために選ばれた日まで、ルイスはロベールのチェスの癖について可能なかぎりのあらゆる情報を懸命に集め歩いた。バスティーユのチェス・クラブで、彼はロベールがかつてパリのチャンピオンであったこと、国際タイトルをかけて、四回勝負したことがあるのを知った。ロベールを個人的に知っているクラブの幹部の連中と、彼は長いあいだ話をした。かれらはみな、ロベールがまちがえたり、困ったりすると、駒を置くまえに親指と人差し指で駒をひねくりまわす奇癖があったと断言した。彼は攻撃型のプレイヤーだと考えられていた。得意の序盤戦は、ジオッコ・ピアノで、そこからグレコに持ちこむ。

多くのプレイヤーはまた、彼がアレヒン・ディフェンスを嫌うことに気づいた。あえて定跡《じょうせき》をさけることで敗けてしまうことすらあった。

ロボットが完全に独立したものであることを証明するため、サン・ジェルマン伯爵は、ルイスがこの非公式の実演のために集めた友人たちに機械を紹介するとすぐ、隣りの部屋へはいっていった。チェスが大好きで、かなりの腕前の若い大使館付き海軍武官が、よろこんでロボットと闘うことを引き受けた。ルイスは、自分がもくろんでいることをこの若者に説明した。若者が白だったら、二手目にf3にポーンを進めてアレヒン・ディフェンスへ誘ってみようと、かれらの話はまとまった。もし若者が黒で、ロボットがe2‐e4にポーンを進めるなら、若者がアレヒン・ディフェンスを使う。実際にはそうなった。ルイスは、ロボットが黒のナイトを追ってキングの前のポーンを進めるかわりに、ゲームをすばやく、自信満々で展開しているのにびっくりさせられた。大使館付き海軍武官も上手にやっていたが、試合はながくは続かなかった。ルイスはためらわずにつぎの試合を買ってでた。

ロボットはふたたび一息に勝った。e2‐e4のポーンを使った。理解もしないでただそらんじているジオッコ・ピアノを使う多くのプレイヤー同様、ルイスはわざとグレコに持っていかれ、九手目のグレコの罠に落ちた。実際に迷っているかのように長い間ちゅうちょしたあとで、彼はルークを犠牲にした。すると、王手と最後の詰めまでの次の十手を、ロボットはいかにも機械的に演《や》ってみせた。

「ペニー、ぜんぜんだめだった。あのロボットはロベールの奇癖を一度もやらないよ。もっともロベールそっくりにチェスを演《や》るが」と、ルイスはコーヒーをいれているペニーを眺めながら言った。

「では、それがしばらくあなたに会えなかった理由なのね。電話もくれなかったわ」

「そうなんだ、ペニー。ぼくはアンジアンの伯爵に会いに行ったんだ」

「ええ、知ってるわ」

「どうして知ってるの？」

「あなたがあのひとを訪問した日、わたしもあそこに行っていたんですもの」と言って、ペニーは砂糖を差し出した。

「ぼくが着いたとき、彼は庭で働いていて、ほかの客はいなかったよ」と、不満げにルイス。

「ええ、そのとおりよ。わたしは家のなかであなたを見たの」

「で、きみはあそこでなにをしていたんだ？」

「ピアノを弾いていたわ。新しいピアニスト・ロボットの仕事にかかっているあの男のために、いろいろな曲を録音したの」

「そうだ、彼はぼくにそのロボットを見せた、しかし……」

「なんなの、ルイス？」と、ペニーは眼を上げて尋ねた。彼女は微笑んでいた。

「なんでもない……ゆっくり考えよう」

「わたしがどのようにしてあの家に入ったか、なぜ尋ねないの？」

「ごめんよ、ペニー。どうやって入ったんだい？　で、きみが彼をごまかした、きみのことに気づかなかったなどと思ってはいないだろうな」

「ルイス！」

「本当に彼が気づかなかったと思うのか」

「彼はぼくを一目見るなり、ぼくに気がついたんだぜ。
しかし、このことはあとまわしにしよう。新しいロボットの話だが、ぼくの見たことや、彼の言ったことが、きみが彼のためにやった録音とぜんぜん一致しないんだ。あのロボットは目の前におかれた曲ならどんなものでも演奏するようになるんだよ！　ペニー、きみはピアノの腕は相当なのか」

「パリのコンセルヴァトワールに二年いて、一等賞をとったわ」

「そうか！……ペニー、あの伯爵の家にはぼくの好かない、ぼくに理解できないなにかがあるよ。きみは彼とかかわらないほうがいいんじゃないかな。きみがだれか、彼は知ってるのかい」

「ええ。でも……ロベールとわたしのことはぜんぜん知らないわ……それに……わたしはいま、仕事であそこによく行くわ。それで、あちこちに眼をやり、ときどきはドアを開けてみるの」

「確かよ、まちがいないわ」

「なにか見つかった？」

「今までのところは、べつに。でも、あの男がロベールについてなにか知っているのなら、そのうちきっと見つけだすわ。このまえ、ロベールの名前を言ってみたの――わたしがロベールを漠然と知っていたように見せかけたり、ロベールが死んでいないとわざと言ってみたりして。でも、彼は平然としていたわ！」

「ペニー、ぼくにはきみのそうした行動が気に入らないね」

ルイスは警察に行く考えをもうとっくに放棄していた。警察に行ったにしても、嘲笑されるだけだろう。もし、彼の話をまじめにとったら、トールノン家の地下埋葬所を開けるだろうが、しかし、死体の消失を、だれもが見ることのできる小男のロボットと結びつけようなどとはしないはずだ。いまでは、彼はロベールが死んでいるにしろ、生きているにしろ、ロボットとなんらかの関係があることを納得していた。しかし、どんな関係か？　ロベールがまだ生きているなら、ロボットが動いているあいだ、彼がロボットと接触していることは絶対にまちがいない。無線によってか、そうでなければ、ロボットの胴体にテレビ・カメラが隠されているのではないか？　向こうのはしの中継点にいるだれかが、リモート・コントロール方式によってロボットを操っているのではないか。もしそういうものであるなら――信じられないほどの考えであるが――チェス盤の上にモールス信号によって伝えられる合図が、予想外の反応をひき起こすことだってあるだろう！

　ルイスはペニーの母親からの電話に驚かされなかったら、いつまでもこの白日夢想のなかに沈んでいただろう。

「アーメイさん、お邪魔してすみませんが、ペニーのことが心配なのです。わたしたちは昨夜からあの娘《こ》に会っていないんです。あなたとお茶を飲んだはずですわね。あの娘《こ》がどこへ行ったか知りませんか？」

「いや……ぼくはきのうペニーには会っていませんよ」

「なぜですの？　あの娘《こ》はそう言っていましたわ……それにしても……どこにいるんでしょう」

「あなたになにか言いませんでしたか？」

「あの娘《こ》が言ったのは……午後は毎日のようにあなたとお茶を飲んでいると。あの娘《こ》はあなたのことをとても尊敬しているらしいのです。あなたたちが友情を抱き合っていることもわかってます。あの娘《こ》が行きそうな場所に、まったく心当たりはありませんか？」

「ぼくがペニーとしょっちゅうお茶を飲んだのはほんとうです」と、ルイスは嘘をついた。「しかし……きのうは来ませんでした。友達の家に行っているんでしょう、きっと」

「でもどなたの？　あなたの知っている友達ですか？」母親が突然、疑い深そうな声を出して言った。

「ちがいます。でも、思い当たる友達を一人ひとり訪ねてみましょう……ぼくはペニーがもうすぐ帰ると思いますがね、スペンサーさん。とにかく、なにかわかりしだい、連絡します。おそらく友達の家に出かけて一日か、二日か過ごしているんだと思いますが」と、ルイスは窮余の一策として言った。

「そうかしら？　あの娘《こ》は以前に、黙ってニースのカーニバルに出かけたことがありましたが、そのとき二度とそういうことを起こさないように、父親にひどく説教されたのです。わたしのほうでも何かわかったら、すぐに連絡いたします」

「では、スペンサーさん。夕方までに電話します」

ルイスは受話器をかけ、コート掛けからコートをとりはずすと、帽子もかぶらずに外へ飛びだした。とみるまに、小型のスポーツ・カーがサン・トノレ街道を猛スピードですっ飛ばしていった。三十分そこそこで、ルイスは伯爵の別荘のまえで乾いたブレーキの音を立てていた。

何を言うかをあらかじめ考えようともせず、ルイスはベルを鳴らした。と、はじめのとき同様、犬が吠えだした。家の奥から出てきた使用人は、犬小屋のわきの何かにさわるため身をかがめた。それで、ルイスは、これが生きた犬でなく、ロボットであるのを悟った。

「残念ですが、伯爵さまはお留守です」

「え？　それじゃいつごろ帰ってくるかね」

「週末まではもどりません、お客さま」

「どこに行けば会えるのかね」

「伯爵さまはスイスです。ですが、住所を残していかれませんでした」

「ロボットのチェス・プレイヤーは持っていったかね」

「いいえ、旅行カバンだけです」

「では、チェス・ロボットはここにあるんだね？」

「ええ、ですが、伯爵さまの留守中はどなたにもお見せするわけにはまいりません」

「べつにロボットなど見たくはないんだ。ここへピアノを弾きにきた若い婦人が、きみのご主人と一緒にスイスに行ったかどうか知らないかね」

「ええ、お客さま。そのご婦人は……きのうも今日もみえません」

「そうか、ありがとう」と、ルイスは言って車に乗り、走り出した。

使用人が言ったことが真実であるかないかはあまり重要ではなかった。肝心なのは、別荘の地下室の窓のカーテンが動くのが見えたことである。そしてその少しあとで、二階の窓の下ろされた日除けがかすかに上がった。ペニーはあの日除けの背後にいるのだろうか、とルイスは自問した。

家に帰りついたとき、彼の心は決まっていた。

「ぼくは、今夜外出するから」と、彼は老メイドに言った。

彼の帰りが昼間の何時であれ、夜の何時であれ、アメリイは彼のようすを調べるため、いつでも待ちかまえていた。まるで彼がぐでんぐでんに酔っぱらってくるか、〝身持ちの悪い女〟——煙草を喫《す》ったり、帽子もかぶらずにやってくる女の訪問者を、彼女はすべてこう名づけていた——に伴われてくるかするのを予期しているかのように。

「でもね、もっと早く知らせてもらわないと。もうスープを作ってしまいました！」

「きみが食べてなさい。もっともあの運送屋を呼んで食べさせるのなら話はべつだが……」

「旦那さまったら！」と、驚き、ショックを受けたアメリイは言った。

「ごめん、許してくれるかい」

「ええ、いいですわ。旦那さま、もうひと浴びしたいんじゃないんですか」

「どうしてわかった、アメリイ？」

「それが旦那さまの癖なんですよ。そうやって、いつでもからだを濡らしてから外に出るのは、まったく不健康なんですよ」

「これはイギリス人の習性なのだ、アメリイ。いまさらどうにもできないのさ」と、ルイスは笑った。

彼はカフス・ボタンを見つけるために引出しのなか

を探した。

「よくわかっていますよ。旦那さまはアルコールをたくさん召しあがっては、しじゅう水をひっかぶっているんですからね」とアメリイは、浴室のほうへ足をひきずりながら言った。

アメリイが浴室の水を流しているあいだ、ルイスは友達に電話した。

「ベルティ、今夜、きみの車を貸してくれないか？」

「おまえのは故障か？」と、電話線の向こうで低い声が言った。

「そうじゃないんだ。ただ、あの車はぼくが今夜でかける場所では、ちょっと目立ちすぎるのさ」

「おい、話せよ、いったいまたなにをやらかそうというんだい」

「これはぼくだけの問題なんだ、ベルティ。で、車は？」

「いいよ。だが、おれも連れていくという条件つきでだ、ルイス。おれはいま手持ちぶさたなんだ。おまえのその遠乗りとやらはおもしろそうじゃないか」

「わかった、そうしよう」と、ルイスはしぶしぶ答えた。「タキシードを着て、用意ができしだい、ぼくのところへ来てくれ」

「ガソリンは満タンにするか？」

「そのほうがいい。それにピストルと、ゴム底の靴があったら、それも持ってきてくれ」

「コソ泥の履くやつだな？　それにしてはタキシードとはぜんぜん合わないぜ、おい。だが、おもしろくなりそうな匂いがするな」

「と思うよ。じゃあとで……」ルイスは受話器をかけた。

いずれにしろ、ベルティは忠実な友達で、どんな情況のなかでもいたって冷静で、必要とあらば、その弱々しそうな手をかなり巧みに使うことができる。

「明日まで賭博でもやるのかい？」と、ベルティはアンジアンのカジノ——モンテ・カルロのような評判はないが、パリのすぐ近くにあって、時々莫大な賭けをやるカジノ――の前で車を停めたとき、そうたずねた。

「いや、いまのぼくには、とてもそんな余裕なんかないよ」と、ルイスは笑った。「でも、夕食ぐらいは御馳走してあげられるがね。ここのレストランはかなりうまいという評判だ」

湖を見渡すテラスでとった食事はすばらしかった。古い散歩道に沿って立てられた花飾りのついた電燈の光を映しだしている、黒いビロードのような湖水は、見るものに心地よい眺めを提供していた。

「それはそうと、おまえのそのお祭り騒ぎとやらは、いつからはじまるんだい」と、葉巻の一本を粋なかっこうで選びだしてから、ベルティはたずねた。

「あの下に、ボートが見えるだろう？」

「ルイス、この湖のなかをぐるぐる漕ぎまわるんじゃないだろうな」

「ところがそうなんだ。だが、まわるんじゃなくて、漕いでまっすぐ湖をよこぎるんだ、できるだけ音を立てないようにしてね」

「それで、そのあとは？」

「驚くべき訪問をするんだ……この世でもっとも不法な訪問を」

「恐るべき話だね！　おれはこれまでまだ一度も押込み強盗はやったことがないんだぜ」

「お菓子屋に入ったのを除けばな。あれは二十五年か三十年前だったかな」

「そのとおりだ。だが、今日のは笑いごとではすまされないんだろ。獰猛な犬に追跡されるようなことがあるのかい」

「ない、ただ走ることのできない紙粘土の犬がいる。しかし、ピストルで撃たれることがないわけじゃない。怖くなったか？」

「いつ出かける？」

「まだ少し早すぎるだろう」と、ルイスは腕時計を眺めた。

「よし、それまでルーレットで生活費を簡単にかせぐやりかたを伝授しよう」

ルイスが賭博室の外へベルティを引きずり出したときは、真夜中をすぎていた。

「おれたち、これから、ボートを漕ぎにいくんじゃなかったのか?」ルイスが駐車場のほうへ歩いていったので、ベルティはたずねた。

「そうだよ。でも、もうしばらくあとだ」と、ルイスはささやくと、駐車場の番人にチップを渡し、ハンドルを握った。

二分後、かれらは小さな街路で車を停めると、ドアに鍵をかけ、カジノのほうへ歩いてもどった。

「門番のまえをどうやって通るんだい。いくらコソ泥用の靴を履いているからといったって?」とベルティは尋ねた。

「門番のまえは通らない。片隅の、人に見とがめられる心配のないところにある小舟に目星をつけておいたんだ。カジノのわきに庭の塀が見えるだろう?」

「まさかあの塀を乗り越えていくんじゃなかろうね」

「まさにそのとおりさ! さあ、いまだ。だれも見ていない」

数分後、かれらは波音を立てずに漕ぎながら湖を渡っていった。

小舟は二、三本の樹の下を滑っていった。横揺れも縦揺れもしないで、草の繁った斜面でとまった。ルイスは地面に飛び降りると、すばらしい隠れ場所となっているしだれ柳の下に小舟を引き寄せた。

「ぼくたちはまだ庭のなかにいるんじゃないんだ。まあ似たようなものだが」と、ルイスは小舟から降りる友達に手を貸しながらささやいた。

二つのシルエットが這いつくばって生垣をくぐりぬけた。ルイスは伯爵の別荘をみとめた。その少し奥に、かれらがくぐり抜けた生垣に沿って、伯爵がアトリエに使っている離れの建物がくっきりと浮かびあがっていた。生垣の陰に隠れながら、かれらは素早くアトリエの入口のドアに達したが、鍵がかかっていた。だが、わきの小さな窓が鉄挺《かなてこ》で簡単にあいた。

「ちょっと。なかに入るまえに、ぼくは紙粘土の犬を見ておきたいんだ。一分待ってくれ。そのあいだは、たとえ犬が吠えはじめても動かないでくれ」

木陰から木陰へと芝草の上を歩きながら、ルイスは犬小屋へ達した。彼は犬小屋のまえに身体をださないように注意し、屋根のすぐ下の側面を手でさわった。ボタンがあった。しかし、彼はボタンを押さずに（それを押すと犬が吠えはじめるのだろうか？）電線をさぐりだして引き抜いた。

「これでよし、もうあそこを恐れる心配はない」と、開かれた窓のそばにもどると、彼は低い声で言った。「ぼくは前に一度来ているから、ぼくが最初にはいったほうがいいだろう」

「内部にはベンチが一つある。が、警報装置はない」と、ベルティは徒《いたずら》に時を過ごしていなかったことをしめした。

ルイスは窓をまたいだ。ベルティもつづいた。懐中電灯の光をレインコートでかばいながら、ルイスはゆっくりと周囲を照らした。彼は、ベルティが腕にさわるや、ただちに明かりを消した。

「あそこの隅にだれかが坐っている」と、ベルティが彼の耳にささやいた。

「心配いらない、あれはピアノを弾く女のロボットなんだから」と、ルイスはほっとして言った。

彼はレインコートを脱ぐと、窓の前に吊りさげて窓を遮蔽した。「もう明かりをつけても、なんの危険もないぞ。ものすごく怖いことが、この家のなかで、ぼくたちを待ちかまえていそうな気がする。だが、そんなことよりまず、ここであることを確かめたいんだ」

彼は部屋をよこぎり、箱の上に坐った小さなチェス・プレイヤーのロボットにかぶせてあった布を持ちあげた。

「ベルティ、そのあたりの壁にプラグがあるはずだ。探して、このコードをさしこんでくれ」

「なにが起こるんだい？」

「きっと、なにも起こらないさ、パートナーがいないんだから」

「なんだって？　あ！　ここにあった」と、ベルティは膝をつきながら言った。ルイスはそれに答えようともせず、ロボットの下の引出しにあった駒をせっせと並べはじめた。

「ルイス！　そんなことのために、おれをここに連れてきたというんじゃないだろうね？」

「しっ！　静かに！」

「ぶんぶん唸るような音が聞こえる」

「そうなんだ、このロボットの中さ。これが動くかどうか、すこしようすを見てみよう」と、ルイスはポーンを進めながら言った。「おい！　動くぞ！」ロボットの右手が駒をとるためチェス盤の上にあがるのを見ると、彼はすぐにささやいた。「しかし、これはあり得ないことだ！」

「おまえは、おじいさんが海水パンツをはいているのを見たときの、おれの甥のようなしゃべり方をするな」と、ベルティ。

「しかし、どんなロボットだって、チェスを演《や》ることはできないんだ！　そんなことはあり得ない！」

「しかし、このロボットはそれをやっているぜ」と、ベルティは夢中になって言った。

「ちょっと待て……紙がないかな」と、チェス盤の駒をすべて片づけながら、ルイスは言った。

「ここに、ボール紙がある。これでもいいか」

「かまわない、早く！」

ルイスは友達の手からボール紙をひったくると、チェス盤の上に置き、万年筆をとりだすと、大文字で書いた――〝これが読めますか？〟それからボール紙を一枚、ロボットの眼のまえに置いた。

「これが読めるかね？」と、ベルティは皮肉にくり返した。しかし、ロボットの腕がゆっくりとあがり、まるでポーンを動かそうとでもするかのようにチェス盤の上をくるくる回ったとき、それはぴたっと身動きをやめた。親指と人差し指が開き、ルイスの万年筆をつかんだ。と、万年筆の先をボール紙につけもせず、ぎごちない動作で、手が文字を書こうとするかのように動きはじめた。ルイスはペン先までボール紙を持ちあげた。

ロボットの手がいきなりぎごちない身振りで、ペンをボール紙に突き立てて、そのままぴたりと動かなくなった。二人ともしばらく驚きのあまり、息をはずませていた。

「動かなくなった」と、ルイス。

「うん。おまえがロボットの調子を狂わせたんじゃないのか」

ルイスは身をかがめ、プラグに手を触れた。

「電気がきていない。だれかが電気を切ったんだ」

「運が悪いな。おい、見ろよ、ロボットがなにか書きはじめたぞ」

「どれ！」と、ルイスは素早くふたたび身を起こして言った。彼は注意深くボール紙を見つめた。その上に、打ちふるえる手が下手な文字を書いていた、というよりむしろ文字を引いていた。――《NGERLACA》

「なんのことだかわからない」と、ベルティ。

「ぼくがペン先をボール紙まで持ちあげたのを憶えているね。そのときロボットは、すでに空間に書きはじめていた。だから、きっとDとAの文字が欠けているんだ」

「DとA？　そうだ、まちがいない！　DANGER（危険）だ！　だが、あとは？　LACA？　なんのことだかわかるか？」

「ロボットが書きおわるまえに電気が切れたんだから、あとのほうも推測しなければいけないんだ……それはこうだ、LA CAVE（地下室）だ！……地下室だ！」

「どこの地下室？」

「ぼくには全然わからない。だが、まもなくわかるさ」と、懐中電灯の明かりを消しながら言った。それからレインコートをふたたび着ると、外へすべりでた。彼の友達もつづいた。

三十メートルほどのところにある別荘は、暗闇に沈んでほとんど見えなかった。

「ルイス、おれはこういったことは、まったく性に合わないんだ」と、ベルティが低い声で言った。「電気を切ったやつが、きっとらっぱ銃か火縄銃を持っておれたちを待ち伏せている。急いで逃げよう！」

「ぼくたちがあのロボットを動かしすぎたので、たぶんヒューズが飛んだんだろう……」

そう言うと、ベルティがついてくるかどうかを見ようともせず、ルイスは別荘の隅にある樹のところまで走った。

「ここからぐるりとまわって見てくれ」と、ルイスは、ベルティが追いつくと言った。「開けやすいドアか窓があるかどうか調べてくれ。ぼくはあっちからまわる」

「それで、もしあったら？」

「見つかったと思ったら口笛を吹き、捕らえられたら、叫びたまえ。では、はじめよう」

ベルティは、ルイスが家の前側の壁に沿って進んでいくのを見やると、逆の方向にしぶしぶと歩きだした。

「いたるところに金属の鎧戸がある」とルイスは、反対のほうからきたベルティと出会うと、そう言った。

「玄関前の階段の下にドアがあるが、金属でできていて、おまけに鍵がかかっている。そっちは何かわかったか？」

「上のほうに半窓がついた――これは壊すことができるだろう――台所のドアだ。しかし、最上の方法は、二階の、開いているように見える狭い窓だと思うね」

「そこまで行くには飛ばなければならないんだろう？それともジャンプするだけでいいのか？」

「窓から六十センチ以内のところに樋《とい》がある。……だが、それがおまえの体重に耐えられるほど充分に堅固なものかどうかはわからんがね」

「だめならどうする？」

「おまえを捕まえて、小舟まで運んでいくよ」と、ベルティは笑いながら言った。

「階段のてっぺんか踊り場までの高さはある」と、ルイスは半メートルの幅もないが、樋からならたやすく行きつけそうな窓を眺めながら言った。「さあ、行こう」

彼はなんの苦もなくのぼった。ベルティはそのあとにつづいたが、そのまえに、ルイスが上半身を起こし、窓の花台に足をのせ、内部に消えるのを見ていた。

「ここは浴室だ」と、ルイスはベルティが床の上に飛びおりたとき、説明した。「ドアが二つあるが、これらは部屋に通じるものだろう。動かないで」

彼は手前のほうのドアのハンドルを用心してまわした。が、目覚まし時計のチクタクチクタクという音しか聞こえなかった。もうすこしドアを開けた。ベッドが見えた。彼はふたたび耳を澄まし、懐中電灯をつけた。部屋は空《から》っぽで、ベッドは使用されていなかった。

「家のなかにはだれもいないんじゃないかな」と、彼は浴室にもどりながら言った。「もう一つのドアがどこへ通じているか見てみよう」

彼らは小さな衣裳部屋をよこぎると、踊り場へでた。

「よし、降りてみよう」と、ルイス。

彼は最初の段に足を下ろすや、ふいに立ちどまった。水が樋から流れ落ちるときの音に似た重々しいうめき声が、上から聞こえた。（メイドが悪夢にうなされているのかな）と、懐中電灯を消さずにルイスはつぶやいた。が、重々しいうめき声が、突然鋭い叫びにかわったとき、髪の毛が逆立つような感じに襲われた。

「屋根裏部屋だ！」ベルティは向きを変えると、階上《うえ》へ通じる階段のほうへ走りだした。

ルイスをすぐあとに従えて、彼はドア――下から弱い光が洩れていた――のほうへ向かった。……そしてそのドアを一気にあけた。白い部屋のなかには病院のベッド以外まったく何もなかったが、そのベッドの上では、ペニーが頭を右から左へとさかんに動かしていた。

「ペニー！」彼女のほうへ突進しながら、ルイスは叫んだ。「ペニー！　どこか痛いのか？　ペニー！　返事をしてくれ！」

「ねえ、この若い女は、精神が錯乱しているんじゃないか」ベッドの反対側に立つと、ベルティは言った。

「そうでなければ、なにか悪魔の薬を飲まされているんだ！　彼女の服を探して、ここから出よう！」

「彼女がひじょうに重い病気だとしたら？　落ち着いて、じっくり考えよう」

「服を探すんだ！　なかったら、この毛布で彼女をつつもう。ちくしょう！　彼女はベッドに縛られている！　あの野郎が彼女にどんなことをしたか知らないが、この仕返しは必ずしてやるぞ！」ルイスは顎をひきしめると、革ひもをひきちぎろうとした。「ペニー、ぼくの声が聞こえるか？　ペニー、ぼくを見なさい！」

若い女は眼を開くと、子供のようにうめいた。かれらの頭上の光は弱くなった。彼女はうめきながら言った。

「女が！……女がやって来る！　ルイス！　わたしを隠して！　女がわたしをいつでも見つめている！」

「ペニー、心配することはない！　もうすぐここから出るからね！」

「白衣をまとった女！　ルイス、見てよ……気をつけて！　女……光が消えると、すぐに女は来る！」と、ペニーはベッドの上ですすり泣きながらいった。その間に、ベルティは彼女のくるぶしの最後の革ひもをほどいた。

「怖がらなくていいよ！　ペニー、ぼくたちがいるからね！　これからは、すべてがうまくいくから」

「ルイス！　そこに……ドアのそば……明かりが部屋の外ではついたままになっているとき……女は外にいる……なかを覗こうとしている……そこは……恐ろしい！」そして激しく泣きじゃくると、ルイスの腕のなかに顔をかくした。

明かりがすっかり消えた。一、二秒の間、かれらは闇のなかに沈んでいた。それから別の明かりが、ベッドに面したドアのうしろでついた。そして、牢獄のドアについた覗き窓に似た窓がゆっくりと開いた。

本能的に、ルイスはペニーの顔を手でおおった。ベルティは、看護婦のヴェールが現われたとき、思わず叫び声をもらした。それからヴェールが持ちあげられたが、かれらはヴェールの下に鼻がなく、ほとんど肉のない顔を見た。その顔のまわりでは、宙ぶらりんになった二つの黒い耳飾りが左右にゆれている。怪物のように一直線の眼、血が玉をなして流れている、まぶたのない眼が、彼らをじっと見つめた。ルイスは、毛むくじゃらな一匹の蜘蛛《くも》が左眼の血だらけの眼窩《がんか》から出てきたとき、自分の血液が静脈のなかで凍りつくのを感じた。

その蜘蛛《くも》は彼らを眺めているようだった。それから顎の骨に沿って下りると、襟首のうしろに消えた。

ペニーは、自分の背後で爆音が鳴り響くと、わめき声をあげた。ガラスの破れるすさまじい音とともに、その顔が覗き窓のなかで爆発した。顔はこなごなになって落ちた。

「気の毒だ……が、おれにはどうしようもなかった」と、ベルティは言った。彼の手に握られている自動拳銃からは、まだ煙が出ていた……。「いまになって、気を失いそうだ」

「ベルティ、きみが撃ったのは、ロボットにすぎないんだよ」と、ルイスは言った。

彼はドアのところまで行き、覗き窓をひっぱった。と、覗き窓がひらき、戸棚が現われた。戸棚のなかには怪物の砕かれた機械装置や、レール——覗き窓がひらき、光が怪物の頭上で強くなると、怪物がその上を滑動するのだ——が見えた。

「さあ、今のうちにここを出よう。まず、逃げ口を見つけださなければならない。さあ、きみが懐中電灯を持ってくれ、ぼくはペニーを運んでいくから」

「気をつけろ。別のロボットが階段をあがってくるぞ」

「わかった」と、ルイス。

彼はペニーをベッドの毛布のなかにくるむと、両腕にかかえ、それから開いているドアのうしろに立った……

「ベルティ、向こう側に行ってくれ。だが、必要になるまではピストルを撃たないでくれ」

「白衣の男だ」と階段の手すり越しにちらっと視線を投げて、ベルティがささやいた。

足音は急速に近づいた。サン・ジェルマン伯爵が戸口に現われ、《……デの名前》とつぶやき、部屋のなかにはいった。が、ベルティは拳銃の銃床の一撃で彼をなぐり倒した。

「こいつはロボットではないぞ」と、ベルティは床に横たわった身体の上に身をかがめて言った。

「おい。彼をベッドの下に押しこんで、急いで出よう。ドアに鍵をかけてくれ。それから、ぼくたちのまえを歩くようにしてくれないか。ほかの人間がまだ間違いなくいるから」

かれらは無事に一階に達した。ドアにはすべて鍵がかかっていた。が、かれらは鍵なしですませた。広間の窓の一つを開けてなんなく外に飛び降りたのだ。

「急いで小舟に行きつくことだ」と伯爵のアトリエのうしろの生垣に着いたとき、ベルティは言った。

「いや、ベルティ、ぼくにすばらしい考えがある。きみはできるだけ物音を立てて、ひとりきりで出発してくれ。だが、捕まらないように注意してな。小舟で湖をよこぎり、車に乗り、湖を一周して、この家の外へぼくたちを迎えにきてくれ」

「それで、この柵をどうやって越えるつもりなんだ?」

「心配無用、ベルティ。見ろよ、隣りの家の柵が大きくあいている。きみがやって来るまで、ぼくらはあそこにいるよ」

「よし。だが……拳銃を持っていろよ、どんなことがあるかわからないからな」と、ベルティはドアがひらく音につづいて、別荘のうしろで人の足音を聞くと、言った。「じゃ、またあとで」

ルイスはペニーを腕に抱えて生垣をよこぎった。ベルティは立ちあがると、伯爵の芝生を走ってよこぎった。彼の姿が見えなくなるや、手に懐中電灯を持った白いシルエットが家から出てきて、彼のあとを追った。

ルイスはアメリイの部屋へ着くためには八階までのぼらなければならなかった。その上、ドアを開けてもらうために非常に強くノックしなければならなかった。棍棒のように手に雨傘を持ったアメリイは、びっくりして主人を眺めた。

「アメリイ、すまないが、ぼくの部屋まで来てくれないか？　ベッドに病人が一人いるんだ。ベルティが……ぼくの友達だが、医者を探しに出かけている。ぼくたちにはきみの手が必要なんだ」

「旦那さまが酔っていらっしゃるんなら、わたしはただちにお暇をいただきます」

「いや、アメリイ、ぼくは酒など飲んでいない。だが、ぼくのベッドには重病の若い娘がいるんだ……」

「旦那さま！　どうして旦那さま、そんなことをなさったんです？……」

「ちがうよ、アメリイ、ちがうったら！　とても礼儀正しい、若い娘だ。きみが来てくれないと、付添いの婦人がいないんだ」

「行きます、旦那さま。すぐにうかがいます。ですが、前もって言っておきますが、もしそれが身持ちの悪い女だったら！……」

医者はすぐにやって来た。そして、アメリイが戦場での最も偉い将軍のように、すでにいろいろと指図している部屋へ案内された。医者は出てくると、アメリイに話した。

「うんと濃いブラック・コーヒーをたくさん飲ませなさい。そうすれば、朝食のころまでには回復しているでしょう」

「で、彼女は落着きをとりもどすでしょうか」と、ベルティは立ちあがりながら言った。

「ええ。しかし、この娘さんにはなにごとが起きたのですか？　むやみに薬を飲まされていましたよ」

「われわれにもまだわからないんです」と、医者をエレベーターまで見送っていきながら、ベルティは説明した。

　午前もずっと遅くなって、アメリイはルイスに〝マドモワゼル〟が会いたがっている、と告げた。だが、あの哀れな娘さんを疲れさせてはいけないと告げた。そして、自分は二人の会話を聞かないが、旦那さまがいるかぎりは部屋を離れないとつけくわえた。ルイスはやんわりと同意した。

「あっ！　ルイス」と、ペニーは言った。彼女の顔色はまだ蒼白だったが、アメリイの珍妙なナイト・ガウン、手首や首のまわりを――おそらく足首のまわりもだろう、とルイスは考えた――結んだナイト・ガウンを着て、すごく美しかった。

「わたしの身に何が起こったの？　どうしてわたしはあそ……あそ……こ……から出られたの……」

「なにもかも終わったんだ。もうなにも考えなくていいよ」と、ルイスは言った。

「どれくらいのあいだ、わたしは……あの、両親に知らせてくれました？」

「うん。ぼくはきみのお父さんに電話し、ひどい作り話をした。きみはセーヌ河で数人の友人とヨットを浮かべて酒を飲むつもりだったが、かれらはアーブルまできみを連れていってしまった、とそう話したんだ」

「でも、ルイス……わたしはそんなひと、だれも……知らないのよ」

「そうか。だが、ぼくだってヨットを持っているやつを知っている。ぼくのいとこか、そいつの女房が持っているはずだ。この夫婦はきのうの夜、パリを出たんだ。うまいぐあいに彼らと電話連絡がついたので、きみがかれらといっしょに出発したということにしといたよ……きみはヨットのデッキで錨をあげたとき、汚ないドックのなかに落ちてしまったので、夫婦はきみの着がえの服をとりにそちらへ運転手を送った……彼はやがてそちらに着くだろう、と」

「ルイス、あなた、すばらしいわ」

「ぼくはお父さんに、きみが今日か明日には帰るだろうと言っておいた。きみが完全によくなるまで、アメリイがよろこんで看病をするからね（アメリイはかれらの話がひと言も聞こえなかったはずだったが、頭でうなずいた）。ところで、ペニー、なにが起きたのか、ぼくに話してくれないか」

「くわしいことはわからないの。一昨日……きのうだったかしら？　そう、きのうのはずね……」

「一昨日だよ、ペニー。でも、そんなことを気に病むことはないよ。憶えていることをなんでも話してみてくれ」

「こうなの。わたしはいつものように、音楽を録音したの。それから伯爵はお菓子とぶどう酒を持ってきてくれ、そして……わたしは目覚めたときは、ベッドに縛られ、気分が悪くなっていたわ。伯爵がはいってきて、いろいろなことを言ったけど、わたしにはよく聞きとれなかったの。それからまた少したって、伯爵はわたしがやがてロボットになるだろうが、それにはあと一日か二日はかかるだろうと言って……だけど、そうしたことは、わたしには、ほとんどはっきりしていないの。夢を見ていたかもしれないから」

「思い出すようにして、ペニー。すべてを、夢でもなんでも」

「ね、そうじゃない……わたしはずいぶん長いあいだ眠っていたはずだわ。いろいろと悪夢も見たわ。看護婦が一人いました。それに、わたし、たえず看護婦の服を着た死体の夢を見たわ……」

「うん、わかっている。しかし、サン・ジェルマン伯爵はどんなことを言ったの？　それを思い出してみてくれないか、ペニー。重要なことなんだから」

「一度、目が覚めたことがあったんだけど、彼はやさしく微笑んでいて、わたしがこれからずっと幸福になるだろうと言ったの。また、彼は、わたしが今後二度と食べものと着るものの心配をしなくてもいいとも話したわ。その上、ピアノを弾くことだけが、わたしの唯一の楽しみになるだろうともつけくわえたわ。でも、こんなことはなんの意味もないわね、そうでしょう？」

「そうだといいがね、でも、ペニー、よく考えてごらん。彼は……ロベールのことについて何か言わなかった？」

「いいえ。別のロボットのことについて話したと思うわ。でも、彼はどのくらいのあいだ、わたしをあのように閉じ込めていたの、ルイス？」

「二日間だけだ。ねえ、ペニー、ぼくはこれから出かけなければならないんだけど、このコーヒーをみんな飲むんだ、いいね？　もう少したつと、お医者さんがまたやって来るからね」

「飲むようにするわ、ルイス。あなたのしてくれたことすべてにたいして、わたしは……ありがとう」

ルイスは、客間として使っていた小さな事務室の、長椅子の上にからだを二つに折り曲げ、楽しそうにいびきをかいている友人を見出した。

「起きろよ、おい」ルイスは荒々しく彼をゆり動かした。

「なん……何時だ？」と、ベルティはつぶやくと、突然身を起こして椅子にすわり、まえの壁にかかったピカソの複製を恐ろしげにじっと見つめた。

「ぼくはこれから例のアンジアンの男に会いに行く。きみもいっしょに来ると言ったね？」

「いや……どうして？　ルイス、警察に行ってすべてを話したほうがいいと思わないか？　おれはこういった類《たぐい》のことはとんと好かんのだ……」

「靴を履けよ。地下《した》のガレージでいっしょになろう」と、事務室から出ながら、ルイスは微笑して言った。

サン・ジェルマン伯爵の別荘の前には、小さな人だかりができていた。消防車も来ていた。車でゆっくりと通りすぎたとき、ルイスは別荘には大したものが残されていないのを知った。かれらは別荘のちょっと先で車を停めると、歩いてもどった。が、柵のところで巡査にとめられた。

「そんなことでは入れやしないよ」と、ベルティはルイスの袖をひっぱりながら言った。「ところできみ、この焼け跡でなにをしたいんだ？　おれがかわりにやってやろう」

「きみが？　どうやって？」

「それはまかせておけ。きみはなにを知りたいんだ？」

「地下室だ！」

「よし。おちついて、このベルティから眼をはなすなよ。地下室が焼けずに残っていたら、五分後には、入ってるよ。じゃ、行ってくる」

彼は群集のまわりを一周すると、たったいま着いたといわんばかりに巡査に近づき、耳もとになにやらささやいた。

「まっすぐ行ってください」と、巡査は帽子に手をやりながら言った。

ベルティは口もとに微笑《えみ》を浮かべて、別荘のまだ煙っている焼け跡のほうへ向かった。

「なによりもまず、どうやって入ったのか言いたまえ」と十分後、ルイスは車のなかで尋ねた。

「なんでもないよ。おれのこの顔、おれの山高帽、おれのアクセント、それに『ロイド保険会社の調査員』という神通力のある言葉、これらはこの地方ではどんな難局――その大小を問わず――にでも道を開くおまじないなんだ」

「そうだったのか！　で、地下室は？」

「なんにも……一種の実験台のねじまがった残骸、破れたガラスや煤や灰の山を除けばね」

「では、アトリエは？」

「まったく何も残ってなかった。灰が山のようだった」

「それでは例の……彼は？」

「消防士たちが彼を探していた。だが、おれは彼は見つからないと思う。おれの感じでは、彼は自分の悪ふざけ――おれの言いたいことがわかるね――が終わりに近づいたのを知ったのだ。それが来たのを悟ると、逃げだすまえに家に火をつけ、すべてを燃やしてしまったのだ」

「ベルティ、たぶんきみの考えは正しいだろう。が、たったひとつ残ったものがある。ぼくは今夜のうちに、それを手に入れるつもりだ」

「ルイス、もうすこし分別をもてよ！」

「彼は入口の近くの犬小屋の、吠える犬をこわすのを忘れたのだ。ぼくはこれからそれをとりに行く」

「だが、おい、きみは正真正銘の犬、生きている犬だって無料《ただ》でもらえるんだぜ。社会は……」

「ぼくの欲しいのは、あの犬なんだ」

「それなら、自分ひとりで探しに行けよ。おれはごめんだ」

しかしベルティは、それでもなお友達のわきにすわりつづけた。その夜おそく、かれらは別荘の焼け跡近くに車を停めた。焼け跡にはもうだれもいなかった。柵は消防夫たちが出て行ってからは大きく開かれたままだった。犬小屋は小さかったので、ベルティの車のうしろまで運ぶのになんの苦労もなかった。

ペニーとルイスが新婚旅行から帰ってきた数カ月後のある夜、ベルティは二人の家に食事に行って、突然たずねた。

「ところで、ルイス、あの紙粘土の犬は？　あれをうまく吠えさせられたかね？」

「いや。あれは捨ててしまった……もう一杯どうだい？」と、ルイスはまゆをひそめた。

「それはよかった、いやな面《つら》の犬だった」と言って、ベルティはコップを差しだした。

ルイスはあの犬を投げ捨てたと言ったが、それはべつに嘘ではなかった。しかし、そのまえに彼は犬をことごとく分解したのである。その内部は彼がチェス・ロボットのなかで見たのと同じたぐいのポンプと、緑色の同じ液体で満ちたチューブとがあった。もっと細いチューブが、金属製の二つの箱――三十何本かの電線が結びつけられている――をよこぎっていた。彼はその二つの箱をあけてみた。いっぽうの箱からは灰色の、ねばねばした、悪臭を放つかたまりが出てきた。

もういっぽうからは、ある種の枠のなかに固定された肉と骨があった――と、彼には思われた。あらゆる接触を切り、接続を断ってから、彼は友達の医者のところに二つの箱を持っていって、その中身を調べてもらった。医者は微笑しながら言った。

「ルイス、このなかに犯罪事件がいっぱい詰まっているというのかね？　こっちはたしかに犬か、それとも羊の脳だ。そしてわたしのまちがいでなければ、あっちの装置は、動物ののどの一部だ。つまり、声帯だよ」

「わかった。ありがとう」と突然、ルイスはアルコールの必要を痛烈に感じながら答えた。

解説

評論家
三橋 曉

オリジナル・アンソロジーを除けば十七の個人短篇集からなるこの〈異色作家短篇集〉だけれど、その顔ぶれはほとんどが英語圏の作家たちで占められている。これは、海外からわが国に紹介されるエンタテインメント文学の主流が、英米の翻訳ミステリであることを考えれば、いわば当然のことなのかもしれない。

それでは英語圏以外には、短篇の名手と呼べる存在がいないのかというと、勿論そういうわけではない。ダールやエリンといった英米のマエストロと並んで、フランスからこの叢書に収録された『壁抜け男』のマルセル・エイメ、そして本書『蠅』のジョルジュ・ランジュランも非英語圏を代表する短篇作家のひとりといっていいだろう。

ただし、ジョルジュ・ランジュランは、フランスでの著作活動が広く知られているが、実はフランス人作家ではない。一九〇八年一月パリに生まれた彼の父親は、イギリスから赴任中のデイリーメイル社の社長付き特別秘書だった。母親もイギリス人で、ランジュラン自身の国籍も、本人が語っているようにイギリスである。

しかし、フランスという国とランジュランの縁は浅からぬものがあったようで、少年時代、数十回にわたるロンドンとパリの間で引越しを繰り返した両親のおかげで、フランスのさまざまな学校を渡り歩くことになり、英語と遜色ない流暢さでフランス語を操るようになったという。第二次大戦下ではイギリスのMI5に籍をおき、〝ポマドウ〟のコードネームでフランスに拘わるさまざまな情報活動に身を置いたという。戦後は、〈インターナショナル・ニューフォト〉誌のパリ支局で働きながら、執筆活動にも精を出していたようだ。

ランジュランが、作家として最初に注目を浴びたのは、五三年に創刊された《ファンタジイ&サイエンス・フィクション》誌のフランス語版創刊号に、本作の表題作にもなっている「蝿」が掲載されたときのことである。その後同篇は、アメリカの作家レイ・ラッセルの目にもとまった。ラッセルは、本叢書にも『嘲笑う男』が収録されている幻想ホラー系の作家だが、当時彼はアメリカ本国版《プレイボーイ》誌の編集長もつとめており、同誌の五七年六月号に掲載された「蝿」は、忽ちのうちに大きな話題を呼んだ。

さらに「蝿」の評判の余波は太平洋を越えてわが国にも及び、《SFマガジン》六一年三月号に訳出、掲載されたのがきっかけとなり、当時企画が進行中だった〈異色作家短篇集〉のラインナップに、ジョルジュ・ランジュランの名が加わるきっかけとなった。

次に、ランジュランのビブリオグラフィーを掲げようと思う。しかし、何分にも情報不足で、インターネット上のコンテンツから収集したものを手探り状態で作成したものなので、不完全な部分も多いことをお許しいただきたいと思う。

Un nommé Langdon - mémoires d'un agent secret, coll（1950）
Attentat / Carabine / 2 ème（1952）
Le masque d'un agent secret（1961）
Nouvelles de l'Anti-Monde（1962）※本書の原著
Missions spéciales（1963）
L'Indice à l'envers（1963）
Les 20 meilleurs récits de Science-Fiction（1964）
Torpillez la torpille（1964）★「魚雷をつぶせ」ハヤカワミステリ 895（三輪秀彦訳）
Le Dauphin parle trop（1964）★
Attentat - carabine - 2 ème（1964）★
Le Zombi express（1964）★
Shalom, Grenat !（1965）★
La Mort au ralenti（1965）★
Club Méditerranée（1965）★
Salade de têtes（1965）★
Le dictionnaire des faits Maudits（1967）

Le vol de l'anti «G», roman (1968)
Les nouveaux Parasites (+ Jean Barral) (1969)
Treize fantômes (1971)
L'Histoire invisible (1972)
(★は〈NATO情報部員シリーズ〉)

これらの作品の中で、翻訳紹介があるのはわずかに本書『蠅』と、六四年の『魚雷をつぶせ』の二作のみだが、後者は〈NATO情報部員シリーズ〉と銘打たれた連作のひとつで、イアン・フレミング原作の007シリーズが世界的に大ヒットし、空前のスパイ小説ブームが到来した六〇年代に、ランジュランに肩入れするロベール・ラフォン社が企画した複数の作家たちによる連作シリーズの一冊である。ランジュランは監修者として迎えられたが、他の作家たちと同様に自らも執筆を受け持った。

シリーズは、NATO(北大西洋条約機構)の情報部に所属するフランス軍少佐のルイ・グルナド・ファンシーヌと英国海軍大尉のサンディ・グラントという混成チームのコンビの活躍を描くもので、困難な任務に対し、意表をついた作戦で取り組んでいく。唯一邦訳がある『魚雷をつぶせ』の訳者三輪秀彦氏は、その訳者あとがきで「スパイ小説のコンビとしてはめずらしいほど愉快なコンビで、ボッブ・ホープとビング・クロスビーの道中コンビにたとえれば、さしずめサンディがボッブ・ホープ役で、ファンシーヌがクロスビー役にあたる」と評している。

ランジュランは、このシリーズの他にも、ミステリや超自然の物語をいくつも上梓する一方、情報部員時代の経験を著したノンフィクションや回顧録など、七二年に六十四歳でこの世を去るまで、数多くの著作をものした（六九年死去とした資料もある）。

さて、本書についてだが、一九六二年にフランスのロベール・ラフォン社から刊行された中短篇集『反世界の物語』が底本となっている。収録された十の中短篇は、原著のタイトルにもあるように、おしなべて非日常の不可解な現象や出来事を扱っているが、作品世界はランジュラン独特のエスプリやオフビートな感覚に支配されている。発表年代からくるノスタルジックな香りと、古き良き超自然の物語のテイストも、現代の読者には却って新鮮に映るのではないか。

表題作の「蝿」が、フランス本国そしてアメリカで評判を呼んだことについては先に触れたとおりだが、その際の評価は、「二十世紀に書かれた最も戦慄すべき物語」だった。

そんな評判を追い風に、原作の権利が二十世紀フォックスに売れ、忽ちのうちに「蝿男の恐怖」のタイトルで映画化が実現した。恐怖映画としては映画史上初のカラー・シネマスコープ映画として封切られ、ターザン映画やさまざまなSFもので知られたカート・ニューマンがメガホンをとった。

今回、この解説を担当するにあたって、改めて観直してみたのだが、恐怖映画でありながら、扇情的な演出におもねることなく、物質電送機を発明し、自らをその実験台にした物理学者が辿る数奇な物語を丁寧に語るところはランジュランの原作にきわめて忠実な仕上がりといっていいだろう。当時、この映画は本邦では劇場未公開に終わったが、わたしはTV放映で見て、ツイストを効かせたショッキングな幕切れが、いまだ忘れ難い印象を残している。

映画の中で物理学者の兄を名優ヴィンセント・プライスが演じているが、その彼が再び登場する続篇

「蠅男の逆襲」（五九年）、さらに続々篇の「蠅男の呪い」（六五年）も製作されているが、残念ながらそれらの後日談は、いまひとつの評判に終わったようだ。しかし、八七年になってデヴィッド・クローネンバーグ監督がリメイクした「ザ・フライ」は、最新のSFXを駆使した映像のインパクトの強さと、物語の悲劇性をさらに掘り下げたドラマ作りで、ランジュランの原作に再び脚光を浴びせることになったことを記憶している読者も多いだろう。

このように、映画化された表題作ばかりが脚光を浴びることの多いこの作品集だが、それ以外にも印象的な作品が並んでいる。「奇跡」は、シニカルな味わいと切れ味の鋭さにおいては、本作品集随一のものといっていいだろう。悪辣な主人公が辿る運命は、勧善懲悪の精神に貫かれており、その悲惨な幕切れは読者に黒い笑いをもたらす。

「忘却への墜落」は、夢にまつわる幻想的な幕開けから、主人公の恐るべき妻殺しのエピソードが語られていく。「彼方のどこにもいない女」は、TVのブラウン管に現れた見知らぬ女性と主人公の不可解な邂逅を描くSFである。古き良き「トワイライトゾーン」のセピア色の画面を彷彿とさせる物語といっていいだろう。

「御しがたい虎」は、動物園で催眠術を試みようとする男を襲うとんでもない災難の物語。唖然とする呆気ない結末に、人を喰ったユーモアが漂っている。「他人の手」は、右手を切り落としてほしい、と医師に頼み込む奇妙な男が登場する。体のパーツが、自分とは別の意思を持った男の辿る悲劇の物語である。

「安楽椅子探偵」は、老いぼれた犬が、主人一家のために生涯最後の大きな働きをする。ミステリ仕立ての物語。最後にやってくるハートウォーミングな余韻は、この作品集ではやや異色かもしれないが、無類の心地よさがある。

「悪魔の巡回」は、妻殺しで裁かれる男を、ジプシーの老婆に扮した悪魔がそそのかして、さらなる悪夢の淵に突き落とす。「最終飛行」は、パイロットの不思議な体験を描いた作品で、これまた「トワイライトゾーン」のエピソードにあっても不思議ではない。

そして最後の「考えるロボット」は、本作品集のもうひとつのハイライトともいうべき作品である。チェスをプレイする自動人形をめぐり、登場人物たちの冒険が、謎とサスペンスのテンションをクライマックスに向けて高めていき、慄然とすべき人形の正体へと読者を導く。

これらの作品のややクラシックで、摩訶不思議な世界を体験した読者は、さらなるランジュランの作品をひもときたい思いに駆られるだろう。しかし、わたしの知る範囲では本作品集のほかには《ミステリマガジン》八六年十月号に掲載された「殺人者」という短篇が訳されているのみである。すでに過去の存在となりつつある作家ではあるが、本書のリバイバルを機に、再評価の気運が高まることを切に望むところだ。

ランジュランは、戦後、執筆活動を続ける中で、霊や超常現象への興味を次第に募らせて行ったという。また、彼は常に転生を信じていたとも伝えられる。この『蠅』という作品集に収められた不思議な物語の数々は、幻想的なリアリズムへの信奉者が生涯抱き続けた夢の具象化であったのかもしれない。

二〇〇五年十二月

本書は、一九六五年十月に〈異色作家短篇集〉として、
一九八六年十二月にハヤカワ文庫ＮＶで刊行された。

蠅《はえ》
異色作家短篇集 5

2006年1月20日　初版印刷
2006年1月31日　初版発行

著　者　ジョルジュ・ランジュラン
訳　者　稲《いな》葉《ば》明《あき》雄《お》
発行者　早川　浩

発行所　株式会社　早川書房
東京都千代田区神田多町 2 - 2
電話　03 - 3252 - 3111（大代表）
振替　00160-3-47799
http://www.hayakawa-online.co.jp

印刷所　三松堂印刷株式会社
製本所　大口製本印刷株式会社

定価はカバーに表示してあります
ISBN 4-15-208696-3 C0097
Printed and bound in Japan
乱丁・落丁本は小社制作部宛お送り下さい。
送料小社負担にてお取りかえいたします。